KB110614

국어선생님을 위한
한국문학사 강의

고칠현삼제(古七現三制)란 문학 작품을 섭렵함에 있어
고전 읽기에 70%, 현대 문학 읽기를 30%로 해야 한다는 것이다

【 제3권 **수필문학** 】

한국문학사 편찬위원회 엮음

머 리 말

문학이란 한 시대를 살아가고 있거나 살아간 사람들의 정신적 지도이다. 그러므로 우리들도 그들이 살아간 삶의 지도를 알아보고 훌륭한 역사와 교훈을 배워야 함은 새삼 두말할 필요가 없다.

흔히 우리가 문학을 운운함에 있어 고칠현삼제(古七現三制)를 이야기하게 된다. 다시 말하자면 문학 작품을 섭렵함에 있어 고전읽기에 70%, 현대 문학 읽기를 30%로 해야 한다는 것이다.

이 말은 예부터 지금까지 금과옥조로 지켜오고 또 앞으로 지켜져야 할 일이다. 그런데 어찌된 일인지 요즘 학교 현장에서 현대 문학만을 강조되고 있는 경향이 있다. 이는 반드시 시정되어야 할 것이다. 특히 대학입시를 눈앞에 둔 수험생들이 본고사·수학능력·논술 대비를 함에도 고전문학쪽에 등한한 듯한 인상을 지울 수가 없다. 이러한 현실을 극복하고자 하는 차원에서 필자는 주로 학생들이 쉽고 가까이 접근할 수 있는 우리의 고전 문학들을 시대별로 엮었다. 또한 시대별 중요작품과 입시 출제에 가장 많은 빈도를 차지했던 작품들을 뽑아서 엮었다.

여기서 실린 작품들은 다시 말해서 선조들의 지혜와 슬기이며 또 우리의 삶이며 역사이다. 우리가 버릴 수 없는 정신적 지도이며 역사이다. 학생들은 이 문학작품들을 통하여 우리의 현실과 역사에 대한 자각으로 되돌아와야 한다고 생각한다.

엮은이는 지금까지 본고사·수학능력·논술대비용으로 만들어졌던 기존의 책이 가졌던 단점을 과감하게 탈피하여 새롭고 이해하기 쉽게 만들었다. 특히 8종 교과서 외에도 시험으로 나올만한 작품들을 망라하였음을 밝혀둔다. 작품 개요와 지은이 해설로써 작품 배경과 사상을 이해하도록 했다. 아무쪼록 수험생들은 이 책을 통하여 교양과 시험에도 좋은 결실이 있기를 바란다.

1. 백과 사전식 나열을 피하고 학생들의 시험이나 정신적 교양이 되는 고전을 가려 뽑았다.
2. 권위있는 교수들의 협의와 검토를 통해 자료와 수험서의 기능을 갖도록 했다.
3. 작품의 요약, 지은이를 소개하여 작품의 배경과 사상을 파악하도록 했다.
4. 8종 교과서의 찾아 읽기 힘든 글들을 시대별, 쟝르별로 편집하였다. 아울러 시험에 중요하게 취급되는 것들도 빠짐없이 게재하였다.

국어선생님을 위한 한국문학사 강의

차 례

■ 시화·야담

■ 비 평 문

■ 궁중수상

국어선생님을 위한 **한국문학사 강의**

시화·야담

- 백운소설/이규보
- 어우야담/유몽인

백운소설(白雲小說)

이규보(李奎報)

삼국시대부터 이규보 당대까지 시인들과 그들의 시를 평한 내용이다. 소설이라는 이름을 쓰고 있으나, 현대적 의미의 소설이 아니고 '조그만 이야기'란 뜻으로 썼다고 볼 수 있다. 후반부는 작가 자신에 대한 내용이 중심을 이루고 있다.

우리 나라는 은나라 태사인 기자(箕子)가 우리 나라에 봉해졌을 때부터 비로소 문헌이 나오기 시작했다. 그래서 그 중간의 작자들에 관해서는 너무 오래 되어 알 수가 없다. 야사(野史)인 '요산당외기'[1]에 을지문덕 장군의 공적이 자세히 기록되어 있고, 그가 수나라 장수 우중문에게 보낸 오언시 네 구가 실려 있다. 그 시는 다음과 같다.

귀신 같은 책략은 하늘의 이치를 연구했고,
교묘한 계책은 땅의 이치를 통달했다.
전쟁에 이겨 공 이미 높아 있으니

---

1) 명나라 때 장일계가 지은 책.

　족함을 알았으면 그치기를 바라노라.

　시를 쓰는 법이 기이하고 예스러우며 아름답게 꾸미려는 투가
없다고 하겠다. 을지문덕 장군은 고구려의 대신으로 후세의 분별
없는 사람들이 어찌 감히 따라갈 수 있겠는가.

　신라 진덕여왕의 태평시(太平時)가 '당시류기'[1]에 실려 있다.
이 시는 고고(高古)하고 웅혼하여 초당(初唐)의 여러 작품과 비
교하여도 서로 우열이 없다. 이때에는 우리 나라의 문풍이 성하
지 못하여 을지문덕의 절구시 이외에는 전하는 것이 없었는데,
여왕이 이 같은 시를 지었다는 것은 기이한 일이다. 이 시는 다
음과 같다.

　　당나라가 나라를 열었을 때,
　　황제의 위업이 높게 빛났다.
　　전쟁이 그치니 융의(戎衣)도 정해졌고,
　　문덕(文德)을 닦아 백대 임금을 잇는다.
　　천하를 다스려 비 내림을 숭상하고,
　　만물을 다스리는 밝은 법이 있음을 체험하였다.
　　깊은 은총은 일월(日月)과 화합하고,
　　때를 잘 어루만져 평안한 세상으로 나아간다.
　　드날리는 깃발은 이미 찬란하고
　　징과 북은 어찌 그리도 번쩍번쩍할까.
　　변방 오랑캐로 천명을 어긴 자는
　　하늘의 재앙을 입고 멸망하리라.

---

1) 당나라 시들을 모아 놓은 책.

화창한 기운은 우주에 어리었고,
멀고 가까운 데서 다투어 상서로운 것을 바치네.
사시의 조화가 되어 옥촉같이 빛나고,
칠요[1]는 만방(萬方)을 돌아간다.
숭고한 산은 보필할 재상을 내리시니,
황제는 충성되고 어진 사람을 쓰네.
삼황오제가 한가지로 더욱 이루어,
그 밝음이 당나라에 실려 있네.

소주(小註)에 '영휘(永徽) 원년에 진덕여왕이 백제의 군사를 크게 쳐부수자, 비단을 짜서 오언 '태평시'를 지어 바쳤다'고 쓰여있다. 영위는 고종의 연호이다.

고운 최치원은 전대에 들어보지 못한 큰 공을 세웠다. 그래서 우리나라의 학자들이 다같이 높이 받들었다. 그가 지은 비파행(琵琶行) 한 수가 '당음유향'[2]에 실려 있는데, 그곳에는 무명씨의 작품으로 기록되어 있다. 그 뒤에는 작자의 진위에 대하여 확정되지 않았다.

어떤 사람은 동정월락고운귀(洞廷月落孤雲歸)라는 구절을 최치원의 작품이라고 증명하려 하였다. 그러나 이것은 단언할 수는 없다. '토황소격(討黃巢檄)'같은 것은 사적에 실려 있지는 않지만, 황소가 "온 천하의 사람들이 다 죽이려고 생각할 뿐만 아니라, 땅속의 귀신까지도 몰래 죽이기를 의논했다"는 데까지 읽자, 저도 모르게 의자에서 굴러 떨어져서 굴복하였다는 것이다. 만약

---

1) 일, 월, 화, 수, 목, 금, 토.
2) 원나라 양사홍이 펴낸 당나라 음(音)의 일부분.

귀신을 울리고 바람을 일으키는 솜씨가 아니었다면 어찌 이 정도
에 이르렀겠는가. 그러나 그의 시는 그리 좋지 않으니, 그가 중국
에 들어간 때가 만당 이후였기 때문이 아니겠는가?

　중국의 정사(正史) '당시 예문지'를 보면, 최치원의 '사육'의 한
권이 수록되어 있고, 또 '계원필경' 열 권이 간행되었다고 한다.
나는 중국 사람은 생각이 넓고 호탕하여 외국인이라고 하여 경중
을 따지지 않고 사서(史書)에 실어주고, 또 문집을 간행하여 세
상에 유포하도록 하였다는 것을 좋게 생각한다. 그러나 '당서문예
열전'에 최치원을 위해 그의 전기를 따로 두지 않았다는 것에 대
해서 나는 이해를 하지 못하겠다.

　만약 그의 사적이 전기를 세우기에 부족해서라면, 다음과 같은
최치원의 사적을 살펴보기로 한다. 최치원은 12세에 당나라에 유
학하여 단번에 갑과에 급제하였다. 나중에 고변의 종사관(從事
官)이 되어 황소를 토벌하는 격문을 지어 황소의 기를 꺾었다.
후에 벼슬이 도통순관시어사(都統巡官侍御史)에까지 이르렀다.
그가 본국에 돌아오려고 할 때에 같이 급제했던 고운이 '유선가
(儒仙歌)'를 지어주었는데 그 한 구절은 다음 과 같다.

　　열두 살에 배를 타고 바다를 건너와서
　　문장으로 중국을 뒤흔들었다.

　그의 자서전에도 역시 다음과 같이 말했다. "열두 살에 무명옷
입고 중국에 갔다가, 스물여덟 살에 비단옷 입고 고국에 돌아온
다." 이것은 열두 살에 중국에 들어갔다가 스물여덟 살에 귀국
한 것을 말한 것이다. 그의 사적은 이처럼 놀라운데 이것을 가지
고 전기를 만든다면, 예문지에 실려 있는 심전기, 유병, 최원한,

이빈 등의 반 장짜리 열전과는 거리가 있다.

이것은 그가 외국인이기 때문이었다. 이미 예문지에는 그의 작품이 실려 있다. 또 무신들의 전기인 '번진호용'에는 이정기, 혹 치상지 등이 우리 나라 사람임에도 각각 그들의 전기를 써서 그들의 사적을 완비하여 기록하고 있다.

어찌 '문예열전'에만 최치원을 위해 전기를 따로 두지 않았는가? 내가 추측컨대, 옛날 사람들은 문장에 있어서 남을 시기하여 서로 헐뜯었다. 더구나 최치원은 외국 사람인데도 홀로 중국에 들어와서 당시의 명성있는 무리들을 능가했다. 그래서 전기를 세워 최치원에 대해 곧이 곧대로 쓰면, 시기하게 될까봐 일부러 생략한 것인가? 이 점은 내가 모를 일이다.

우리 나라는 하(夏)나라 때부터 중국과 통했으나 문헌이 남아 있지 않아 들리는 것이 없고, 수·당 이래로 작가가 나왔다. 을지문덕이 수나라 장수에게 시를 보낸 것, 신라의 진덕여왕이 당 나라 임금에게 송시(頌詩)를 바친 것 같은 것은 비록 기록에 남아 있으나, 그 수가 적어 쓸쓸함을 면치 못했다. 최치원이 당에 들어가서 과거에 급제하고서야 비로소 문장으로 중국에 이름을 날렸다.

그의 시에,

곤륜산(崑崙山)이 동쪽으로 뻗어 다섯 산은 푸르고,
성수해(星宿海)가 북쪽으로 흘러 온 물이 누렇다.

했다. 그 해 고운이 "이 구절은 곧 일종의 지리서이다."라고 말했다. 중국의 오악(五嶽)은 대개 곤륜산에서 뻗어나왔고, 황하는 성수해에서 발원한다고 해서 이렇게 말한 것이다. 그의 '제윤주 자화사시(題潤州慈和寺詩)'에 이런 구절이 있다.

　　그림이 그려져 있는 호적 소리에 아침 저녁 물결이 출렁거리고,
　　푸른 산 그림자 속에 고금의 사람 오간다.

　학사 박인범의 '제경주용삭사시(題逕州龍朔寺詩)'에는 이런 구절이 있다.

　　흔들거리는 등불은 반딧불처럼 험한 길 비추고,
　　구불구불한 사다리는 무지개 모양으로 돌난간에 달려 있다.

　참정(參政) 박인량의 '제사주구산사시(題泗州龜山寺詩)'에는 이런 구절이 있다.

　　문 앞의 큰 물결에 나그네 급히 노를 젓고,
　　대나무 아래에는 스님의 바둑 한가롭다.

　우리 나라에서 시로 중국에 이름을 떨치기는 이 세 사람으로부터 시작되었는데, 문장으로 나라를 빛낸 것이 이와 같다.
　세상에 이런 이야기가 전한다. 학사 정지상이 일찍이 산사에 가서 공부한 적이 있었다. 어느 날 달 밝은 밤에 절간에 홀로 앉아 있었는데, 다음과 같은 시를 읊는 소리가 문득 들렸다.

　　스님은 절이 있나 없나, 두루 살피고,
　　학은 소나무 없음을 한탄한다.

정지상은 귀신이 한 짓이라고 생각하였다. 후에 과거 보러 갔을 때, 시험이 '하운다기봉(夏雲多奇峯)'으로 시제를 삼고, '봉(峯)'자 운으로 글을 짓도록 하였다. 정지상은 문득 이 구절을 생각해내고, 이것에 덧붙여 글을 지어 올렸다. 그 시는 이러하다.

밝은 해 하늘 가운데서 빛나고,
달 구름은 혼자 산봉우리를 이루었다.

스님은 절이 있나 없나, 두루 살피고,
학은 소나무 없음을 한탄한다.

번개는 나무하는 아이의 도끼와 같고,
우레는 은둔 거사의 종소리이다.

누가 산은 움직이지 않는다고 했는가.
저녁 바람에 날려가는데.

시험관이 2연에 이르러서 놀랄만하다고 극찬하고는 장원 자리에 이 시를 놓았다. 2연은 아름다우나 그외에는 모두 어린애의 이야기와 같다. 무엇 때문에 장원에 넣었는지 알지 못하겠다.

시중 김부식과 학사 정지상은 문장으로 같은 시대에 명성이 높았다. 두 사람은 다투어 서로 양보하지 않았다. 전하는 말에 의하면 정지상은 다음과 같은 시구를 지었다.

절에서는 불경 소리 끝나고

하늘은 유리처럼 맑다.

그런데 김부식이 이 구절이 좋아서 정지상에게 그것을 자기 시로 해달라고 했으나, 정지상은 끝내 허락하지 않았다. 후에 정지상은 김부식의 손에 죽어 귀신이 되었다. 그 뒤 김부식이 하루는 아래와 같은 '영춘시(詠春詩)'를 지었다.

버드나무는 천 가지가 푸르게 늘어지고,
복사꽃은 붉게 만발하였다.
줄줄이 버드나무 푸르고,
점점이 복숭아꽃 붉다.

그때 느닷없이 공중에서 정지상의 귀신이 김부식의 따귀를 때리면서

"나무 가지가 천개이고 꽃이 만개인지 누가 세어보았느냐? 왜 세어 보고 하지 않느냐?"

고 했다. 그래서 김부식은 더욱 정지상을 증오하게 되었다. 후에 어떤 절에 가서 김부식이 변소에 올라 앉았을 때다. 정지상의 귀신이 뒤에서 김부식의 음낭을 움켜잡고 물었다.

"술도 마시지 않았는데, 왜 얼굴이 붉으냐?"

김부식이 천천히 말했다.

"건너편 언덕의 단풍이 얼굴에 비치니 붉지."

정지상의 귀신은 음낭을 더욱 움켜잡고 말했다.

"음낭은 무엇으로 되어 있느냐?"

김부식이 말했다.

"네 아비 음낭은 쇠로 되어 있느냐?"

이렇게 말하면서도 김부식은 얼굴빛이 변하지 않았다. 정지상

의 귀신이 음낭을 더욱 세게 쥐어 김부식은 마침내 변소에서 죽었다고 한다.

　선배 중에서 문장으로 세상에 이름난 사람이 일곱 사람 있었는데, 자기 스스로 호탕한 사람들이라고 생각하였다. 마침내 서로 칠현이라 하였는데, 진나라의 죽림칠현[1]을 그리워해서 그런 것이다. 매양 만날 때마다 술을 마시고 시를 지었는데, 방약무인한 태도여서 세상 사람들이 비방했다.

　그때 나는 19세였는데, 오세재의 아들 오덕진이 나이를 따지지 않고 친구로 삼아 매양 나를 데리고 그 모임에 갔다. 그 후에 이담지가 나를 보고, "그대의 친구 오덕진이 동으로 가서 돌아오지 않으니, 그대가 대신할 수 있겠는가?"

　하고 말했다. 나는 곧 응답했다.

　"칠현이 조정의 벼슬자리라도 된단 말이오. 그 빈 자리를 메꾸라 합니까? 혜강과 완적이 죽은 뒤에 그들의 자리를 이어받았다는 얘기를 들어본 적이 아직 없습니다."

　좌중의 사람들이 크게 웃었다. 그리고 나에게 시를 지으라고 하고 '춘(春)', '인(人)'자를 짚어 주었다. 나는 즉시 시를 지어 입으로 읊었다.

　　　영광스럽게도 죽림들의 모임에 참석하여,
　　　즐거이 동이 속의 술을 기울인다.
　　　칠현 중에서 누가 오이 속의 씨를
　　　꿰뚫은 사람인지 모르겠구나.

---

1) 노장의 학문을 숭상하는 청담사상가 7명.

　좌중의 사람들이 모두 화를 내는 기색이 있었다. 나는 오만하게 마시고는 나와 버렸다. 내가 젊었을 때 광기가 이와 같았으므로, 세상 사람들은 대개 나를 가리켜 광객(狂客)이라 했다.

　내가 옛날 과거에 급제하였던 해에 같이 급제한 사람들과 함께 통제사(通濟寺)에 간 적이 있었다. 나와 너댓 사람이 일부러 뒤에 처져 천천히 가면서 말 머리를 나란히 하고 시를 주고받았는데, 먼저 부른 사람의 운을 가지고 각각 사운시를 짓기로 하였다. 이것은 길에서 입으로 부른 것이고, 시인들의 상투어이기 때문에, 다시 기록하지 않았기 때문에 지금은 하나도 기억할 수 없다.

　그 후에 어떤 사람이 전하는 말을 들었는데, 이 시가 중국에 흘러 들어가 사대부들이 크게 칭찬하는 바가 되었다고 하였다. 그 사람은 오직 다음 한 구절을 읊었다.

　　절름발이 나귀 그림자 속에 푸른 산은 저물어 가고,
　　끊어져가는 기러기 울음 속에 가을 단풍 짙어 간다.

　이 구절은 그들이 더욱 좋아하는 것이라고 했는데, 나는 이 말을 믿지 못했다. 후에 또 어떤 사람이 다음의 한 구절을 읊었다.

　　외로운 학은 어디로 돌아가는가.
　　하늘은 어둑한데,
　　행인은 그치지 않고 길은 멀고도 멀다.

　그 첫구와 끝구는 알지 못한다고 했다. 내가 비록 총명하지는 않으나 또한 아둔하지도 않다. 그때에 가볍게 지어 마음에 두지 않았으나 어찌 그것을 잊어버리기야 했겠는가? 전에 구양백호[1]가 나를 찾아왔다. 이때 좌중의 어떤 손님의 이야기가 이 시에 이르게 되자 질문하였다.

"상국(이규보)의 시가 중국에 전파되었다고 하는데, 믿을 만합니까?"

그러자 구양백호가 대답하였다.

"전파되었을 뿐만 아니라, 아름다운 족자를 만들어 놓고 봅니다."

라고 했다.

손님이 약간 의심을 하자, 구양백호가 다음과 같이 말했다.

"의심스러우면 내가 내년에 그 그림과 이 시의 전문을 가지고 와서 보여드리겠습니다."

아! 과연 이 말과 같다면, 이것은 정말 분에 넘치는 이야기이고, 감당해낼 만한 일이 아니다. 먼저 보내주었던 절구에 차운해서 구양백호에게 이런 시를 주었다.

> 보잘것 없는 시 한 수,
> 한 번 보는 것도 만족스러운데 족자까지 만드는구나.
> 비록 중국이 외국인을 차별하지 않음을 알지마는,
> 그대는 혹시 속이시는 것은 아닌지요.

나는 9세 때 처음으로 책 읽는 것을 알고부터 지금까지도 손에서 책을 놓지 않았다. '시경'과 '서경'을 비롯한 육경, 제자백가 및 역사가의 글에서부터 얻어보기 힘든 책, 불경, 도가서 등을 읽었다. 비록 연원을 궁구하고 심오한 것을 탐구하여 깊이 숨은 진

---

1) 송나라에서 온 구양수의 11세 손.

리를 찾는 데까지는 이르지 못했으나, 두루 섭렵하여 그 정수를 파악해서 글 짓는 도구로 삼았다.

또, 복희 이래 하, 은, 양, 한, 진(秦), 진(晉), 수, 당, 오대를 거치는 동안에 군신의 득실과 국사의 치란(治亂)과 충신, 의사(義士), 간웅대도(奸雄大盜)의 성패 및 선악의 자취를 번잡한 것은 잘라버리고, 요점만 모아 외워서 적절한 때에 응용하려고 대비해 두지 않은 것이 없다. 어쩌다 종이를 당겨 풍월을 읊게 되면, 백운(白雲)에 이르는 장편의 시를 썼다. 그때마다 비록 비단에 수를 놓는 듯 구슬을 꿰어 놓은 듯 화려한 정도는 안 되었지만, 시인의 체재는 잃지 않았다. 진실로 이와 같이 자부하나, 끝내 초목과 함께 썩어 버릴 것이 애석하다. 다섯 치 붓대를 들고 궁궐문을 지나 옥당에 올라가서 임금의 말과 의견을 대신하여 비칙(批勅), 훈령(訓令), 황모(皇謨), 제고(帝誥)를 기초해서 천지에 펼친다면 평생의 소원이 풀릴 것이니 그러한 뒤에야 그만두기를 원하노라. 어찌 시시하게 몇 말의 녹을 얻어 처자나 살리려는 부류들과 같겠는가? 슬프다. 뜻은 큰 데 재주는 시원찮고 타고난 운명은 궁박하다. 30세가 되도록 한 고을의 자리도 얻지 못하고 있다. 외롭고 고생스러운 꼴은 말로 다할 수 없다. 이 점은 머리만 보아도 알 수 있을 것이다.

이때부터 아름다운 경치를 보게 되면 되는 대로 읊조리게 되고, 술을 보면 통음하면서 육신은 세계 밖에서 방랑한다. 봄이 되어 바람은 포근하고 날씨는 따뜻하여 온갖 꽃도 다투어 피었다. 지은 시가 수십 편이나 되었다. 드디어 윤학록과 술을 놓고 놀매 여러 편의 시를 짓다가 흥이 무르익자 취해 잠이 들었다. 윤학록이 운을 불러 나에게 시짓기를 권했다. 나는 즉시 운에 맞추어 시를 지었다.

귀는 귀머거리 입은 벙어리가 되려고 하고,

빈곤한 신세는 세상 물정에 어두워

뜻대로 안 되는 것이 열 가운데 여덟 아홉,

더불어 이야기할 만한 사람은 두서넛도 안되고,

사업은 스스로 순임금을 보좌하던 고요와 기에 견주어 보고,

문장은 반고와 사마천과 같다고 여긴다.

요즈음 내 신세 따져 보니

선현에 미치지 못하여 부끄럽구나.

윤학록이 나에게 말했다.

"팔구로 이삼의 대를 만든 것은 평측이 맞지 않소. 공은 보통 때에는 문장의 폭이 호탕하고 탁월하오. 비록 몇백 운이라도 한 번 붓을 들면 이루어지오. 비 뿌리고 바람 설치듯 빨라도 한 자도 잘못된 것 없었소. 지금 조그마한 율시 하나 짓는데 도리어 규격을 어기니 어떻게 된 것이오?"

내가 대답했다.

"나는 지금 꿈속에서 시를 지었소. 그래서 가리지 않고 내뱉은 것이오. 팔구를 고쳐서 천만으로 하면 안 될 것 없소. 태갱과 현주[1]가 맛이 신 초보다 못하지는 않소. 대가의 수단이 정말 이와 같소. 공이 어찌 이것을 알겠소?"

말이 끝나기 전에, 문득 하품을 하며 깨어보니 꿈이었다. 드디어 꿈꾼 일을 윤학록에게 모두 말했더니, 윤학록이 말했다.

"꿈속에서 꿈에 이것을 지었다고 말했다니, 이른바 꿈 속의 꿈이구려."

술병을 마주하고 장난스레 돌려가며 시를 지었다.

---

1) 조미료를 넣지 않은 국물, 번잡한 규율에 얽매이지 않는 순박한 문장.

꿈나라는 술취한 나라 이웃의 나라.
두 곳에서 돌아왔으나 몸은 하나이고,
구십 일의 봄은 모두 꿈이라.
꿈속에 또 꿈속의 사람이 되었구나

나는 본래 시를 좋아했는데, 비록 전생의 빚이지마는, 병중에는 더욱 좋아져서 보통 때의 배가 되는데 그 까닭을 모르겠다. 흥이 나서 사물을 대할 때마다 시를 읊지 않는 날이 없었다. 그만두려고 해도 되지 않았다. 그래서 이것 역시 병이라고 생각했다.

일찍이 '시벽편(詩癖篇)'을 써서 뜻을 나타낸 적이 있는데, 대개 스스로를 슬퍼한 것이다. 또 식사는 늘 몇 숟갈 먹는데 불과하고, 술만 마실 뿐이었다. 항상 이것으로 근심을 삼았다. 백낙천 후집(後集)의 노경에 지은 작품들을 보니, 대부분이 병중에 지은 것이었다. 술 먹는 일 또한 그러했다. 그중의 시 하나는 대략 이러하다.

내가 타고난 운명을 별로 점쳐보니
여러 전생에 진 빚은 시가다.
그렇지 않으면 왜 미친 듯 시를 읊조리며
병든 뒤에 병들기 전보다 많이 짓는단 말인가.

몽득에게 답한 시는 다음과 같다.

아른아른 무명 이불 밑에서,
병중에 술 취해 잠결에 시에 화답한다.

설모산이라는 약을 먹으며 읊은 시에서는 나음과 같이 읊었다.

약이 녹아 느즉하니 아침 늦게 서너 술 든다

그 나머지도 역시 이런 종류들이다. 나는 그런 뒤에야 자못 마음이 누그러져 이렇게 말한다.

"나뿐이 아니고 옛날 사람도 그러했다. 이것은 대개 전생의 빚 때문이니, 어찌할 수 없다."

백거이는 병으로 얻은 휴가가 100일이 되자 벼슬을 내놓았다. 내가 장차 벼슬에서 물러나게 되면 110일이 될 것이다. 두 사람의 생애가 기약 없이 비슷함이 이와 같다.

아! 다만 나에게 없는 것이 번소와 소만[1]일 따름이다. 그러나 두 첩 역시 공의 나이 68세에 내보냈다. 그러나 그들이 이 때에 무슨 상관이 있겠는가? 아아! 재주와 덕망이 비록 백거이에게는 훨씬 미치지 못하지만, 늙어서 병든 때의 일에 있어서는 간혹 나와 비슷한 점이 많다. 그래서 병중에 지은 15수를 화답하여, 저간의 사랑을 지었다. 그 가운데 '자해(自解)'는 이와 같다.

만년에 모든 근심 잊고 평탄한 일 걸어가니,
낙천은 나의 스승 되고,
뛰어난 재주의 명성은 그보다 못한다고 하나,
우연히 비슷해진 것은 병중에서 시를 좋아하는 것이다.
그때 그가 벼슬 물러나던 날 따져보니,
내가 금년 사직서를 낼 때와 비슷하구나.

---

1) 백낙천의 두 첩의 이름.

끝 구절은 없어졌다.

백운거사(白雲居士)란 선생의 자호이다. 그 이름을 감추고, 그의 호를 쓰고 있다. 스스로 호를 짓게 된 뜻은 선생의 '백운어록'에 갖추어져 있다. 집에는 자주 쌀이 떨어져서 끼니를 잇지 못해도 거사는 늘 즐거웠다. 타고난 성품이 활발하고 폭이 넓었다. 상하 동서남북을 좁다하고, 천지가 협소하다고 했다.

일찍이 술을 자주 마시며 스스로 혼미해지고자 하였다. 남이 불러주면 즐거이 쫓아가서 곧 취해 돌아온다. 어찌 옛날 도연명의 무리가 아니겠는가? 거문고 타고 술을 마시는 것으로 세월을 보낸다. 이것이 그에 대한 사실을 기록한 것이다. 거사가 취해서 한 수를 읊었다.

하늘과 땅은 이불과 베개요,
양자강과 황하는 술독이로다.
천일 동안 술에 취해
태평세월 보내기를 나는 바란다.

또 그는 스스로 다음과 같은 찬을 지었다.

마음이 하늘과 땅 사방 밖에 있어
천지의 구속을 받지 않으니,
천지를 움직이는 기운과 더불어
해방된 땅에 노니는 것인가?

내가 '서청시화'를 보니 왕안석의 다음과 같은 시가 실려 있었다.

저물어 가는 황혼에 비바람이 동산 숲을 뒤덮고,
매달려 있던 국화 떨어지니 온 땅이 누렇구나.

구양수가 이것을 보고
"온갖 꽃은 모두 떨어지지만, 국화만은 가지에서 말라버린다. 왜 떨어진다고 말했는가?"
라고 말했다. 왕안석이 크게 화를 내어, "이것이 '초사'에서 말한 '저녁에 가을 국화의 떨어진 꽃을 먹는다'라는 것을 모르는 것이다. 구양수가 배우지 않는 데서 오는 잘못이다."
라고 말했다.

내가 이것을 논했다. 시라는 것은 본 것에서 흥을 일으키는 것이다. 나는 옛날에 심한 바람과 막 쏟아지는 비 속에서 국화 역시 떨어지는 것이 있는 것을 보았다. 왕안석의 시에서 이미 "해질녘 비바람에 동산 숲 어두운데"라고 말했으면, 본 것에서 흥을 일으킨 것으로써 구양수의 말을 막았으면 된다.

마지 못해 '초사'를 인용하게 되었으면 "구양수는 어찌 이것을 보지 않았는가?"라고만 하면 역시 충분하다. 그런데 도리어 배우지 않았다고 지목했으니, 어찌 그리 편협한가? 구양수가 비록 학문이 얕고 견문이 넓지 못하다고 하나, '초사'가 무슨 구해 보기 힘든 책이라고 구양수가 보지 못하였을까? 나는 왕안석을 점잖은 사람이라고 생각할 수 없다.

나는 옛날에 매성유의 시를 읽고 가볍게 여겨 옛 사람들이 매성유를 시옹(詩翁)이라고 부르는 까닭을 알지 못했다. 지금에 와서 읽어보니, 겉은 미약한 것 같으나 속에는 뼈대가 들어 있어 정말로 시 중의 정수였다. 매성유의 시를 안 뒤에야 시를 아는

사람이라고 하겠다. 그러나 옛 사람들은 사영운의

　　연못가에 봄풀이 나고

　라는 구절을 뛰어난 것이라고 생각을 했으나, 나는 좋은 곳을 모르겠다. 서웅의 '폭포시(瀑布詩)'에서 말한

　　줄기가 푸른 산색을 경계지어 놓고,

　라는 구절을 나는 아름다운 구절이라 생각했으나 소식은 나쁜 시라고 했다. 이로 보건대, 우리들이 시를 안다는 것이 옛사람에 훨씬 미치지 못하는 것을 알 수 있다. 또 도잠의 시는 맑고 조용하며, 거문고 붉은 줄이 무게 있게 울려나는 것 같아서, 한 번 읊고서 세 번 감탄하게 된다. 내가 그 체를 본받고자 하였으나, 끝내 비슷하게 되지 못하였으니 더욱 우습다.

　송나라의 선승 조파는 구양백호가 우리 나라에 오는 편에 시 한 수를 우리 나라의 스님에게 부쳤다. 아울러 옻칠한 주발 다섯 개와 반죽장 한 개를 보내주었고, 또 암자를 '토각'이라 이름지어 손수 액자를 써서 보내주었다. 나는 두 대사가 천리에서 서로 사귄 마음을 아름답게 여겼다. 또 구양백호의 시명을 들었으므로, 목마른 듯 사모하여 두 수를 화답하여 지었다.

　　이곳은 중국과 큰 바다를 사이 하고 있는데,
　　두 분이 서로 비치는 것은 거울같이 맑은 마음이다.
　　스님이 막 작은 암자를 짓자,
　　늙은 조파는 멀리서 토각이라는 이름을 전해 왔다.

지팡이 해묵어도 아직 반죽의 무늬 남았고,
옻칠한 주발은 신명한 기운돌아 푸른 연꽃 줄기 뚜렷하구나.
누가 어느 날 몸소 지팡이를 짚고,
함께 땅을 흔들듯한 선지식(善知識)을 피려나.

멀리 천리 밖에 넓은 바다 건너왔지만,
시운은 여전히 산수의 맑음을 머금었다.
구양수의 먼 자손이라는 것도 기쁜데.
더욱이 우리들에게 향기로운 이름을 실컷 듣게 한다.
하늘을 찌를 듯한 옥수는 높이가 천 길이나 되고,
세상에 상서로운 금잔디는 아홉 줄기 돋았네.
일찍 영걸스런 그대의 풍채를 보려했으나 만나기 어려우니,
어느 때 직접하시는 그 말씀 듣게 되려나.

선사 혜문은 고성군(固城郡) 사람이다. 나이 30세에 비로소 정식 불승이 되었다. 불가의 여러 계급을 거친 뒤 대선에 이르러 운문사(雲門寺)에 거주했다. 사람됨이 강직하여 일시의 명사 사대부들이 많이 그를 좇아 놀았다. 시 짓기를 좋아하여 산승의 체를 얻었는데, '제보현사(題普賢寺)'라는 시를 지었다.

향기로운 연기 속으로 독경 소리 울려 나오고,
고요한 기운이 방 안에 그윽하구나

선문 밖 먼 길에 사람들 남북으로 오가고,
바윗가 늙은 소나무 위로 예나 이제나 달 비춘다.

빈 절의 새벽 바람에 목탁 소리 크게 들리고,

작은 뜰의 가을 이슬이 파초 싹을 죽이네.

내가 이곳에 와서 고승의 탑에 아무렇게나 기대어,
밤새도록 하는 맑은 이야기는 만금이도다.

이 시는 그윽한 운치가 스며 있다. 2연은 사람들이 전하여 외우게 되었기 때문에 '송월화상(松月和尙)이라 부르게 되었다.

꿈에 내가 깊은 산중에서 놀다가 길을 잃고 어떤 고을에 가게 되었다. 그곳에는 누대가 있었는데 밝고 아름다웠다. 옆 사람에게 어디냐고 물으니, 선녀대라고 했다. 이윽고 그곳에서 미인 6, 7인이 문을 열고 나를 안으로 맞아들였다. 들어가 자리에 앉자 굳이 시를 지으라고 청했다. 나는 곧 이런 시를 읊었다.

길 따라 옥대에 접어 드니 푸른 문 열려 있는데
비취 같이 아름다운 선녀들이 나를 맞아준다.

모든 여인들이 자못 이 시를 받아들이려고 하지 않았다. 나는 비록 그 까닭은 몰랐지만 곧 다음과 같이 고쳤다.

맑은 눈동자 흰 이로 웃으며 맞이하니,
선녀 역시 속세의 정이 있음을 비로소 알겠구나

모든 여인들이 다음 구절을 계속할 것을 청했다. 여인들에게 양보했다. 한 여인이 이것을 이렇게 이었다.

속세의 정이 아니고서 우리에게 올 수 있으랴,

그래서 나는 사나이 사랑함이 보통 사람과 다르다.

나는
"신선은 운을 틀리게 합니까?"
라고 말하고, 드디어 손뼉을 치며 크게 웃다가 깨어보니 꿈이었다. 나는 추후에 이렇게 이었다.

한 구절 겨우 짓고 놀라 꿈을 깨니,
짐짓 나머지 빚을 남겨 다시 만날 기약을 만듦이로세.

서백사(西伯寺)의 주지승 돈유사에게서 두 수를 받았다. 심부름 온 사람이 문에 와서 독촉을 하므로, 붓을 들고 화답하여 지어 보냈다.

임금님의 은혜 아니라면 비와 서리도 드물었을텐데,
아름다운 글 고상한 생각 속에 한가로이 산다.
조정에서 그대 벼슬하고 부름이 급한 줄을 알고,
푸른 산이 그립다 하고 오래 머물지 마오.
속세 피해사는 진인은 숨어 사는 것을 달갑게 여기고,
시속을 좇는 새로운 무리들은 다투어 고개 든다.
먼 후일 부처님 환생할 적에,
여우와 쥐 먹다 버린 비린 것들 모두 없어지니.

장안의 소식이 성글다고 이상하게 생각지 마오.
속세의 소리 어찌 물과 구금 깊은 곳에 미치겠는가.
바위 위의 절간 좋은 경치속에 편히 지내고 있는데,
풍진세상 서울에서 녹이 그리워 남았도다.

도 닦는 그대 생각 찬 기운이 뼛 속에 사무치는 듯,
벼슬 좇는 가련한 나 흰 눈이 머리를 덮는구나.
어느 때 벼슬을 그만두고 그대를 찾아,
육척이 쇠잔한 몸 늙어 거둘 수 있을까.

또 따로 한 수를 지어 초를 보내준 것에 감사했다.

우리 나라 최치원 선생의 10대 자손의 문장에는
아직도 할아버지의 풍도가 남아 있고
두 개의 금촛대와 시를 보내주시니,
시는 마음을 깨끗이 하고 초는 어둠을 깨뜨린다.

돈유사가 답하기를, "나는 그대가 보내준 시가 없어져 전해지지 않을까 두려워서, 나무판에 새겨 벽에 걸어두고 오래도록 전하게 했다"고 했다.
간밤에 꿈을 꾸었는데, 어떤 사람이 푸른 옥으로 된 연적과 조그만 병을 나에게 주었다. 두드려보니 소리가 나고 아래는 둥글고 위는 뾰족하였다. 구멍이 두 개 있는데 아주 작았다. 다시 보니 구멍이 없어졌다. 깨어서 이상하게 생각하고 시로 풀이했다.

꿈을 꾸면서 옥병을 얻었는데,
파란 보석 빛이 바닥에 비칠 만하다.
두드리니 쟁그랑 소리나고,
정교하고 치밀하며 윤이 나니,
가득히 벼루에 물 부어 두기에 좋네.
단숨에 시를 천 장이나 짓기 하리라.
신비한 물건이라 변화를 좋아하고,

하늘은 아이들 장난을 좋아하네.
갑자기 입을 꽉 닫고,
한 방울의 물도 받지를 않구나.
마치 신선 바위가 열려,
그 틈으로 파란 기운이 흐르다가,
갑자기 다시 굳게 오므라져
손가락도 못 들어가게 하는 것 같구나.
혼돈은 일곱 구멍을 얻자
칠 일이 되어 죽었다.
성난 바람 여러 구멍에 불면,
온갖 시끄러움 이로부터 시작된다.
박을 뚫는 일 굴곡(屈穀)을 열려 했고
구슬을 꿰는 것 공자에게 액을 가져왔다.
모든 사물은 온전하게 하는 것이 귀하고,
깎고 다듬는 것은 도리어 해가 된다.
모습이 온전한 것과 정신이 온전함은,
칠원리 장자에게 물어 보아야겠다.

지주사 최충헌 댁에 천엽석류화(千葉石榴花)가 활짝 피었는데, 요즈음에는 보기 드문 일이다. 특별히 쌍명재 이인로, 내한 김극기, 유원 이담지, 사직 함순과 나를 초청하고 운을 불러 시를 지으라고 하기에 나는 다음과 같이 지었다.

옥 같은 맑은 얼굴이 술에 취하니,
붉은 물이 온 얼굴에 퍼졌네.
향기로운 꽃은 자연의 기묘함을 모은 것이고,
아리따운 자태는 손님이 찾아오게 한다.

맑은 날, 향기를 피워 나비 끌고,
밤에는 꽃잎을 흩어 새를 놀라게 한다.
그 아름다움을 아끼어 늦게 피게 한,
조물주의 마음을 그 누가 알겠는가.

이는 내가 벼슬길에 오른 것을 스스로 비유한 것이다.

나는 한가위 때 용포에서 배를 타고 낙동강을 지나서 견탄에 정박했다. 그때 밤은 깊어 달이 밝았다. 급한 여울이 돌에 부딪히는 소리가 들리고 푸른 산은 물결에 잠겼다. 물이 아주 맑아 뛰노는 고기와 달리는 게까지도 구부려 셀 수 있을 정도였다. 뱃전에 기대어 길게 숨을 내쉬니 몸이 가뿐하고 시원한 것이 신선의 세계에 온 기분이었다. 강가에는 용원사(龍源寺)라는 절이 있었는데, 그 절의 스님이 나와 맞아주었다. 서로 잠시 이야기를 하다시 두 수를 지었다.

차가운 물기운 짧은 적삼에 스며들고,
한줄기 맑은 강 쪽빛보다 더 푸르다.
수양버들 늘어져 도연명의 문 앞에 다섯 그루 서 있고,
산은 우강처럼 바다 위에 셋이 나타났구나.
하늘과 물이 맞닿아 아래위를 가리기 힘들더니,
구름 안개 걷히자 동남쪽이 드러난다.
쓸쓸한 배 잠깐 평평한 모래 언덕에 매니,
때마침 호승(胡僧)이 조그만 암자에서 나왔구나.

이른 새벽 용포에 배를 띄우고,
해질녘 견탄에 배를 댄다.

얄궂은 구름은 지는 해를 놀리고,
억센 돌은 흐르는 물을 막고 섰네.
수국에는 이미 가을이 와 서늘하고,
배에 밤이 드니 차갑구나.
강산은 한 폭의 뛰어난 그림이다.
그림 병풍인 줄 잘못 보지는 말라.

흥이 나서 갑자기 읊은 것이라 격률에 맞았는지 모르겠다.

이튿날 노를 젓지 않고 배가 가는 대로 물을 따라 동쪽으로 내려갔다. 밤에 원흥사(元興寺)앞에 배를 대고 배 안에서 잠을 잤다. 그때 밤은 고요하고 사람들은 잠이 들었다. 오직 물에서 고기 뛰는 소리만 찰싹찰싹 들렸다. 나는 팔을 베고 조금 자려고 했으나, 날이 차가워 오래도록 자지 못했다.

어부의 노래와 상인들의 피리소리가 도처에서 들려왔다. 하늘은 높고 물은 맑고 모래 사장은 훤하고 언덕은 희었다. 흰 물결과 달 그림자가 주위에서 빛나 흔들렸다. 앞에는 기암 괴석이 있었는데, 마치 호랑이와 곰이 걸터앉아 있는 것과 같았다.

나는 두건을 고쳐 쓰고 왔다갔다 해보니, 강호의 즐거움을 얻을 수 있었다. 하물며 날마다 곱게 단장한 여자를 끼고 음악에 맞춰 노래 부르며 득의 만만해서 논다면 그 즐거움을 어찌 다 말할 수 있겠는가? 시 두 수를 지었다.

푸른 하늘이 먼 물위에 떠 있고
구름 섬이 봉래산 같구나.
물 아래 붉은 고기가 빠져 있고,
안개 속으로 흰 물새가 날아간다.

여울 이름 곳에 따라 바뀌고
산색(山色)은 배를 따라 변한다.
강가 마을에서 술을 사오게 하여,
유연히 술 한잔을 들이킨다.
밤에는 물가 마을 푸른 바위에 배를 대고,
배에 앉아 읊조리며 성긴 수염 스다듬는다.
물결은 출렁거려 배는 흔들리고,
달 그림자 희미하게 모자를 비춘다.
푸른 물결 몰아치니 외로운 바위 물 속에 잠기고,
흰 구름 끊어진 곳에 산이 뽀족이 솟아 있네.
피리소리 시끄럽게 계속 울리니
거문고 파는 아름다운 여인을 불러야겠네.

그리하여 한 서리에게 피리를 불게 했다.

나는 조정의 칙령을 받들어 변산에서 벌목을 시키는 일을 한 적이 있다. 그런데 그 직업이 늘 벌목하는 것을 감독하는 것이므로, 나를 작목사(斫木使)라고 불렀다. 나는 길에서 장난삼아 시를 지었다.

군대를 거느릴 권한이 있으니 자랑할 만한 영광이나,
관청에서 작목사라 부르는 것 부끄러운 일이다.

그 명칭이 짐꾼이나 나뭇꾼이 하는 일과 같이 느껴지기 때문이다. 처음 변산에 들어갔을 때, 층층으로 우뚝우뚝한 산봉우리들이 곧게 뻗어, 엎드리고, 구부리고 뻗어 옆으로 큰 바다를 굽어보는 듯하였다.

바다 가운데 군산(群山)과 위도(蝟島)가 있는데, 모두 아침 저녁으로 가볼 만한 곳이다. 바닷가에 사는 사람들이 말하기를, "편풍(偏風)을 만나면, 중국까지 가는 것도 멀지 않다."라고 하였다. 한번은 주사포(主使浦)를 지나친 적이 있었는데, 밝은 달이 산마루에서 솟아나와 물가의 모래밭을 환하게 비췄다. 마음이 아주 시원해져서 고삐를 놓고 가지 않으며, 앞으로 창해를 바라보며 오랫동안 읊조렸더니, 말꾼이 이상하게 생각하는 듯하다. 시 한수를 얻었는데 이렇다.

한 해 봄에 세 번이나 이 강가를 찾아드니
나라의 일이 언제 그랬던가 원망이 사라지네.
저 멀리 거센 파도는 달리는 흰 말 같고,
오래 묵은 노목은 누워 있는 뿔 없는 용과 같구나.
바다 바람 피리인 양 변방 시골에 불어대고,
모래 위의 비추는 달 포구의 배를 맞는다.
늘 좋은 경치를 만날 때면 서서 머뭇거리니,
곁에 따르는 말꾼 아이 나를 이상히 여길테지.

나는 처음부터 시를 지으려고 생각한 것은 아닌데, 나도 모르게 어느덧 저절로 시를 짓게 되었다.

시에는 좋지 못한 아홉 가지 체가 있는데, 이것은 내가 깊이 생각한 끝에 스스로 체득한 것이다. 한 편의 시 안에 옛 사람의 이름을 많이 쓰는 것이 '재귀영거체(載鬼盈車體 : 귀신을 수레에 가득 실은 체)'이다. 옛 사람의 뜻을 훔쳐 쓰는 것은 훔치는 것도 나쁜데, 제대로 훔치지도 못한 것이 '졸도이금체(拙盜易金體 : 어설픈 도둑이 쉽사리 잡히는 체)'이다. 근거 없이 어려움을 쓰는 것이 '만노불승체(挽弩不勝體 : 센 활을 이기지 못하는 체)'이다. 자기의 재주를 헤아리지 못하고 운이 지나치게 어긋난 것이 '음주과량체(飮酒過量體 : 술을 지나치게 많이 마신 체)'이다. 뜻을 좀처럼 알기 어려운 글자를 애써 끌어다 쓰는 것이 '강인종기체(强人從己體 : 함정을 만들어 장님을 끄는 체)'이다. 일상어를 많이 쓰는 것이 '촌부회담체(村父會談體 : 시골 사람이 모여 드는 체)'이다. 공자와 맹자의 이름자를 함부로 쓰기를 좋아하는 것이 '능범존귀체(凌犯尊貴體 : 존귀한 분을 범하는 체)'이다. 말이 거친데 삭제하지 않는 것은 '낭유만전체(莨有滿田體 : 밭에 잡초가 우거진 체)'이다. 이러한 마땅치 않은 체들을 면할 수 있는 뒤에야 더불어 시를 이야기 할 수있다.

대저 시는 뜻이 주가 되는데, 뜻을 짜는 것이 가장 어렵고 말을 배열하는 것이 그 다음이다. 뜻은 또 재기(才氣)가 주가 되는데, 재기의 우열로 말미암아 뜻의 깊고 얕음이 있다. 그러나 타고나는 것이어서 배워 얻을 수는 없다. 그러므로 재기가 졸렬한 사람은 글 다듬는 것을 잘 짓는 것이라 생각하고 뜻을 앞세우지 않는다.

대개 그 글을 다듬고 구절을 꾸민다면 정말 아름답기는 할 것이다. 그러나 그 가운데 심후한 뜻이 함축되어 있지 않으면, 처음에는 볼만한 것 같으나, 다시 씹어보면 맛이 다해버리게 된다. 비록 그러하나 먼저 운을 맞추어 본 다음, 뜻에 방해가 되는 것 같으면 그것을 고치는 것이 옳다.

다른 사람의 시에 화답하는 데에 험운(險韻)이 있으면 먼저 운이 알맞은 곳을 생각한 뒤에 뜻을 짠다. 대구를 만들기 어려운 구가 있어 오랫동안 읊조려도 쉽사리 얻을 수 없으면 곧 버리고 아까워 하지 않는 것이 마땅하다.

구상하는 데도 생각이 싶고 한 곳에 치우치면 거기에 빠져버리게 되고, 빠져버리게 되면 집착하게 되고 집착하게 되면 미혹하게 되고, 미혹하게 되면 고집하게 된다. 들어가고 나오는데 변화가 있어야 원숙한 경지에 이르게 된다. 어떤 때에 뒤 구로 앞 구의 폐단을 범하기도 하고 한 글자로 한 구의 안정을 돕는 수도 있으니, 이것은 생각하지 않을 수 없는 것이다.

순전히 청고(淸苦)한 것을 쓴 체는 산(山)사람의 격조이다. 전적으로 곱고 아름다운 것만으로 꾸미는 것은 궁궐의 격조이다. 오직 맑고 웅장하여 호탕하고 쉽고도 담담한 것을 섞어 쓸 수 있게 된 뒤에야 체와 격이 갖추어져 사람들이 한 가지 체로 이름 짓지 못한다.

다른 사람이 자기 시의 결점을 말하는 것은 기뻐할 만한 일이다. 말한 것이 옳다면 그 말을 따를 것이고, 그렇지 않다면 자기 뜻대로 하면 된다. 임금이 충신의 간언을 막아 끝내 자기의 잘못을 모르는 것과 같이 할 필요가 있겠는가.

무릇 시가 이루어지면 반복해서 보되, 자기 지은 것으로 보지 말고 다른 사람 및 아주 미워하는 사람의 시로 보고 그 결점을 찾아내듯 해야 한다. 그리고 나서 그 결점이 없을 때 세상에 내놓을 수 있을 것이다.

대체로 옛 사람들의 시체를 본받으려는 사람은 반드시 그 시를 먼저 습득한 뒤에라야 제대로 본받을 수 있다. 그렇지 않으면 표절하기도 어렵다.

이것을 도둑에 비유한다면, 먼저 부잣집을 엿보고 그 집 문과 담을 익힌 뒤에라야 그 집에 잘 들어가서 빼앗아 남도 모르게 자기의 것으로 만들 수 있다. 그렇지 아니하고 무턱대고 주머니를 뒤지고 상자를 열면 반드시 붙들린다.

나는 어려서부터 떠돌이 같이 절제가 없어 독서도 그리 정밀하지 못했다. 육경, 제자, 사서의 글을 읽었을 뿐, 그 근본을 궁구해보는 데에는 이르지 못했다. 하물며 제가의 장구(章句)와 같은 것들이랴? 그 글에 익숙하지 못하고서 그 체를 본받을 수 있으며 그 말을 훔칠 수 있겠는가. 이것이 새 말을 만들어 내지 않을 수 없는 까닭이다.

시화(詩話)에 이산보의 '남한사시(南漢史詩)'가 실려 있다.

왕망이 가져오게 되자 반쯤 빠져가던 것이,
조조(曹操)가 가지고 가자 일시에 가라앉았다.

나는 이것이 뛰어난 구절이라 생각했는데, 고영수라는 사람이 "이것이 '파선시(破船詩)'이다" 라고 꾸짖었다. 내 생각에 무릇 시는 사물의 체(體)를 말하는 것인데, 그 체를 말하지 않고 바로 그 용(用)을 말하는 것도 있다. 이산보의 우의는 아마 한(漢)나라를 배로 하고 바로 그 용을 말해 절반이 가라 앉아있다거나 완전히 침몰했다고 했을 것이다.

만약 고영수가 평했을 때, "너는 내 시를 '파선시'라 여기지만 나는 한나라를 배에다 비겨 그렇게 말한 것이다. 네가 그것을 알수 있었다니 정말 잘 안다"고 했다면 고영수라는 사람이 무슨 말로 그것에 대답했을까? 시화에도 고영수를 입이 가볍고 경박한 무리라고 했으니, 그의 말을 받아들일 것은 아니다.

옛 사람이 "천하에 뜻대로 되지 않는 일이 십중팔구이다. 사람이 나서 세상을 사는데, 마음에 드는 일이 얼마나 되는가?" 했다.

나는 '위심시(違心詩)' 12구를 지었는데 그 시는 이렇다.

인간의 자질구레한 일 한결같지 못해서
툭하면 마음에 어그러져 마땅치 않네.
젊은 나이 때도 가난하면 아내조차 깔보고,

늙어도 녹만 두터우면 기생도 따른다.
대개 놀러 가는 날에는 비가 내리고
할 일 없이 앉아 있을 때는 날씨가 화창하다.
배불러 밥을 물리면 맛있는 고기를 만나고
목구멍이 헐어 마실 수 없으면 술이 생긴다.
고이 간직했던 진귀한 물건을 싼 값에 팔고 나면 시장에 값
이 오르고,
오랜 병을 애써 고치고 나면 이웃에 의원이 있다.
자질구레한 일들이 맞지 않는 것도 이와 같으니,
하물며 양주에서 학 타는 일이야 기대하랴?

대저 만사가 마음에 어그러지는 것이 이러하다. 작게는 한몸의
영화, 출세, 고생, 안락에서부터 크게는 국가의 안위와 난리에 이
르기까지 마음에 어그러지지 아니한 것이 없다. 나의 시는 자질
구레한 것들을 열거한 것에 지나지 않으나, 그 뜻은 사실 큰 것
을 일깨우는데 있다. 세상에 이런 '사쾌시(四快詩)'가 전한다.

큰 가뭄 뒤에 단비 만나는 것,
타향에서 친구를 만나는 일.
결혼 첫날밤에 화촉을 밝히는 일.

금방[1]에 이름이 걸릴 때.

가뭄 끝에 비가 오기는 하지만 비 온 뒤에는 또 가뭄이 든다. 타향에서 친구를 만나면 또 이별하게 된다. 첫날 밤에 화촉을 밝힌다고 해서 어찌 그들이 생이별을 하지 않는다는 보장을 하겠는가? 과거에서 합격했다고 해서 어찌 그것이 우환의 시작이 아니라고 할 수 있겠는가? 마음에 어긋나는 것은 많고 마음에 드는 일은 적기 때문에 이렇게 한탄할 일이다.

---

1) 과거 합격자의 이름을 거는 판.

어우야담(於于野談)

유몽인(柳夢寅)

야담은 주로 한문으로 기록된 비교적 짤막한 길이의 잡다한 이야기들이다. 이것은 고려후기의 '역옹패설'같은 것에서 시작하여 '어우야담'에 이르러 본격화 되었다. 자주 등장하는 내용은 재산의 축적, 사람의 본능적 욕구, 주인과 노비의 갈등, 기인·일사들의 세태에 대한 풍자와 해학들이다.

김장군(金將軍) 응하(應河)의 자는 경희인데, 강원도 철원(鐵原)사람이다.

을사년에 무과(武科)에 합격하여 선전관(宣專官)을 거쳐 경원판관(判官)이 되었다. 육진(六鎭)은 가족이 가지 못하는지라 어떤 사람이 와서,

"귀가(貴家)의 딸이 나이가 젊고 얼굴이 고와 가히 첩(妾)을 삼음직하다."

하였다. 장군이

"우리 집이 몹시 가난하니 귀가(貴家)에서 딸을 기르기 쉽지 아니하여 아내같이 대접하면 명분(名分)이 문란하고, 천한 첩으로 대접하면 반드시 노할 것이다. 대체로 사람의 복이 옷감의 많

고 적음에 있는 것 같아서 혼인을 정한 일이 있다. 글쎄 첩으로 인하여 부귀해지는 것은 사람다운 일이 아니다."

하였다.

정사년에 장티푸스를 앓아 장차 죽을 것 같으니, 그 벗이 냉약(冷藥)을 가지고 와서 말했다.

"그대 일찍이 나라를 위해 죽기를 자청하더니, 이제 한 병으로 죽으면 누가 알리오."

장군이 눈을 부릅뜨고 세 사발을 다 마시고 살아났다.

무오년에 병조판서 박승종이 친상(親喪)을 만났는데 장군은 그 인척(姻戚)이었다. 고양 땅에 장사지내는데 궁중에서 내시를 보내어 상을 도왔다. 어떤 사람이 장군에게 접대하라고 권하며, "내시가 그대의 풍채 좋음을 보고 반드시 궁중 안에서 도와 줄 것이다."

라고 했다.

장군이 탄식하며 말하기를,

"바라는 것이 있어서 고자를 정성껏 대접하는 것은 사대부가 할 일이 아니다. 그것은 홀로 마음에 부끄럽지 아니한 일인가?"

하니 손님이 다 이상하게 여겼다.

가을에 건주 오랑캐 누르하치가 일어나니 중국이 우리 나라 군사를 불렀다. 장군이 조방장으로 선천 군수가 되어 전장에 나가 군관 오헌에게

"간밤에 꿈을 꾸니 도적이 내 머리를 베니 내가 헛되이 죽지 아니하고 도적을 많이 죽일 것이니 그리 알라"

하고 활 둘과 화살 백(百)을 차고 나가니 모든 장수들이 겁이 많다고 하였다.

기미년 삼월 삼일에 중국 군사 삼만이 심하에서 전군이 죽고 우리 군사 또한 차례로 패배하였다. 말을 탄 장수 한 사람이 진

위에서 장군의 싸움을 보고 손가락을 튀기며 탄식하며,

"평지에서 보병으로 내 철기(鐵騎)를 막아내기를 이렇게 하니 귀국(貴國)군사는 강하고 용맹하기 이를 데 없다."

하였다. 오래지 아니하여 큰 바람이 홀연히 일어나, 총과 화약이 흩어져 대포를 쏘지 못하니 적병이 이 기회를 타서 우리 군사를 크게 격파하였다. 장군이 말에서 내려 홀로 버드나무 아래에 의지하여 활을 쏘면 반드시 도적을 맞혔다. 장군도 몸에 무거운 갑옷을 입었는데 화살 맞기를 고슴도치 털 같았으나 오히려 동요치 아니하였다. 화살을 다 쏘고는 장검을 가지고 쳐 죽인 적이 무수하고 칼 자루가 세 번 부러졌으나 세 번 바꿔 쳤다. 홀연 한 도적이 뒤에서 창으로 찔러 땅에 엎어졌으나 칼이 아직 손에 있었다. 그 후에 사로잡혔던 사람이 도망하여 오는 자가 다 말 하기를,

"오랑캐가 서로 말하기를 '버드나무 아래의 한 장군의 용맹이 무쌍하였다. 조선에 만일 이런 사람 두 명만 있으면 가히 대적하지 못하리라' 하더라."

하고 또,

"오랑캐 장수가 중국 군사와 조선 군사 죽은 자를 묻을 때 날이 오래지 않아 시체가 다 상하였다. 그러나 오직 버드나무 아래의 한 시체가 안색이 산 듯하고, 오른손에 칼을 잡아 빼 낼 수가 없는데, 이가 곧 김장군이다. 오랭캐가 그 시체를 쏘아 눈을 맞히니 이는 오랑캐 군사를 많이 죽인데에 대한 보복이다."

하였다.

이보다 먼저 홍립(弘立)이 오랑캐의 역관 하세국을 오랑캐에게 보내었다. 이에 오랑캐 군사가 역관을 불러 그 싸움을 그치고 홍립과 더불어 항복하라고 하니 장군이 더욱 노하여 사로잡는 군사들을 죽였다.

조정이 그 절의(節義)를 아름답게 여기어 병조판서를 추증하고 중국 사람이 왕래하는 거리에 사당(祠堂)을 세웠는데 크고 아름다웠다. 장군의 충의(忠義)여! 큰 도적의 수가 많고 적음이 너무나 동떨어졌는데도 조용히 진을 펴 기(旗)를 날리며 싸움을 재촉하니 첫번째 기특함이요, 오랑캐 군사가 화해할 뜻이 있어도, 못 들은 체하고 시종 힘써 싸우니 두번째 기특함이요, 말에서 내려 나무에 의지하면서 죽기를 각오하고 수천 군과 혈전하여 항복치 아니함이 세번째 기특함이요, 장검을 죽어도 놓지 아니하고 다시 일어나 도적을 죽일 듯하니 네번째 기특함이요, 방춘 더운 봄날에 죽은 살이 썩지 아니하고 노기가 발발하여 살아 있는 듯함이 다섯번째 기특함이다. 영상 박승종이 전(傳)을 지어 포장(褒章)한다.

윤월정 근수는 중국말을 잘 알았다. 일찍 연경에 조회하러 갔다가 망기(望氣)하는 자를 만나,

"망기(望氣)도 배워야 아느냐?"

고 물었다.

"배워야 알 수 있다."

라고 답했다.

"어찌 하느냐?"

고 물으니,

"흙집을 짓되 동과 서와 북 및 그 위를 막고 그 나머지는 열어 놓는다. 다시 그 안에 전과 같이 거듭짓되 북을 열고 남을 막는다. 또 그 안에 전과 같이 거듭짓되 동을 열고 북을 막는다.

또 그 안에 거듭짓되 그 서는 연다. 또 그 안에 거듭짓되 그 위를 열어 매양 그 넷 가운데는 막고 그 한가운데는 연다.

그 가운데가 침침(沈沈)하여 주야를 분별치 못하게 되는데 주

야를 졸지 아니하고 오십일이 지나면 다섯 겹 집안에서도 대낮같이 물건을 볼 수 있어서 옷에 꿰맨 실을 가히 셀 수 있다. 그런 연후에 나와서 보면 천기 오색 기운이 눈앞에 요연하여 능히 수백리 밖을 볼 수 있다. 이리하여 길흉을 점하면 백에서 하나도 틀리지 아니한다."

학관 이재영이 연경에 가다가 동악묘(東嶽廟)에 이르니 묘중에 도사가 많았다. 한 도사가 흙집 가운데서 퉁소를 불었다. 들어가려고 했더니 문이 없어서 물었다. 도사가 흙집 가운데 앉아 네 벽을 막고, 다만 조그만 구멍으로 밥을 넣는다 하였다. 삼년 만에 나왔는데 벼슬의 품수와 녹(祿)이 두터웠다. 근래에 술사(術士) 박상의가 또한 이 법을 배워 네 겹 집을 짓고 오십일만에 나와 능히 사람의 상(相)도 보고 기운도 살폈다.

한 나그네를 보고,

"네 이미 상사(喪事)를 만났도다. 흰 기운이 머리 위에 떴다." 하였다. 그 어미가 멀리서 이미 죽었으나 알지 못하였다. 수일이 못되 부음(訃音)이 왔다.

참판 정기원이 박상의와 앉아 있다가 나와 그 바지에 오줌을 묻히고 다시 앉으니, 상의가 웃어 말했다.

"공(公)이 어찌 오줌을 쌌느냐."

이 말을 듣고 기원(期遠)이 크게 놀랐다.

상의가 담양에 살 때 한 관가(官家) 기생을 사간(私姦)하려고 했는데, 기생이 교만 불순하여 여러 번 몸을 도망하여 깊이 숨었다. 상의가 반드시 앉아서 그 곳을 알아, 열번 숨어도 열번 찾아내었다.

하루는 나그네와 함께 자다가 나와 크게 놀라 말했다.

"아무 방위(方位)에 기운이 있어 심히 사나우니, 필히 시역대변(弑逆大變)이 곧 있으리니 그대가 그것을 기록하라."

나그네가 눈을 씻고 보았으나 그 기운을 못 보고 미친 말이라 하였다. 그후 이십일에 그 땅에 과연 어미 죽이는 옥사(獄事)가 났다.

상의(尙義)가 나이 팔십에 능히 치아로써 호두 열매의 껍질을 깨물고 사발을 깨물어 가루를 만들어 먹으니 사람이 다 괴이하게 여겼다. 상의가 일찍이 천천히 걷고,

"네 겹 집에 들어가 오십일을 졸지 아니하고 씹기를 쉬지 않으면 가히 망기법(望氣法)을 배울 것이요, 그렇지 아니하면 마음 병이 미쳐 달아날 것이니 가히 무섭다."

하였다.

내 일찍이 보니 고양이가 닭을 둥우리 아래서 지키니 닭이 스스로 떨어지고, 쥐를 구멍 밖에서 지키니 쥐가 스스로 나오던데 대개 독한 기운에 눈이 어지러워 그리되는 것이다. 항상 그것을 괴이하게 여겼는데 그 당시에 김영남이 전라도 병마도사가 되어 중의 집에 들었다. 밤에 뒷간에 갔다가 홀연히 정신이 혼현(昏眩)하여, 넘어져서 기운이 끊어지니, 종자가 업고 들어왔다. 이윽고 나았다. 다음날 뒷간 밖을 보니, 범이 쭈그려 앉았던 곳이 있고, 또 고리를 흔들던 흔적이 있어 땅을 쓸어도 티끌이 없었다. 이에 범의 독을 쏘여 그리 되었음을 깨달았다.

동지중추부사 권희가 수묘(守墓)에 거처하였다. 밤에 뒷간에 가다가 정신이 홀연 희미하여 넘어져서 정신을 잃었다. 종이 부축하고 들어와 얼마후에 기운을 되찾았다. 그 연유를 몰랐는데 아침에 살펴보니 눈 속에 범이 허우적거리고 쭈그려 꼬리를 두른 자취가 있었다. 범의 독에 능히 부지불견(不知不見)에 기운을 뺏기고 정신을 상하기 이같이 하니, 산에 가거나 들에 있거나 가히 근심할 것이 이만한 것이 없다.

　동지 정문부가 함경도 평사 되었을 때 왜변(倭變)을 만났다. 두 왕자가 포로가 되고, 크고 작은 고을의 관원 및 사족(士族)들이 다 주민들에게 묶이어 왜장에게 바쳐졌다. 정문부가 미복(微服)을 하고 밤에 가다가 길에서 순찰 왜졸(倭卒)을 만나 그 장수에게 잡혀갔다. 지키던 자자 조금 게으른 때를 타 달아나니, 왜졸이 쫓다가 찾아 내지 못하였다. 공이 가만히 숨어서 품팔아 입에 풀칠할 때, 무녀(巫女)가 종으로 삼았다. 공으로 하여금 북을 지게 하고 민가에 다니며 밤굿을 할 때 술과 떡의 남은 것을 주었다. 하루는 무녀가 밤에 그 지아비에게,

　"옹(翁)아, 네가 푸른 빛의 옷을 입고자 하느냐?" 하였다.

　"어떻게?" 하였다.

　"아무 집 주인옹(翁)이 파란 새 옷을 입었으니, 내가 마땅히 빼앗아 너를 주겠다."

　하였다.

　이튿날 다시 북을 지우고 민가에 가니 과연 주인이 푸른 옷을 입고 있었다. 무당이 적삼소매로 북 자루를 잡고 북을 치며 귀신의 말을 만들어 흉한 말로 공포에 떨게 하였다. 그 집 사람들이 크게 두려워하여 옷을 벗어 비니 무당이 드디어 그 옷을 앗아다가 그 지아비에게 입혔다. 정문부가 보고 심히 분하게 생각했다.

　오래지 아니하여 조정이 정문부에게 어사를 제수하고 옥관자(玉貫子)를 더하였다. 또 길주 목사와 안변 부사를 재수하니 이후부터 정문부가 무격(巫覡)을 미워하여 명령을 듣지 아니하는 놈은 엄한 형으로 다스렸다.

　이지번은 높은 선비다. 공헌대왕조에 벼슬하여 사평이 되었더니, 그때에 윤월형이 권력을 독점하고 비리로 송사를 하자 벼슬

을 버리고 돌아갔다. 집을 단양 땅 강 위에 짓고 수양하니 밝은 빛이 집에서 나왔다.

열 읍에서 영접하는 것을 다 사양하여 받지 아니하였다. 집에 푸른 소가 한 마리 있었는데 두 뿔 사이가 팔, 구촌이었다. 늘 타고 강상(江上)에 두루 놀았다. 하루는 눈이 온 산에 쌓여 있었다. 푸른 소를 타고 산에 올라 구경하는데 따른 자가 없고 다만 한 아이가 소를 몰고 따랐다. 지번이 동자를 돌아보며,

"네 또한 이 즐거움을 아느냐?"

하자 동자가,

"소인은 추워 즐거움을 모릅니다."

하였다.

그 아들 산해는 일시 명류와 서로 사랑하는 바가 되었다. 공이 단양 군수가 되었다. 단양의 두 언덕 사이에 있는 쌍봉(雙峰)이 마주 있는데 높았다. 비선(飛仙) 놀음을 하고자 하여 칡 동아줄을 송사하는 백성에게 구하여 두 봉우리사이에 건너 맸다. 그리고 나는 학처럼 그 위에 앉고, 고리를 매달고 왕래하여 공중에 나는 듯하니, 백성이 바라보고 신선같이 여겼다. 얼마 있다가 임기를 마치고 돌아갔다.

후에 최공이 그 소임을 대신하여 관청고(官廳庫)가운데 들어가 보니 칡 동아줄이 가득히 차 있었다.

이지함은 지번의 아우인데 기특한 선비다. 베옷과 짚신으로 두루 다니고 사대부들과 즐겁게 놀았다. 방약무인하고 여러 잡술에 통치 않는 것이 없었다. 일엽편주를 타고 배 네 모퉁이에 박을 매달고 세 번이나 제주(濟州)에 들어갔으나 풍파에도 근심이 없었다.

스스로 상인이 되어 백성을 가르치고, 빈 손으로 생업이 넉넉

하여 수년 사이에 곡식 쌓인 것이 아주 많았다. 모두 빈민에게 나눠 주고, 소매를 걷고 바다에 들어가 박을 심으니 박이 수만개나 열렸다. 따서 바가지를 만드니 곡식이 거의 천 석이나 되어 경성·삼개에다 두고 강촌 사람을 동원하여 흙집을 지었다. 높기가 백 척이나 되어 이름을 토정(土亭)이라고 하고 밤에는 집 아래서 자고, 낮이면 집 위에 올라가 산 지 오래지 아니하여 버리고 갔다.

또 솥 가지고 다니기를 싫어하여 쇠모자를 쓰고 다니다가 벗어서 밥 지어 먹고, 도로 씻어 쓰며 팔도를 돌아다니나 말을 타지 아니 하였다. 스스로 이르되,

"천한 일을 직접 아니함이 없고 사람에게 구타를 입지 아니하였노라."

하였다. 일찍이 시험하여 하루는 민가에 들어가 부부가 앉아 있는 곁에 앉으니, 주인이 크게 노하여 매질을 하려다 그가 늙었다고 그냥 내쫓았다. 또 태형을 받고자 하여 짐짓 관리의 앞길을 막으니 관인(官人)이 노하여 볼기를 치려다가 그 형상을 괴이히 여겨 그쳤다.

그 부모의 산소를 모실 때 자손에 마땅히 두 정승이 날 곳을 정하고 그 끝 자손은 불길한 곳이었다. 끝 자손이 바로 그다. 곧 그 몸이다. 우겨서 스스로 그 재앙을 당하였다. 그 후에 산해와 산보는 벼슬이 일품에 이르고 지함의 아들은 나타나지 아니하였다. 일찍이 포천 현감이 되어 포의와 초혜와 포립으로 관아로 나가니 관인(官人)이 음식을 드렸다. 먹지를 아니하며 말했다.

"먹을 것이 없도다."

하인이 뜰에 꿇어 엎드려,

"고을에 토산물이 없어 소반(小盤) 음식이 다른 맛이 없으니 고쳐 드리겠습니다."

하고 아름다운 음식을 성대히 차려 나왔다. 또

"먹을 것이 없다."

하니 하인이 떨면서 죄를 빌었다. 지함이,

"우리 나라 민생이 어려운데 음식 탓하는 것은 죄받을 일이다. 나는 소반 쓰는 것을 싫어하노라."

하고 하리(下吏)에게 시켜 오곡밥을 짓게 하고 밥 한 그릇과 나물국 한 그릇을 갓을 담은 상자에 담아 내오게 하였다.

이튿날 고을 가운데 벼슬아치가 오니 마른 나물로 죽을 쑤어 권하였다. 벼슬아치가 숟가락을 들어 잠깐 먹고 토하였으나 지함은 먹기를 다하였다.

늙어 벼슬을 버리고 돌아가니, 고을 백성이 길을 막고 만류하였으나 이루지 못하였다. 후에 아산 현감이 되니, 한 늙은 관리가 죄를 범한 일이 있었다. 지함이,

"네 비록 늙으나 마음은 아이다."

하고,

"관(冠)을 벗기고, 흰 털을 묶어 벼루를 가지고 책상 앞에 뫼시라."

하니 늙은 관리가 몰래 지네즙을 술에 타 가지고 올렸다. 지함이 이를 마시고 죽으니 나이 육십이 못 되었다.

이지함은 유민이 해어진 옷으로 빌어 먹는 것을 불쌍히 여겼다. 주린 백성을 위하여 큰 집을 짓고 수공업을 가르칠 때 사농공상을 직접 대면해서 이르는데 모르는 것이 없었다. 그 의식(衣食)을 넉넉히 하고, 가장 무능한 자는 짚을 많이 주어 짚신을 짓게 하였다. 친히 그 방법을 가르쳐 하루에 열 켤레의 신을 만들었다. 시장에 팔면 하루에 한 말 쌀을 준비하고 그 남은 것을 팔아 옷을 만들었다. 수개월 사이에 의식이 다 풍족하나 그 괴로움을 이기지 못하고 오래지 아니하여 도망하는 자가 있었다. 이로

써 보건대 백성이 게을러서 굶주린 것이다. 비록 아무 능력이 없는 자라도 스스로 짚신을 삼지 못하는 이는 없을 것이다.

지함이 백성의 부지런함을 가르치는 것이 이러하였다.

한 산맹(山氓)이 무식하여 남의 집에 품을 팔았다. 봄에 염병(染病)을 하고 한 달이 지난 후 일어나 산에서 나무를 하였다. 처음 산불이 불어 단 향기가 바람을 타고 오자 그 향취를 찾아 골짜기 가운데로 들어갔다. 큰 구렁이가 타 죽어 있는데, 재 가운데 흰살이 반은 터져 꽃다운 냄새가 가득하였다. 병 앓던 끝에 굶주렸다가 사방을 돌아보니 사람이 없었다. 이에 막대를 부러뜨려 젓가락을 만들어 피부를 헤치고 보니 살이 희기가 눈 같았다. 시험하여 맛보니 짐짓 기절할 맛이 있었다. 싸 가지고 돌아와 소금에 절여 가만히 그윽한 곳에 두고 수 일 동안 먹었다.

바야흐로 다 먹고 오래지 아니하여 뺨 위가 가렵고 종기가 호리박만하게 났다. 바늘로 헤치니 다른 것은 없고 붉은 이가 사, 오십되나 되었다. 소금으로 씻으니 쾌히 나았다. 이후부터 죽도록 몸에 이가 없었다. 다만 낯이 누르고, 붉은 빛은 적었다.

서울 선비가 일 때문에 북도에 가다가 덕원에 이르러 점심을 시내 위에서 먹었다. 한 무부를 만났는데 용모가 심히 넉넉하고 사람이 관대하였다. 그 또한 시내 위에 쉬면서 장막을 치고 먹었다. 함께 어울렸는데 조금 후 무부의 종자가 물고기 회를 가져왔다. 깨끗하고 매미 날개같이 엷었다. 초장에 찍어 먹으니 또한 맛이 아름다웠다. 선비에게 권하며 같이 먹어 각각 두어 그릇을 다 먹었다.

이튿날 또 문천 주막에 이르러 무사가 먼저 가 장막 안에 앉았다. 막 뒤에서 회가 나오는 것이 여전하였다. 다 먹고 파하였는데 고원에 이르러 또 여전하였다. 마침 선비가 대소변을 보러 장막 뒤로 갔다가 뱀의 머리와 껍질이 낭자히 있음을 보고 괴이하게 여겨 그 종자에게 물었다. 종자가,

"무부의 종이 시내 다리 아래 엎드려 풀잎을 따서 불어 소리를 내니까 큰 뱀이 다리 아래에서 나왔습니다. 노끈으로 그 목을 매에서 잡아 막 뒤로 들어가기에 어디 쓰려 하느냐고 물었더니 '약에 쓰려 한다' 하였습니다. 따라가고자 하였으나 꾸짖었습니다."

하니 선비가 비로소 깨우쳤다.

'엊그제 먹은 회가 고기가 아니라 뱀이로다.'

하고 객객(喀喀)히 토하고, 이때부터 동행을 아니하니 대개 무부는 음창(淫瘡)이 있어 이것이 아니면 좋은 약이 없었기 때문이다.

임해군이 개와 닭과 거위, 오리, 비둘기 치기를 좋아하여, 그 수가 각각 수백 수천이라 날마다 곡식 수십 섬씩 허비하였다. 늘 사내 종에게 쌀 시장에 가서 떨어진 곡식을 먹이고, 혹 하나를 잃으면 열 배를 물렸다. 동복이 이 때문에 시장 사람들에게 행패 부리기를 마지 아니하였다.

오리가 네 시에 알을 낳는 것을 사시압이라 했는데 그 수가 수백이었다. 임해의 아우 순화군이 성품이 잔인하여 죽이기를 좋아하고, 또 중풍이 들어 사람을 무수히 해하였다. 그 오리를 날마다 오십씩을 훔쳐 먹기를 수일째 하니, 임해가 싫어하였으나 감히 말을 못하자 그 집에 있는 자가,

"대감의 위엄이 이 나라에서 무서워하지 않는 자가 없습니다. 저 순화군은 아우인데 어찌 감히 날마다 이와 같이 오리를 먹으리오. 어째서 친히 가서 달래지 아니합니까?"

임해가 가니, 순화군이 문에서 맞아 집에 올려 절하며,

"대감이 불초(不肖)에게 오시도다."

하고 시비에게 명하여 잔을 드리는데 진수성찬이었다. 임해가 말을 못하자 순화군이 먼저 청하며,

"저의 집이 가난하여 타는 말이 없습니다. 들으니 대감에 총이 있다 하니, 원컨대 대량피(大狼皮) 황동안(黃銅鞍)을 갖춰 제게 주소서."

임해가 머뭇거리고 다른 말로 막자, 순화군이 무릎 아래서 보검을 내어 날을 해에 비추었다. 어루만지며 두세 번 청하니 임해가 마지 못하여 허락하고 물러왔다. 마침내 그 오리를 돌려달라고 청하지 못하고 총에 보안(寶鞍)을 지어 주었다. 임해가 패하여 총멘 군사가 문을 막고 궁을 에워싸자, 모든 짐승이 다 주려 사냥개에 죽었다.

순화군은 사람 죽이기를 마지 아니하니, 선왕이 궁문 밖에 자주 가두시었다. 약간 글자를 알더니 하루는 글을 써,

"집이 높이 솟았는데, 찬 바람이 부니 얼어 죽기 알맞도다."

아전을 시켜 임금께 보이자, 임금이 불쌍히 여기어 놓아 주셨으나 이듬해에 죽었다.

최연이란 자는 강릉 사람이다. 김시습이 중이 되어 설악산에 숨었다는 말을 듣고 같은 또래 소년 오, 육인과 더불어 같이 놀며 배우기를 청하였다. 시습이 다른 소년은 사양하고 홀로 최연만 가르침직하다 하여 반년을 머물게 했다. 사제의 도를 다하여 자나 깨나 곁을 떠나지 아니하였다. 하루는 시습의 잠자리가 비고 간 곳을 알 수 없었다.

최연이 이상히 여겨 감히 따르지 못하고 찾지 못한 지 여러 번이었다. 하루는 밤이 깊고 달이 또 밝은 때, 시습(時習)이 옷입고 관을 쓰고 가만히 나갔다. 연이 멀리 그 뒤를 따라 한 산골짜기와 한 고개를 넘어가 수풀 깊은 데서 바라보았다. 고개 아래 큰

반석이 있는데 평평하고 넓어서 가히 앉음직하였다. 두 나그네가 있는데 어디서 온 줄을 알지 못하였다. 서로 읍(揖)하고 돌 위에 앉아 말하니 멀어서 그 말을 알아들을 수 없었다. 한참만에 헤어지거늘 최연이 먼저 돌아와 자던 데 누웠기를 전과 같이 하였다. 이튿날 시습이 연에게

"처음엔 너를 가히 가르침직하다고 하였으나, 이제야 그 번거로움을 깨달아 가히 가르치지 못하겠다."

하므로 드디어 하직하였다. 마침내 그곳을 알지 못하고 더불어 말하던 자는 사람인지 신선인지 알지 못하였다.

노령은 전라도 장성(長城) 땅이다. 고개 아래에 사람이 살아 사냥으로 생업을 삼았다. 집에 개를 스무남은 마리를 길렀는데, 하루는 크게 취하여 집에 돌아오니 집 사람이 다 밭이랑에 가고 없었다. 크게 취하여 화로 앞에 거꾸러졌는데, 옷이 불에 닿아 점점 몸이 타니, 고기 익는 냄새가 집에 가득하였다

뭇 개가 모여 와서 먹어 다 없어졌다. 집 사람이 돌아와 보고 놀라며 뭇 개를 죽였다. 그 중에 개 오륙마리가 산중으로 들어갔다. 사람의 고기를 맛보았는지라 사람을 잡아먹으려고 노령 수풀 가운데 숨었다가 사람이 홀로 지나가면 뭇 개가 내달아 잡아 먹었다. 고을 사람이 근심하여 무리를 모아 개를 죽였다.

동해 바다에 작은 고기가 있는데 매우 희었다. 풍파를 따라 언덕 위에 밀리면 주민이 주워 먹었다. 우리 나라 북도 스님이 초식이라 하며 먹기를 꺼리지 아니하였다. 마침 지나가는 스님이 부엌에 들어가니 그 스님이 뱅어탕을 사발에 가득히 주었다. 괴이하게 여겨 물었다.

"북방은 이것을 초식이라 하고 나물처럼 먹는다."

히였디.

내가 듣고 심히 웃고 뒤에 두시(杜詩)를 보니, 흰 고기를 제목으로 삼아 지은 글이 있었다.

　　백소군분명　白少群分命
　　천연이촌어　天然二寸魚
　　세미첨수족　細微添水族
　　풍속당원소　風俗當園疏

　　희고 작은 무리가 목숨을 나누는데
　　천연이 두 촌(寸) 만한 고기이구나.
　　가늘고 작아 수족(水族)에 붙였으니
　　풍속이 동산 나물을 당하구나.

하고 그 주(註)를 달기를,

"변퇴록에 청주도경의 풍속이 있다. 상을 당하면 술과 고기를 먹지 아니하고, 백어로써 나물을 삼는다."

하였다. 이제 북녘 백성이 많이 그러하여 고기 나물이라 하니 우리 북방 풍속이 같다.

내가 참판 성수익이 지은 '삼현주옥(三賢珠玉)'을 보니 북창선생 정염은 뛰어난 인물이다.

다른 잡술(雜術)을 다 배우지 않아도 잘 했다. 항상 스스로 "석(釋)씨의 다른 사람의 마음을 아는 법을 알지 못함을 한탄하며 산에 들어가 사흘을 고요히 보냈다. 그러나 통연히 깨달아 산 아래 백 리 밖의 일을 하나도 그르지 않고 알았다."

하였다.

그 아비를 따라 중국에 들어가, 유구국 사신을 만났는데 사신이 또한 이인(異人)이었다. 제 나라에 있을 때 역리(易理)를 풀어 중국에 들어가 진인(眞人)을 만날 줄 알고, 중로(中路)에서 찾다가 북경까지 가서 두루 찾았으나 그 사람을 만나지 못하였다. 한번 북창을 보고, 그 탁중(橐中)을 뒤져서 작은 책자를 꺼내니, '모년 모월 모일에 중국에 들어가 진인(眞人)을 만나라'하고 적혀 있었다. 북창을 보고,

"이른바 진인(眞人)은 그대가 아니고 뉘리오."

하였다. 그 사람이 역리(易理)에 정통하니, 북창이 크게 기뻐하여 삼일 낮밤을 같이 보내며 주역을 의논하였다. 중국어를 기다리지 않고 다 통하였다.

일찍이 한 방에서 연단화후지법(烟丹火候之法)을 공부하는데, 손님이 왔는데 곧 한사(寒士)였다.

큰 겨울 추위를 견디지 못하니 북창이 곁의 찬 쇳조각을 집어 불에 댔다가 손님에게 겨드랑 밑에 '끼우라'하니 그 손님이 화로 속에 앉은 듯하여 흐르는 땀이 몸에 가득하였다. 또 사람이 큰 병을 얻어 여러 달 동안 침과 약이 다 효험이 없었다. 북창이 좌석에서 풀 한 줌을 집어 입으로부터 덥게 하여 환자에게 달여 먹이니 즉시 나았다. 불행하여 일찍 죽으니 나이가 마흔 넷이었다.

김담령이 흡곡 현령이 되어, 일찍이 봄에 구경을 나가서 해상에서 잤다. 그때 어부에게,

"무슨 고기를 잡았느냐?"

하고 물었다.

"인어 여섯을 잡았는데 그 둘은 상하여 죽고 그 넷은 아직 살았다."

하여 내어 뵈니, 네 살은 먹은 작은 아이 같았다. 용모가 맑고

아름다웠으며 콧날이 높고 귀바퀴가 분명하였다. 머리털은 누르고 검은 이마에 덮이고, 눈에 흑백이 분명하고, 동자(瞳子)가 누르고, 몸이 붉고 전혀 희었다. 등 뒤에 검은 무늬가 있는데 엷었다. 남녀 음양이 마치 사람 같고, 무릎을 안고 앉으면 사람과 다름이 없었다. 사람을 만나면 소리없이 흰 눈물을 비 오듯 흘렸다. 담령이 불쌍히 여겨 놓아주기를 청하니 어부가 심히 아껴,

"인어를 기름 내면 심히 맛이 있고 오래도록 상하지 아니한다. 고래 기름은 오래 되면 냄새가 나서 고래 기름보다 낫다."

하였다. 담령이 빼앗아 바다에 놓으니 가는 모양이 마치 거북 같았다. 어부가,

"인어의 크기는 보통 사람 만한데, 저것은 특별히 작은 아이다."

하였다.

이지봉이 안변 부사를 하였을 때에 그 땅 백성이 바다에 표류하다가 돌아온 자가 있었다.

"세 사람이 작은 배를 타고 바다에서 고기 잡다가, 큰 바람을 만나 서쪽으로 칠일 가서 잠깐도 쉬지 못하고 홀연 한 곳에 이르렀다. 언덕에 배를 대고 자는데 물결 소리가 흉용하여 점점 가까워져 눈을 들어 보니, 큰 사람이 다가왔다. 허리 아래는 물에 있고 허리 위는 드러났는데 그 길이가 스무남은 길이나 되었다. 머리와 눈과 몸은 극히 웅장하여 비할 데 없었다. 세 사람이 배를 저어 피하고자 하였으나 이미 뱃전을 잡아 엎치고자 하였다. 창황히 큰 도끼를 들어 그 팔을 찍으니 큰 사람이 산으로 올라갔다. 세 사람이 배를 타고 가며 돌아보니 산 위에 섰는 양이 높아 하늘을 꿰칠 듯하고 크기가 산악(山岳)같았다. 무슨 땅인 줄 모르고 다시 서풍을 만나 우리 나라 해남 강진 땅에 닿아 돌아왔다."

고 하였다. 일찍이 들으니 동국통감에,

"계집이 죽어 바다에 뜬 자가 있는데 그 몸[陰]이 칠척이다."

하니 해외에 거인국이 있는가 싶다. 방풍씨 장적 교여의 자손일 것이다.

안덕수는 소경대왕조 명의다. 나이 늙고 병이 많아 드물게 진맥하고 명약(命藥)하였는데 백에 하나를 틀리지 아니 하였다. 고질이라도 못 살리는 병이 없는지라 세상이 일컫기를,

"양예수는 폐도로써 치료하니 효험이 빠르나 사람이 많이 상하고, 안덕수는 왕도로써 치료하니 효험이 더디나 사람을 상하지 아니 한다며 여론이 안가에 돌아간다."

하였다. 한 사람이 정신병을 얻어 여러 달을 괴로워하였으나 안덕수가 약을 써 그 증정(症情)이 다섯 번 변하여 효험을 보았다. 밤에 꿈에 한 사람이 덕수에게,

"내가 이 사람과 저승에서 원수여서 이미 옥황상제께 고하고 반드시 죽이려고 이미 다섯 번이나 병증을 변하여 약을 피하였다. 그러나 공이 다섯 번 변하여 말리니, 내 장차 공을 이기겠다. 내일 마땅히 그 병이 여섯 번째 변할 것이니 공이 만일 새약으로 다스리면 마땅히 그 원수를 옮겨 공에게 갚으리라."

덕수가 깨어서 괴이하였는데, 이윽고 병가(病家) 사람이 왔다. 병을 물으니 과연 여섯 번째 변하였다. 덕수가 병들었다 하고 아니 갔더니, 마침내 그 사람이 죽었다.

사기(邪氣)가 사람에게 비록 붙는 일이 있으나 반드시 혈기의 허함으로 인하여 그 사특(邪慝)함을 받는다. 사람이 능히 양약으로 막으면 사기가 틈을 타지 못한다. 내가 고황(膏肓) 두 아이말에 의심이 생겨 의학서를 자세히 보니, 고(膏) 아래와 황(肓) 위에 가히 다스릴 약이 있었다. 아깝다, 덕수가 한 꿈에 혹하여 마

침내 사람을 구하지 않았도다.

진기경이란 자가 일이 있어 나갔다가 냇가에서 물을 먹으며 쉬었다. 그때 홀연히 사람의 재채기 하는 소리가 났다. 돌아 보니 보이는 것은 없었다. 이러길 잦더니 피곤하여 잠이 드니 꿈에 선비가 읍하며,

"내가 지극한 원한이 있어 그대에게 말하고자 하니 그대가 능히 내 원을 들어주겠느냐?"

기경(耆卿)이 허락하였다.

선비가,

"나의 성명은 아무요, 아무 땅에 살았다. 내게 종이 있었는데 심히 포악하였다. 장차 몇째 아들에게 주고자 했다. 그 아들은 성품이 엄하였다. 그 종이 원망하여 내 말의 고삐를 잡고 나갔다가 나를 죽여 여기 묻고 내 아들이 상중에 있어 조석(朝夕)으로 제(祭)를 지낸다. 그런데 종으로 참례시키니, 내가 무서워 감히 먹지 못한다. 장차 아무 날에 제사를 마치는데 이날 그대는 내 아들에게 내 원수를 갚고, 내 뼈를 거두게 하여라. 내 뼈는 저 냇가 나무 아래 묻혔는데 풀잎이 바람에 따라 코에 들면 재채기를 한다."

하고 또 그 종의 얼굴 모습을 자세히 말했다. 기경이 놀라 깨어 괴히 여겨 나무 아래 쑥을 헤치고 모래를 파니 과연 사람의 해골이 있고, 풀잎이 바람을 따라 콧구멍에 출입하였다. 그 날에 그 집을 찾으니 새로 상복을 입은 자가 기경을 보고 절하며 맞아 대접하는 것이 풍성하였다. 기경이 그 아비가 무슨 연고로 어느 곳에 가 죽었으냐고 물었다.

"아비가 나가 놀다가 죽어 오지 못하고 그 죽은 곳을 알지 못하여 이 뫼에 허장(虛葬)하였다. 어제 꿈에 죽은 아비가 와서 이

르되 오늘 처음 오는 손에게 음식 대접하기를 나와 같이 하면 반드시 내 죽은 곳을 가르치리라 하였다. 그런데 알지 못하니 그대 무엇을 가르치려 하느냐."

기경이 홀연히 정신이 혼몽하여 꿈 같은데 병풍 사이에서 말소리가 들렸다.

"이 뜰에 지나간 자는 그 종이다."

하기에 자세히 살피니 면목이 냇가에 듣던 말과 같았다. 기경이 이에 귀에 대고 연고를 말했다. 상인(喪人)이 거짓으로 작은 허물로써 그 종을 동여매고 큰 매로 치니 낱낱이 승복(承服)하였다. 이제 죽여 찢고 아비 뼈를 내 위에 거두어 옛 뫼에 장사하였다.

참판 이택은 우리 맏형 몽표의 처부이나, 계해년에 평안도 절도사를 하였다. 가족이 따라 영변에 머물렀다. 그 고을에 한 백성이 지극히 어리석어 한 글자도 몰랐다. 귀신이 내려 무당 노릇을 하니, 스스로 일컫기를 한나라 승상 황패의 신령이라 하고, 능히 화복길흉을 말하는데 반드시 맞았다. 택의 집 사람이 집에 불러들여 점을 칠 때 호갈전도(呼喝前導)하는 소리가 마치 창송소리 같았다. 귀신이 먼데에서 가까이 와 처마 아래에 이르니 무당이 뜰에 내려 부복하여 맞았다. 귀신의 소리가 관정(官庭)에서 군사의 볼기 칠 때 부르고 헤는 소리가 넉넉히 모기소리 같았다.

그때에 형의 아내가 아기를 베어 편안치 못하고 배를 앓은 지 여러 날에 약의 효험이 없었다. 귀신에게 물으니,

"삼년 묵은 토란 줄기를 얻어 죽을 쑤어 먹으면 반드시 나으리라."

하였다.

"민가에서 토란 뿌리는 캐어 먹고, 줄기는 나물하여 먹으니 한 해 묵은 것도 없는데 어찌 삼 년 묵은 것을 얻으리오."

신이 말했다.

"어천 역졸 아무개 집 부엌에 엮어 달아놓으니, 가서 얻어라."

사람을 보내어 그 집에 가 얻으니, 과연 삼 년 묵은 것이었다. 가늘게 썰어 죽을 쑤어 먹으니 즉시 나았다. 남자인지 여자인지 물으니 신이,

"밭전(田) 아래 힘력(力)이니, 이 아이는 반드시 귀하리라." 하더니 명년 갑자에 과연 아들을 낳았다. 그가 지금 가선 대부대사간 유숙(柳潚)이다.

전영달은 문관이다. 젊어서부터 글 잘하기로 이름났으나 과거에 급제하지 못하여, 객(客)으로 완성에 가서 놀다가 지정에서 잘 때 푸른 연잎이 물을 이고, 월색이 희미하게 밝았다. 집 두 간 안팎에 다 분합(分閤)이 있어서 분합을 닫고 술에 취하여 홀로 잤다. 홀연히 신발 소리가 먼 데서부터 가까워 안팎 분합을 밀치고 들어오니, 한 미인이 용모가 고왔다. 영달이 취중에 눈을 떠 한번 보고 다시 자니, 미인이 문을 닫고 나가더니 꿈에 나타나,

"슬프다, 무정랑이여! 내 마음에 반겨와서 재한(材翰)을 사모하여, 청광(淸光)에 가깝고자 하였다. 그런데 취하여 살피지 아니하니 내가 창연히 나와 연 앞에 글을 쓰고 묵 하나를 두겠다. 나를 위하여 이 묵을 잃지 아니하면 반드시 급제하고 벼슬이 또 나타날 것이요, 만일 잃으면 불길하리라."

영달이 아침에 일어나 보니, 바깥 분합 가운데 연잎에 글 쓴 것이 있었다.

　그 글에,

　　원객침몽환불문 (遠客沈夢喚不聞)
　　수하요월무파문 (水荷搖月舞波紋)
　　금소가기천응석 (今宵佳機天應惜)
　　유여광산일편운 (留與光山一片雲)

　　먼 데서 온 손이 취중에 잠이 들어 불러도 듣지 아니하니,
　　연꽃이 달에 흔들려 물결에 춤추는구나.
　　오늘밤 뛰어난 재능을 응당 하늘이 아끼니,
　　머물러 광산일편운(光山一片雲)을 주노라.

　그 글 곁에 묵 한장이 있었는데, 광산일편운이라 새겼었다. 대개 연잎은 먹을 잘 받지 아니하나 이는 자획이 심히 분명하였다. 영달이 심히 이상하게 여겨 그 묵을 봉하여 비단 주머니에 넣어 갖추었다. 후에 과거하여 외방(外方) 가서 기생 하나를 두었다. 그 기생이 취한 때를 타서 주머니를 뒤져 묵을 훔치어 제 주머니에 넣었다. 영달의 꿈에 그 미인이 노하여,

　"그대를 사랑하여 묵을 주고 잃지 말라 하였는데 어이 식언하느냐."

　영달이 깨어 주머니를 열어 보니 묵이 없는지라 기생에게 말했다.

　"내 주머니에 잃은 것이 있으니 희롱 말고 달라."

　하니 기생이 웃으며 말했다.

　"본 일도 없도다."

　영달이 굳이 비니,

　"장난치느라고 주머니를 뒤져 보니 묵이 있어서 내어 내 주머

니에 넣었다."

하고 제 주머니를 헤치니, 잡아매고 봉한 것은 전과 같았으나 묵은 없었다. 영달이 탄식하며,

"신녀(神女)가 준 것을 잘못 감추어 잃었으니, 노여워 하리라." 하더니 그후에 벼슬을 높이 못 하였다.

유대수는 옛 재상 유강의 손자다. 벼슬이 정언에 이르렀다. 일찍이 상인(喪人)이 되어 묘 아래서 상을 지키니 종 하나가 원망하여 죽이고자 하였다. 대수가 밤중에 꿈을 꾸니 강이 창황이 와서 창(窓)을 밀치며,

"빨리 일어나 거꾸로 누우라."

하여 놀라 깨니, 땀이 몸에 흐르고 무섭기 심하였다. 그때 창쪽으로 누웠다가 마침내 거꾸로 금침(衾枕)을 도로 집어 깔고 누워 잠들지 아니하였다. 홀연히 한 놈이 창을 열고 무엇을 두 다리 사이에 꽂고 가거늘, 놀라 만져보니 큰 칼이 다리 사이에 꽂혀, 이불과 요를 뚫고 바닥까지 들어갔다. 여러 종을 불러 쫓으니 도적이 강의 무덤 위에 엎디어 가지 못하였다. 잡아 죽이니 사람이 다 말하기를,

"강의 신령이 그 놈을 잡아 무덤 앞에 두어 도망치 못하게 하였다."

상국 한응인이 신천땅에서 상중에 있을 때, 온 나라에 왜구가 가득하여 세도가들이 마음놓고 살지 못했다. 상국이 가족을 데리고 시골에 종과 함께 농사를 지었다. 오뉴월에 벼를 두 번 매어 이랑에 가득히 푸른 물결을 이뤄 심히 즐거웠다. 상국이 막대를 짚고 논두렁 위에 서서 바라보고 모든 늙은 농부에 자랑하여 말했다.

"김을 두벌 매어 창운이 물결치니 어찌 즐겁지 아니하리오?" 늙은 농부가 살펴 보니 논에 있는 것은 벼가 아니라 모두 낭유였다. 종이 서울에서 태어나고 자라서 일찍이 전원을 보지 못하였다. 하루 아침에 시골에 밭에서 생활하니 매어버리는 것은 다 아름다운 벼요, 북돋아 심는 것은 다 낭유였다. 그러나 온 집안이 어리석어 알지 못하였다.

신천 사람들이 우스워, 매양 그릇된 일을 보면 반드시,

"한 상국의 농사다."

하니 말세에 사람 쓰는 것이 다 이런 종류이다.

소재 노수신이 일찍이 혼자 앉아 있는데, 박생 광전이란 자가 산사(山寺)에서 와 뵈었다. 소재가,

"무슨 글을 읽었느냐?"

하고 물었다.

"한문입니다."

"몇 번씩 읽었느냐?"

"오십 번씩 읽었습니다."

"어찌 그리 적으냐?"

"마음을 맑게 하고 그 맛을 음미하니 더디었습니다."

하였다.

"낱낱이 마음을 붙잡아 헛수가 없었느냐?"

"글 읽을 때 한 줄에 열 번씩 생각하여 비록 마음을 놓음이 없으나 헛수가 반이었습니다."

하였다.

"그러하다. 사람마다 이 근심이 있느니라. 무릇 잡념속에서 글을 읽더라도 천 번에 이르면 비록 자세하지 못하나 내것이 된다. 다만 오십 번이면 필경 내것이 되지 못한다. 독서하는 으뜸은 횟

수의 많음이다. 내가 공무로 인하여 서애 유성룡을 만났는데, 서애가 '그대의 문장을 보니 심히 높은데 무슨 글을 읽었느냐'고 물었다. 내가 소재의 말을 하였더니 서애가, '크게 그렇지 아니하다. 생각 사(思)자 라는 것은 마음 밭이다. 글 읽기를 마음으로써 하는 것이 밭 가는 것과 같으니 아주 작은 것으로 흙을 일군다'고 하였다."

두 재상의 말이 각각 옳은 바가 있으나, 내가 일찍 시험하여 보니 잡념을 없애기는 어려우니 소재 말이 더 가깝다.

・**유몽인**(柳夢寅, 1559~1623) 호는 어우담, 벼슬은 이조참판에 이르렀다. 인조반정때 화를 면했으나 양주 서산으로 들어가 은신하다가 체포되었다. 상부사를 지어 인조를 섬기겠다고 청원하였으나 처형되었다. 어우야담. 어우집을 썼다.

비평문

- 순오지/홍만종
- 서포만필/김만중

순오지(旬五志)

홍만종(洪萬宗)

1647(인조 25)년 한강에 병으로 누워 있을 때, 15일간 걸쳐 완성했기 때문에 '순오지'라고 이름지었다. 정철, 송순 등의 시가 등 많은 작품에 대한 평이 실려 있고, 부록으로 130여종의 속담이 실려 있다.

무오년 가을에 나는 서호에서 병으로 누워 있게 되었다. 낮에는 사람을 만날 수 없고 밤에는 날이 새도록 잠이 오지 않아 할 일도 없고 해서 전에 들었던 것, 시인들의 잡설, 여항의 속담을 생각해 내서 다른 사람에게 쓰게 하여 책을 한 권 만들었다. 이 일은 전후 십오 일이 걸렸다. 그래서 그것에 '순오지'라는 이름을 붙였다. 이것은 시간을 보내며 답답함을 풀어 보려고 한 것에 지나지 않는다. 감히 대방가(大方家)들에게 보이자는 것은 아니다. 그 이듬해 봄에, 풍산후인 현묵자 씀.

우리 나라는 동쪽에 궁벽하게 들어앉은 곳이다. 옛날에는 아홉 가지 족속(族屬)이 있었다. 그들은 바위 굴 속에서 살았다. 풀을

걸치고 나무열매 등을 먹었다. 임금이 있기는 단군부터다. 위서에
는 이천 년 전에 단군 왕검이 있었는데, 아사달(阿斯達)에 수도
를 두고 나라를 세워 조선이라고 했다. 중국 요임금과 동시대였
다고 되어 있다. 우리 역사에는 이렇게 기술되어 있다. 천신(天
神)이 태백산 꼭대기 신령한 배달나무 밑에 내려 왔다. 그 때 곰
한마리가 천신에게 빌어 사람이 되기를 원했다. 천신은 드디어
영약을 주어 그 곰에게 먹게 했다. 그러자 곰은 여인으로 변했다.
천신과 이 여인 사이에 아들이 태어났는데 그가 단군이고 이름은
왕검이라고 했다. 요임금 이십오 년 무진에 평양에 도읍을 정하
고 처음으로 국호를 조선이라 했다. 그는 비서골의 하백의 딸을
얻어 아들을 낳았는데 부루라 했다. 중국 우임금이 도산에서 제
후를 회합(會合)시켰을 때 단군은 그의 아들 부루를 보내 거기에
참석하게 했다. 그 뒤 백악으로 옮겨 갔다.

　　주무왕 원년 기묘에 기자를 조선에 봉했다. 그래서 단군은 당
장경으로 옮겨 간다. 그 후 아사달산으로 들어가 산신이 되어 천
오백팔 세를 살았다. 그 무덤은 강동현 서쪽 삼 리 지점에 있고
그 둘레는 사백열 자다. 그런데 위에 나오는 태백산은 곧 지금의
영변 묘향산이고, 백악은 곧 문화에 있는 구월산이다. 일설에는
배천에 있다고도 하고 개성 동쪽에 있다고도 한다. 당장경이란
구월산이고 아사달산 역시 구월산이다. 비서골은 지금 어디인지
모른다. 본조의 동명 정두경의 단군묘시가 있는데 다음과 같다.

　　　성인이 동해에 탄생했는데 때를 요임금과 같이 했다.
　　　부상(扶桑)엔 100일간 머물렀고, 배달나무 푸른 하늘 구름에
　　　솟았다.
　　　천지에 임금이 처음 섰고, 산하엔 기후의 구별이 아직 없었
　　　다.

무진 천년 장수를, 나는 내 임금께 바치고 싶다.
내 선친께서도 시를 지으셨는데 다음과 같다.

들었노라, 심히 거칠던 그 옛날, 신인이 나무 아래에 강림했다고.
백성들이 그를 군장으로 추대하고 국호는 조선이라 했다.
평양에서 천여 년 당장경에 백여 년.
아사달산에 들어가 숨어 버렸다. 부처도 아니고 신선도 아니었도다.

세상에 전해지기는 도선이 당나라에 들어가 일행에게 배워 그 신술을 알게 되었다고 한다. 그가 본국으로 돌아올 때 일행이 도선에게,

"내가 들으니 삼한의 산수가 조그마한 땅인데도 삼한으로 갈라졌다고 한다. 전쟁과 변란이 자주 발생하는 것은 실로 산수의 혈맥이 고르지 못한 데서 일어나는 병이다. 내가 삼한을 태평한 고장이 되고 그 백성을 태평한 백성이 되게 하겠다. 이것은 부처의 불인심에서다. 너는 삼한의 산수도를 그려라."
고 했다. 도선은 곧 그려 바쳤다. 일행이 보고.

"산천이 이 같으니 으레 그럴 것이다."
하였다. 그리고 그 자리에서 그 그림에 삼천팔백 군데 점을 찍었다.

"사람이 급한 병에 걸리면 혈맥을 찾아서 침을 놓거나 뜸을 뜨면 병이 낫는다. 그러지 않으면 죽는다."
하였다. 이어서,

"너희 나라 청목령 밑에서 왕성을 가진 사람이 산다. 내년에 반드시 그한테서 귀동자가 난다. 장차 삼한을 통일하는 임금이

될 것이다. 너는 이 사람을 찾아 봐야 한다."

말했다. 도선은 마침내 삼한에 돌아와 절을 오백 군데나 세우고 청목령 밑으로 찾아갔다. 과연 왕융의 집이 있었다. 융은 막 본래 살던 집 남쪽에다 집을 짓고 있었다. 도선이 이것을 보고,

"벼 심을 땅에다 왜 삼을 심소?"

하고는 그대로 가버렸다. 융의 아내가 이 말을 듣고 융에게 일렀다. 융은 신을 거꾸로 걸치고 쫓아가, 만나자마자 오래된 친구같이 가까워졌다. 드디어 같이 따오기 고개에 올라가 산수의 맥을 찾았다.

"이 지맥은 백두산수 모목간부터 내려와 명당을 이루고 있소. 당신은 또 수명(水命)이니 수(水)의 수(數)를 따라 글자 육육 삼십육구를 만드시오. 그러면 그 부호(符號)가 천지의 큼에 응하게 됩니다. 내년에는 반드시 성자를 나을 터이니 왕건이라고 이름을 지으시오."

했다. 그 말대로 집을 짓고 살았다. 그 달에 아내가 과연 임신해서 아들을 낳았다. 이 아들이 고려 태조다. 태조의 나이 열 일곱 때 도선이 또 와서 말했다.

"족하(足下)는 나라를 통일할 창업 운명을 받고 하늘의 이름이 있는 땅에서 태어났습니다. 말세의 창생(蒼生)들은 당신의 큰 구제 있기를 기다리고 있습니다."

그리고는 군대의 출동과 진 치는 법 및 천지·지리의 이치를 일러 주었다. 이에 태봉의 여러 장수들은 궁예의 비정을 보고 왕건을 왕으로 맞고 도선을 국사로 봉해 삼한을 통일했다. 지금 석불과 부도가 곳곳에 있는데 그것들은 그때 도선이 세운 것들이다. 처음 도선이 수도를 송경에 정하고 지형이 좋은 곳들을 두루 보고 말했다.

"팔백 년의 국조를 향유할 것이니, 축하할 만하다."

그러자 별안간 자욱하던 안개가 전방에서 걷히고 한양의 삼각산이 우뚝하니 드러나 보였다. 도선은 실색하고 말했다.

"저 봉우리가 전방에 서서 도적 노릇을 하니 사백 년 후에는 대운이 틀림없이 저쪽으로 옮겨 갈 것이다."

마침내 돌로 만든 개 일흔 다섯 마리를 만들어 전방을 향하여 놓았다. 그 형상이 도적을 향해 짖는 것이다. 그 후 과연 사백칠십오 년이 되자 망했다. 그런데 일행은 당(唐) 중종 때 사람인데 도선이 왕융을 찾아간 것은 당 희종 때다. 중종부터 희종까지는 이백여 년이니, 일행의 수명이 그렇게까지 길지는 않았을 것이다. 도선이 일행에게 배웠다는 설은 퍽 의심할 여지가 있다. 혹은 일행은 신승이어서 그가 죽은 것을 모른다고도 한다. 그가 술법을 알아서 그렇게 한 것일까?

우리 나라 태조가 왕위에 오르기 전에 안변에 살았다. 꿈에 모든 집의 닭들이 일시에 우는데, 어떤 파괴된 집에 들어가 서까래 세 개를 지고 나왔다. 또 꽃이 떨어지고 거울이 떨어져 깜짝 놀라 깨어 났다. 곁에 한 노파가 있어 그 조짐을 물으려 했더니 노파가 말리며,

"말씀하지 마시오. 대장부의 마음 속 일이란 하잘 것 없는 여인이 알 바가 못됩니다. 서쪽으로 가면 설봉산 토굴 속에 이상한 중이 있을 터이니 가서 물어보시오."

하고 말했다. 태조는 즉시로 그 곳에 갔더니 과연 이상한 중이 있었다. 절을 하고 물었다.

"제가 의심하는 일이 있어 여쭈어 보려고 합니다."

그 중은

"빈도가 무엇을 알겠습니까? 멀리 오시느라 수고가 많으십니다."

한다. 태조가,

"어제 꿈에 모든 집의 닭들이 일시에 울고 파괴된 집에 들어가 서까래 세 개를 지고 나왔습니다. 또 꽃이 떨어지고 거울이 떨어졌으니, 장차 무슨 일이 있겠습니까?"

하고 물었다. 중은 축하하며 이렇게 말했다.

"모든 집의 닭들이 일시에 운 것은 높고 귀한 자리를 노래한 것입니다. 서까래 셋을 진 것은 '왕'자입니다. 꽃이 떨어지면 마침내는 열매가 생기고 거울이 떨어지면 어찌 소리가 없겠습니까? 이것은 왕이 될 조짐이니 조심하고 입 밖에 내지 마십시오."

태조는 대단히 기뻐하며 산을 내려왔다. 드디어는 그 자리에다 절을 창건하고 석왕이라 명명했다. 그 절은 안변부 서쪽 사십 리에 있다.

신우 십삼 년에 태조는 도통사가 되어 요동을 공격하다가 곧 의병을 돌려 송도 수창궁에서 즉위했다. 그래서 그때 찾아갔던 중을 찾아 보았더니 무학이었다. 그래서 그를 국사로 봉했다. 처음에는 태조가 계룡산 밑에다 자리를 잡고 역사(役事)를 시작했다. 그런데 꿈에 한 신인이,

"이 곳은 정씨의 도읍 자리지, 그대의 터가 아니다. 빨리 물러가고 머물러 있지 말라."

했다. 태조는 곧 철거하고 도읍지를 한양에 옮겼다. 그때는 홍무 이십오 년 임신이다. 고려때 도선의 도참에, "왕씨를 대신할 자는 이씨요, 한양에 도읍할 것이다."는 말이 있다. 그래서 한양에 오얏 나무가 무성해지기가 무섭게 베곤 해서 억눌렀던 것이다. 이때에 와서 과연 맞았다. 놀랍다. 명나라의 요소사, 고려의 도선은 중의 몸으로 모두 대업을 은밀히 도와준 공이 있다. 이는 하늘에서 보내준 것이 아니겠는가? 이상한 중과 왕자가 같이 태어난 것은 세상을 구할하고 백성을 편안히 하는 데 쓰려는 것이었던가, 이상하기도 하다.

　세상 사람들이 고적(古蹟)을 말하는 데는 사실과 어긋난 섯이 많다. 듣는 사람들은 살펴보지도 않고 정말 그런 것으로 믿어 버린다. 그러나 유식한 사람을 속이지는 못한다.

　일반에 전해지기로는, 당나라 장수 소정방이 고구려를 통해서 백제를 쳐왔다. 앞에 있던 큰 강이 갑자기 구름과 안개로 캄캄해지고, 파도가 크게 일어나 배가 건너가지 못했다는 것이다. 도술을 아는 사람이 강에 사는 용이 나라를 지킨다고 말했다.

　정방은 흰 말을 미끼로 해서 강의 용을 낚아내고 드디어는 강을 건너 진격, 포위했다. 백제왕과 여러 궁녀들은 다 대왕포의 바위에서 물에 떨어져 죽어 지금까지도 그 바위 이름을 낙화암이라 한다. 거기서 약간 남쪽으로 몇 리 떨어진 곳에 또 작은 바위가 하나 있다. 세칭 조룡대다. 고금의 시인들의 글에도 많이 나온다.

　승정 갑오년에 선인(先人)께서 호서아사를 지내셨다. 나는 그때 어린 아이였다. 함께 부여 백마강에 가서 조룡대에 올라갔다. 사람들의 말은 이러했다.

　정방이 바위 위에 서서 낚시를 던져 용을 끌어냈다. 용은 발로 바위에 버티어 발톱이 돌에 파묻혔고, 정방은 힘을 써서 이를 끌어당겨 그의 신발자리 역시 반자 남직이나 패어 들어갔다. 용의 허리가 걸렸던 곳은 큰 기둥을 진흙 속으로 끌고 갔고, 비늘함까지도 자취가 완연히 남아 있다. 솜씨 좋은 석공을 시켜서 쪼아낸단들 이렇게까지 교묘하게 될 수는 없으니 정말 이상하다. 다만 긴 강의 남북이 두 나라가 갈라지는 경계인데 이른바 조룡대는 백제쪽 강 언덕에 있으니, 정방은 용을 낚지 않고 먼저 대안에 도달했던 것이란 말인가? 그래서 나는 이것을 한 설화로 돌리는 것이다.

　백호 임제는 나주 사람이다. 글을 잘하고 호탕불기한 선비다. 그가 호남으로 가려고 했을 때는 중춘이었다. 길가에 시골 학생들이 모여 화전을 붙여 시를 읊는 놀이를 하고 있었다. 막 운자를 부르며 시를 짓고 있었다. 백호는 헤어진 갓을 쓰고 남루한 옷을 입고 곧장 종종걸음으로 나아가,

　“길가는 사람이 배가 심히 고픈데 마침 큰 잔치를 하고 계시니 잡숫다 남은 술이나 얻어 마셨으면 합니다. 여러 선비님들께서는 애쓰시며 음영(吟詠)하시는 모습을 보니 생각하시는 것이 계신 것 같은데 무슨 일이십니까?”

라고 했다. 여러 학생들은,

　“우리들은 막 풍월을 짓고 있는데 너는 어째서 당돌하게 우리 좋은 생각을 어지럽히는 거냐?”

했다. 백호가,

　“풍월이라는 것은 무엇을 말하는 것입니까?”

하니,

　“풍월은 사물을 보고 흥이 나서 그 정경을 써내는 것이다. 너도 한문 글자를 아느냐?”

고 했다. 백호는,

　“한문자야 제가 어떻게 알겠습니까? 속어로 댈 것이니, 선비님들께서는 한문자를 쓰시도록 하십시오.”

했다. 말하는 대로 써 내려가자 절구 한 수가 되었다. 그 시는 이러하다.

　　솥 돌을 받쳐 놓은 실개울 가에서
　　흰 가루 맑은 기름에 두견화를 붙인다.
　　두 젓갈로 집어 오니 향기 입에 가득 차고,
　　한 해의 봄 소식이 뱃속에 전해진다.

학생들은 서로 돌아보고 이상히 여기며 그의 성명을 물었다.
백호가
"나는 임제요."
했다. 학생들은 깜짝 놀라서 그를 상좌로 모셨다.

석주 권필은 시를 잘한다는 명성이 널리 퍼져 아이들이나 하인들까지도 모두 그의 성명을 알았다. 한번은 시골을 지나가다 비를 만나 좌수 집에 머물렀다. 울 밑에서 시골 선비 오륙 명이 모여 술을 마시며 시를 짓고 있었다. 석주는 남루한 옷을 입고 그 말석에 진배했다. 좌중이,
"너는 웬 사람이냐?"
고 물었다. 석주는,
"저는 문무와는 관계가 없고 물건을 팔고 지낼 뿐입니다. 내주에 가려는데 마침 큰 잔치를 하고 계시는 데 도착했습니다. 마시다 남은 술이라도 얻어 마시면 주린 창자를 축이겠습니다."
했다. 그들은 막 잔을 들고 웅얼거리며 석주에게,
"너는 이 맛을 알 수 있느냐?"
한다. 석주는 일부러 이렇게 겸손하게 말했다.
"저 같은 초라한 장사꾼이 어떻게 그것을 알 수 있겠습니까? 여러분께서 웅얼대시는 것에는 무슨 의미가 있으십니까?"
그들은,
"이것은 사물을 보고 흥이 나서 풍경을 모사(模寫)하는 것으로 시 중의 산 그림이다."
했다. 한 사람은 자기가 지은 것을 이렇게 자랑했다.
"내 이 구는 이백이라 할지라도 틀림없이 한 걸음 양보했을 것이다."

한 사람은,

"내 이 연은 실로 두보도 발하지 못했던 것이다."

한다. 한 사람은 눈살을 찌푸리며,

"내 시는 아마도 부러질 게야."

했다. 곁에 있던 사람들이,

"무슨 말이냐?"

하니

"나무를 보았는가? 아주 높으면 바람에 꺾인다. 내 시는 심히 높아서 역시 부러질까 무섭다. 그래서 근심하는 것이다."

라고 말했다. 서로들 손뼉을 치며 우열을 따지고는 석주에게 술을 권하며,

"너는 글은 못한다지만 속어로 시를 지어서 우리를 한바탕 웃기기라도 해야 겠다."

고 했다. 석주는 다 마시고 나서 곧 이러한 절구 한 수를 썼다.

　　책과 검에는 연래로 둘 다 성취 없이,

　　문사도 아니고 무사도 아닌 한 미치광이.

　　후일 서울에 와서 물어본다면,

　　술집 아이들도 다 이름을 알 것이라.

그들이 보고나서

"이상하다, 이상해. 네가 이런 것을 지을 수 있다는 것은 정말 우연한 일이 아니다."

한다. 하나는 웃으며,

"시는 잘 되었다 하나 네 이름을 누가 안단 말이냐? 하지만 말해 보아라."

하자 석주가,

"저는 권필입니다."
했다.

그들은 서로 돌아보며 놀라고 부끄러워하며 자리에서 물러나 늘어서서 절을 했다. 옛날부터 현인 달사가 본색을 감추고 세인을 희롱한 사람들이 많았다. 그 본색을 알아내지 못할 동안에는 시골 학생들이 위의 두 분을 대하듯이 대하지 않는 사람은 거의 없었을 것이다.

신선 수련술은 직접 그것을 해본 사람이 아니라면 가볍게 이러쿵 저러쿵 할 게 아니다. 세상 사람들은 신선이 되는 도가 허황되어 믿을 것이 못된다고 했다. 그렇지만 정명도는 그것이 조화의 비밀을 훔쳐다가 수명을 연장 시킨다고 말했고, 정이천은 세 가지 힘든 일 가운데 하나는 수련하여 장생불사하는 단계에 이르는 수련이라고 말했다. 과연 이런 도가 없었다면 옛날 선비들은 틀림없이 이런 이야기를 하지 않았을 것이다. 그리고 주자양이 삼동계에 주를 달았으니 말할 것 없이 신선도가 없다고 할 수 없다.

비설집에 보면 정명도 선생이 절에서 쉰 일이 있었다. 밤에 삭삭하는 소리가 들려 불을 켜게 하여 보았더니 쥐가 부처 뱃속에서 책을 한 권 물고 나오고 있었다. 선생이 집어보니 그것은 단서(丹書)였다. 곧 손수 그것을 베끼고서 본래의 책을 부처 뱃속에 넣었다. 그 이튿날 미장이를 불러다가 그 구멍을 때웠다. 선생은 그 후 거기에 쓰인 법대로 한 달여를 수련하였을 때, 그의 집에서 빛이 나와 불인 줄 알고 사람들이 다투어 뛰어가서 두들겼으나 불이 아니었다. 그래서 마침내 더 수련하지 않고 말았다. 거의 다 된 단을 은 그릇에 칠했더니 칠한 곳이 곧 금이 되었다.

어떤 사람이 선생에게 그것을 복용하라는 말을 했다. 선생이

"내 배 속에다 어떻게 붙일 수 있겠소?"

했다. 한 도사가 그것을 발라볼 양으로 도착했을 때에는 선생은 이미 세상을 떠났다. 또 진단통에는 이러한 이야기가 실려 있다. 주회암 선생이 한번 단학에 유심하여 그 도가 거의 통달하게 되자 단전에서 금빛이 나려 했다. 선생은 급작스레 깨달은 바 있어 곧 그 일을 버리고,

"사람이 살고 죽는 것은 밤과 낮이 있는 것과 같이 자연스러운 일이다. 그런데 어찌 천리를 어길 수 있겠는가?"

하고 마침내 감흥편을 지었다. 그 중의 한 수는 다음과 같다.

훨훨 신선이 되는 법 배우려고 세상을 버리고 구름 걸린 산 위에 와 있다.

생명의 근원의 비밀을 몰래 열고, 사생(死生)의 관건 앞에 몰래 섰다.

쇠솥에는 용호(龍虎) 도사리고 있는데, 삼 년 걸려 신단을 만들었다.

약숟갈을 한번 입에 넣자 대낮에 날개 돋힌다.

내가 선계로 옮겨 가려고 한다면, 이 세상의 신발을 벗기가 정말 어렵지 않다.

다만 천리를 거역할까 두렵고, 구차히 오래 산들 어찌 마음 편하겠느냐?

이 시는 선생의 문집에 실려 있는 것이다. 이로 미루어 본다면 두 선생이 연단술을 직접 해보았다는 것을 알 수 있다. 마침내 그 일을 끝까지 해내지 않은 것은 천리(天理)에 순종하여 정도(正道)로 돌아온 것이다.

주자양의 조식잠을 보면 이런 말이 나온다.

"코 끝에 흰 것이 있어서 내가 그것 보고, 아무데 아무곳에서나 마음놓고 지내리라. 고요함이 극도에 도달하면 숨을 내쉬고 보는 것이 물고기 같고, 움직임이 극도에 도달하면 숨을 들이쉬는 것이 많은 벌레가 모여 있는 것과 같다. 이렇듯 기운 좋게 숨을 여닫는 그 묘리(妙理)가 무궁하다. 그 누가 이를 주관하느냐? 그것은 주관하지 않는 데서 오는 공이다. 구름에 누워 하늘을 가는 것은 내가 감히 의논할 게 아니다. 그러나 조화된데 처하면 천이백 세를 살리라."

선생이 공력을 들이는 묘득을 깊이 깨달았음을 알 수 있다. 자신이 자세히 체득한 게 아니고서야 어찌 늪의 물고기와 모인 벌레의 법을 형용할 수 있었겠는가? 나는 그래서 연단술은 가볍게 볼 수 없다고 하는 것이다.

그 술법도 지극한 이치에서 나온 것이다. 하나가 둘을 낳고, 둘은 넷을 낳고, 넷은 여덟을 낳는다. 이렇게 해서 육십사로 나뉘어져 각가지 사물로 되는 것은 인간의 도다. 발을 포개고 단정하게 앉아 구멍을 막고, 만사의 시끄러움을 수습하여 한 무(無)의 태극으로 돌아가는 것이 신선의 도다.

눈은 코끝 흰 것을 보고 코는 배꼽을 의식하여 숨을 들이쉬는 것을 면면히 끊어지지 않게 하고 내쉬는 것은 미미하게 한다. 늘 정신과 기운을 배꼽 밑 단전에 기울여, 이른바 현빈(玄牝)의 한 구멍을 얻을 수 있다면 백 구멍이 다 통한다. 이를 통해 생명을 비추고 이를 통해 하늘을 본다. 선단(仙丹)이 만들어지는 기회는 이를 통해 맺힌다.

이것에는 필연의 이치가 있으나, 도를 이룩하는 여부는 다만 당사자의 성의 여하에 달렸다. 근년에 우재 송시열이 남호의 정자집에 살았는데 내가 가서 뵈었다. 공이 나에게,

"요즈음 삼동법(參同法)을 얼마나 해 보았소?"

하였다. 나는,

"이 법은 집안 걱정을 버리고 산간 고요한 곳에서 해야지, 세상 일에 매여 있는 사람이 성취할 수 있는 것이 아닙니다."

했다. 공은 웃으며 끄덕였다. 공은 내가 편찬한 '해동이적(海東異蹟)'의 서문을 썼기 때문에 내가 연단술에 유의하고 있음을 알고 질문을 하였던 것이다. 슬프다. 나는 어려서부터 도가설을 좋아하였고, '삼동계·황정경'같은 책을 여러 해 보았다. 그런데 지금 이가 빠지고 머리가 벗겨져, 정선고의 정기가 다 망가졌다는 이야기를 읽을 때마다 나도 모르게 탄식하곤 한다.

동지 심대해는 청송 사람이다. 어려서부터 도가설을 좋아하여 늘 '황정경·옥추경' 등의 경문을 외우고 고요한 곳에 가서 재계하고 밤마다 향을 피우고 북두성에 절하곤 했다. 오래 계속하자 이상한 향기가 가끔 풍겨왔다. 어느 날 저녁에 두 청동이 다시 오지 않았다.

또 세상 일에 견제되어, 마침내 그 일을 끝까지 해내지 못하고 말았다. 늘 혼잣말로, "전생의 죄가 없어지지 않아 마침내 속세에 떨어지고 말았다. 이것이 내 평생의 원한이다."했다. 나이 여든 여덟에 죽었다. 심은 바로 감사 김징의 계모의 아버지다. 감사가 이 일을 이처럼 자세하게 말했다.

또 은풍현 사는 효산의 손녀가 어렸을 때 들을 지나가다 이상한 풀을 뜯어 먹었다. 그 후부터는 먹지 않아도 배가 고프지 않았다. 다만 매일 냉수를 먹고 끓인 물은 먹지 않았다. 불기운을 싫어해서 였다. 그러나 살결은 나빠지지 않고 다니는 게 나는 듯이 가벼웠다.

만약에 심동지에게 불을 피워 연단하는 일을 끝까지 해내게 했다면 그가 어찌 여든여덟 살만 살았겠는가? 또 은풍의 여인이 선도를 닦을 수 있게 했다면 대낮에 날아 올라가는 것이 무엇이 어려웠겠는가?

옛날에 진희이가 마의도인에게 전약수를 보이고 이 사람은 신선이 될 자격이 있습니까?하고 물었다. 도인이 약수를 자세히 보고 나서 될 수 없다고 했다. 그 이유는 신선에도 자격이 있으니 힘을 들여서 될 수는 없는 노릇이다.

우복 정경세는 상주 사람이다. 한번은 서울에 가면서 단양을 들러 가려다가 밤에 길을 잃고 산 속을 십여 리를 갔다. 길은 점점 좁아지고 소나무와 전나무가 하늘을 찌를 듯이 있어서 어디로 가는 지를 몰랐다.

문득 두어 칸 되는 초가집이 수풀 속에 어슴프레하게 보였다. 곧 가서 문을 두드렸으나 고요하고 인기척이 없었다. 마침내 창 틈으로 들여다 보니 한 노인이 등불을 밝히고 책을 보고 있는데 그 용모와 풍채가 맑고 파리했다. 우복이 창을 밀고 들어갔더니 노인이 책을 덮고,

"어디서 온 사람이 깊은 밤중에 이곳에 왔소?"

하고 물었다. 우복이 사연을 말하고 또 배가 고프다는 말을 했다.

노인은,

"산중에는 먹을 게 없소."

하면서 자루에서 둥그런 떡 하나를 꺼내 주었다. 맛있고 부드러운게 잣 같은데 무엇인지 몰랐다. 우복은 그것을 반도 못 먹었는데 대번에 배가 불러와서 이상한 생각이 들었다.

"주인의 용모를 보아하니 보통 사람과는 달라보입니다. 왜 세상에 이름을 드러내어 불후해질 궁리를 하지 않고, 이런 적막한 곳에서 초목과 함께 썩어가시려 합니까?"

노인은,

"당신의 이른바 불후는 입덕(立德)·입공(立功)·입언(立言) 같은 것들이 아니오?"

한다. 우복이,

"그렇소"

하니 노인은 웃으며 이렇게 말했다.

"세상에서 도덕이라면 공자와 맹자의 말보다 높은 게 없고, 공열(功烈)이라면 관자·안자보다 더 대단한 것은 없소. 그러나 그들을 오늘날에 찾아보면 그 사람들은 뼈와 살을 다 섞어버리고 이름만 남아 있을 뿐이다. 그래도 불후라 할 수 있겠소?

글짓는 잔 재주는 사마천·반고 이래로 작자가 무수하다. 귀뚜라미가 가을 이슬 속에서 울고 새들이 봄 볕에 지저귀며 교태와 요염을 다툰다. 그러나 꽃들이 지고 서리와 싸락눈이 내리면 소리가 들리지 않게 되어버리는 것과 같으니 또한 슬프지 않소? 내가 불후라 하는 것은 당신과는 다르오."

우복이

"무엇인지 말씀해 주시겠습니까?"

하니 노인은,

"풀이 죽은 후에 썩는 것은 다 죽는 데서 오는 거요. 죽지 않는다면 어찌 썩을 수 있겠소?"

한다. 우복이,

"세상에는 본래, 죽지 않는 이치가 있습니까?"

하니 노인은,

"물론 있소, 속담에, 밤에 나가보지 않고서야 어떻게 밤길을 가는 사람이 있는지를 알겠소? 정말 법(法)대로 불을 써서 천일간 공을 다하면 수명을 연장시키고 대낮에 하늘에 올라갈 수 있소. 혹 티끌의 형체가 벗겨지지 않아서 죽어도 묻은 지 천백년이 지나도 금(金)같은 뼈는 썩지 않고 얼굴은 살아 있는 것 같아지고 기한이 찬 뒤에는 역시 무덤을 헤치고 날아 올라갈 수 있소. 이

---

1) 땅 속에서 선골이 되기를 기다려 신선이 되어 오르는 방법.

것이 소위 태음연형(太陰錬形)[1]이오. 이 법만은 세계를 벗어나 만겁을 지나도 남아 있소. 내가 말하는 불후는 이것이오. 어찌 당신이 썩어버린 데서 불후를 구하는 것과 같겠소?"

했다. 우복이 절하고 말하기를,

"과연 말씀하신 바와 같다면 배우고 싶습니다."

했다. 은자(隱子)는 한참이나 자세히 보다가,

"당신은 골격이 되어 있지 않아서 할 수 없소."

했다. 또,

"과거 급제는 금년이 유리하오. 다만 세 번 나라의 옥에 들어감을 면할 수 없을 것이나 종당에는 근심이 없을 것이 틀림 없소. 지금부터 칠 년 후에 나라에 큰 난리가 일어나 온 백성이 유린당할 것이오. 그 후 33년에는 또 큰 적이 서쪽에 쳐들어와 도성을 지키지 못하고 종묘 사직은 거의 기울어질 것이고 당신은 직접 이것을 볼 것이오."

라고 했다. 그리고는 상을 찌푸리고서,

"지금부터 세상을 알 수 있을 것이다."

고 했다. 우복이 재삼 그 이야기를 다 해주기를 청했더니 노인은,

"저절로 알게 될 것이니 무리하게 물을 것 없다."

고 했다. 또 그의 성명을 묻자 노인은,

"어려서 부모를 잃어 성명을 모른다."

고 했다. 밤이 깊어 우복은 몹시 고단해 잠이 들었다. 날이 새어 살펴 보니 그 노인은 어디로 가버렸는지 우복은 이상해서 그 집 사람에게 물어보았다.

"이 집은 소인이 사는 곳입니다. 그 사람은 바로 유생원이라고 부르는 분입니다. 절간을 떠돌아 다니다 어쩌다 들리고는 합니다. 이곳의 산수가 깨끗하고 으슥한 것을 좋아하여 이삼 일 또는 사오 일씩 묵기도 하는데, 그가 먹는 육식을 본 일이 없습니다. 산

등성이를 올라가는데 걸음이 나는 것 같습니다."

하고 대답했다. 우복은 이야기를 듣고 무엇을 잃은 사람처럼 멍해졌다.

이 해에 과연 급제했는데, 만력 십사년 병술(1586)이었다. 그후 임진년에 왜구가 과연 침입해 왔고, 갑자년에 이괄의 군대가 서울에 들어왔고 병자년에 건로가 우리 땅에 침입했다. 또 갑신년 3월에 명나라가 망했다.

우복은 이진길 사건으로 잡혔다. 그의 글이 김직재와 관련되어 영외에 갇히었다. 그 후에 또 김몽호의 당에 참여해서 강릉에서 체포되어 구속되었다가 일년 후 방면되었다. 그 노인의 말대로 되었다. 우복은 다음과 같은 절구를 한 수 지었다.

"임명을 받고 늘 세 가지가 한스러웠으나, 행실은 어찌 말아야 할 것 뿐이었다. 우리나라 오랫동안 홍진객 노릇하며 득도한 사람을 찾아가고 싶어졌다."

영천문관 권질은 바로 우복의 문인이다. 선인과는 같은 해에 급제하여 사이가 좋았다. 한번은 나한테 들러 이야기하다가 우연히 이 일과 관련하여 이렇게 말했다.

"신선에 관한 일은 허탄해서 믿을 게 못된다고들 하지만 내가 우복선생 한테서 들은 것으로 말하면 산골에 숨어서 스스로를 도보로 양생하고 자기 수명을 연장하면서 세상에 알려지기를 바라지 않는 단양의 노인 같은 사람이 있다면, 여름 벌레가 겨울을 모르는 것 같은 견식은 대방가의 웃음거리가 되지 않겠소? 선생께서 나에게 누설하지 말라고 부탁하셨기 때문에 남에게 마구 전하지 않았소이다."

함흥 사람 진사 김모가 관동 산골의 벽촌에 투숙했을 때 일이다. 쇠사슬 소리가 들여오는 것이 밤새도록 멎지 않았다. 그것은 마치 말이 굴레쇠를 흔드는 것 같았다. 날이 밝자 주인에게 물었다.

"너의 집에는 길들지 않은 말이 있느냐? 쇠사슬 소리가 밤새도록 멎지 않아서 나는 잠을 잘 못잤다."

그 주인은 말했다.

"말이 아닙니다. 내 할아버지입니다. 할아버지는 나이가 얼마인지 모르나 백 살을 넘은 지는 오래 됩니다. 온 몸에 털이 난 것이 산돼지 같고 배고파하지 않고 말이 통하지 않으며 늘 달려나가려고 합니다. 나가면 간 곳을 찾기 어렵기 때문에 쇠사슬로 묶어 놓았는데 늘 쇠사슬을 흔들며 그것을 끊으려고 합니다. 그래서 사슬 소리가 멎지 않는 것입니다."

무슨 일로 그렇게 되었나 물었더니 주인도 그렇게 된 까닭을 알지 못했다.

옛날에 월왕 구천이 회계에 있을 때의 일이다. 오나라에 화해를 청하니까 오왕이 기괴한 무늬가 있는 이상한 나무를 요구해왔다. 구천은 국민을 시켜 깊은 산에 들어가 두루 찾도록 했다. 찾아내지 못한 채 십여 년이나 지나자 백성들은 기갈에 못견디어 초목의 열매만을 먹었다. 그러자 온 몸에 털이 나고 죽지 않아 산에서 살아 있을 수 있었다. 수백 년 후에 그들을 만난 사람이 있는데 그들은 바위 골짜기를 새처럼 날아 건너가더라는 것이다. 그런 사람을 목객(木客)이라 한다. 김모가 만난 노인도 굶주림을 참고 곡식이 끊어져 목객과 비슷한 사람이 된 것일까?

두타승이 거처하는 절에서 아궁이에 불을 피워 놓으면 밤마다 불을 끄는 사람이 있었다. 중은 다시 부싯돌을 쳐서 불을 피워 놓고 숨어서 살펴 보았다. 밤이 깊어진 후에 사람만한 나는 짐승이 집 구석으로 들어와 아궁이 앞에 앉아서 불을 헤치고 쪼인다. 중이 달려나가 붙잡고자 했더니 그 짐승이 휙 하고 날아가 버려 잡을 수 없었다. 훗날 집 구석쪽에다 덫을 놓고 그물을 치고는 들어오기는 쉽고 나가기는 어렵게 만들어 놓았다. 중은 숨어서 살폈다. 그 짐승이 과연 또 날아 들어왔다. 중이 달려드니 그 짐승은 날아 나가려다 그물에 걸려 곧 잡혔다. 그 생김새를 보니 얼굴이나 몸은 다 사람인데, 온 몸에 긴 털이 나 있었다.

"사람이냐, 신선이냐? 무슨 일로 이곳에 왔느냐?"

하고 물었다. 그 짐승은 혀를 움직이며 꽥꽥거렸으나 무슨 말인지 알 수가 없었다. 수나라 장수 장손성이 여산에서 사냥을 하다가 털이 난 여인 한 명을 만났는데 새처럼 나무 끝을 훌훌 날아 다니는 것이었다. 덫을 놓아 잡아가지고 어느 대(代)의 사람인가를 물었다. 그 여인이 대답하기를,

"나는 진시황의 궁인이다. 항우가 함곡관을 쳐들어오던 날 피해와서 이 산 속에 숨었는데, 배가 고파서 오랫동안 솔잎을 먹었더니 여러 대를 지나도록 죽지 않게 되었다."

했다. 진에서 수까지는 천여 년이다. 이 중이 만난 사람도 털난 여인의 종류가 아니었던지.

장령 유신이 화산에 있는 시골집에 쉬고 있었다. 한 행걸중이 그의 집에 들렀다. 유공은 그의 나이가 젊고 풍신이 좋아 그가 묵어 가게 하고 또 산중의 일을 물었는데 퍽 자세히 대답했다. 저녁이 되어 그의 행낭을 들춰 보니 다른 물건은 없고 유합 한질 뿐이었다. 그것을 자세히 읽어보고 책 뒤표지를 들추자 거기에, '내년 정월 십사일에 의주가 함락된다'라고 씌어 있었다. 그때는 병인년이었다. 유공이 괴상이 여기고 물어보니 그 중은 모르는 것 같았다.

"우리 선생님이 이 책을 보셨는데 우리 선생님께서 쓰신 게 아닐까?"

했다. 유공도 깊이 알아보지 않고 헤어지면서 후에 또 만나기로 했다. 그러나 그 후에는 오지 않았다. 그 이듬해 정묘년 정월에

호병이 의주를 함락시켰는데 과연 십사일이었다. 유공이 비로소 놀라고 이상히 여겼다. 상서 김시양이 영남에 안찰사로 있을 때 유공이 청도졸로 있었다. 그때 이 이야기를 언급했는데 깊은 산 속에는 반드시 비범한 인물이 있는데 사람들이 모르고 있을 뿐이라고 했다.

옛날에 대구 사람으로 공산의 도승이 있었다. 그는 연시에서 폭넓은 비단 여덟 필을 사서 한 폭으로 이어서 거기에다 장륙금구불을 그려 족자를 만들려고 했다. 팔도를 두루 다니며 그림 잘 그리는 사람을 널리 모집했으나 수년이 지나도 얻지 못했다. 마침 금강산에 가게 되어 거기서 큰 잔치를 열었다. 승려와 속인이 다 모여들어 무려 수천 명에 달했다. 이 화주승이 이 대중에게 부처를 그릴 사람을 얻기를 바란다고 광고했다. 그러나 거기에 응모하는 사람이 없었다. 좌석 끄트머리에 앉아 있던 초라한 중 하나가 나왔다. 중은 목욕 재계하고 화주승에게 이렇게 말했다.

"이 그림은 삼십 일이 차야 완성하오. 나는 불당 안에서 은신하며 그리겠소. 절대로 들여다보지 말고, 불당 사방의 벽을 발라서 틈이 없게 만들되 밥을 들여주는 구멍 하나만 남기시오. 사흘에 한 번씩 밥을 들여주고 들여줄 때에도 곁눈으로라도 보지 마시오."

그 화주승은 시키는 대로 하고 감히 몰래 들여다보지 못했다. 그리기 시작한 지 이십구일 되던 날, 날짜가 하루가 덜 찼지만 그림은 틀림없이 다 되었으리라 생각하고 잠깐 힐끔 보았다. 화사는 깜짝놀라 붓을 던지고 일어서서,

"그림이 완성되기는 틀렸다."

하였다. 그때 노랑새가 밥 들이는 구멍을 나와 날아가 버리고 그림자도 소리도 없어져 버렸다. 그 화주승은 괴상히 여기고 들어가 보니 부처를 다 그려 가는데, 발 하나를 완성시키지 못한 채

새 발자국을 그려 놓고 사라져 버렸다. 곧 그 족자를 동화사의 불당에 걸었는데 홍수·한발·질병이 생길 때마다 번번이 이 부처에게 빌면 영낙없이 신험(神驗)이 났다. 임진년에 왜놈들이 불태우고 노략질할 때 이 부처 족자를 훔쳐가 버렸다.

불승 유정은 호를 송운사라 한다. 임진란 때 의병을 일으켜 왜놈들을 쳐서 대단한 전과를 올렸다. 임금이 그를 대장으로 임명했고 명성이 두 나라에 가득찼었다. 난이 진정된 후에 왜놈들이 우리 나라에 사신을 보내달라고 청해왔다. 국민들은 다 분개했으나 조정에서는 변경에 분란이 일어날까 무서워 유정을 일본에 보내어 적정을 알아보게 했다. 왜놈들은 본래 유정의 이름을 익히 들었으므로 그의 절개를 시험해 보려고 위협하여 항복을 권했다. 유정이,

"나는 우리 임금의 명을 받고 이웃 나라에 사신으로 왔으니 너희들은 나를 함부로 다루어서는 안 된다. 내 무릎은 너희들에게 굽히지는 않는다."

고 하니 왜놈들이 숯불을 굉장히 피워 놓고 유정을 그 불속에 뛰어들어 가게 했다. 유정은 안색 하나 변하지 않고 곧장 불속으로 뛰어들어 가려는데, 하늘에서 갑자기 비가 퍼붓듯이 쏟아져 불이 꺼져 버렸다. 왜놈들은 신이라 생각하고 마침내 늘어서서 절을 하고,

"하늘이 이렇게까지 도우니 정말 산 부처십니다."

라며 금가마에 태워 갔다. 이때부터는 변소에 갈 때에도 태워 모셨다. 관백 청정이 유정에게,

"조선에는 무슨 보물이 있소?"

하고 물으니 유정은,

"없소."

하고 대답했다. 또 조선이 원하는 것은 무엇이냐고 묻자,

"조선이 원하는 것은 관백의 머리요."

하니 관백은 발끈해서 칼을 빼어 들고 나왔다. 유정은 안색하나 변하지 않고 앉은 자리를 옮기지 않았다. 관백은 물러나서 유정에게 사과했다. 귀국하려 할 때 관백이,

"대사께서 원하시는 것은 제가 꼭 들어드릴 터이니 말씀해 보십시오."

하고 묻자 유정은,

"산 사람은 본래 바라는 게 없소. 다만 우리 나라의 부처를 그린 족자 하나를 돌려주시기 바라오."

했다. 관백은,

"저의 나라가 작다고는 하지만 그래도 귀중한 보물이 많은데 왜 그런것을 가지시려 합니까?"

했다. 유정은

"이 부처는 비와 바람을 불러 일으킬 수도 있고 재앙을 물리치고 상서를 가져올 수 있기 때문에 돌려 달라는 거요."

했다. 관백은 그 말이 떨어지기가 무섭게,

"대사께서도 비와 바람을 불러 일으킬 수 있으신데 하필 부처 족자를 돌려 달라십니까?"

했다. 유정은 다시 강요하지는 않고 돌아왔다. 이때부터 왜놈들은 감히 또 큰 소리 치고 나오지 못했다. 지금까지도 송운사의 필적을 살 수 있다면 꼭 많은 돈을 내고 사고 그것을 놓칠까 두려워한다는 것이다.

내가 젊었을 때 속리사에 갔다. 절의 중 수백 명이 계급에 따라 줄을 지어 앉아서 정례를 하고 식사하는 것을 보았다. 이것이 정명도가 말한, "삼대의 위의는 다 여기에 있다."고 한 것이다. 절에는 취미사 수초가 있었는데 퍽 총명해서 같이 이야기할 만한 사람이었다. 그래서 그와 마주 앉아 불교 이야기를 했다.

　　취미사는,

　　"인간은 곧 감인세계이므로 근심과 고생이 많소이다. 서방정토에서는 짐승 같은 미물이라 할지라도 다 그 가진 본성을 즐깁니다. 세상에서 만승천자로 사해를 다 차지하고 있는 사람은 그것을 이 현세에서 차지하는 것에 지나지 않습니다. 만약에 도를 닦고 선을 행한다면 잘 되면 살아서 부처가 되어 영원토록 혼자 남아 있을 수 있고, 못되어도 서방정토에 왕생하여 삼계를 초월하여 있을 수 있습니다. 조심하지 않으면 한번 다른 길로 타락해 버려 영원히 괴로움을 당하게 되니 슬프지 않습니까?"

라고 했다. 내가,

　　"대사의 말씀은 거짓입니다. 요즈음의 부처를 배우는 사람들은 부처의 마음을 행하지 않고 부처의 자취를 행합니다. 입으로는 자비를 말하면서 행위는 장사치와 같습니다. 이렇게 하고서도 고해를 초탈하여 극락세계에 올라갈 수 있습니까?"

하니 취미사는,

　　"당신이 빈도를 비웃으신다면 좋습니다. 빈도가 보건대는 지금 세상의 선비들 중에는 마음은 양·묵이면서 입으로는 공자·주공을 내세웁니다. 자기를 기만하고 남을 속이고 하는 사람이 우글거리는데 이러고서도 부끄러워하지 않을 수 있습니까?"

한다. 내가,

　　"선비로서 정도를 지니고 혼탁한 세상에서 은둔하고 지내는 사람이 없지 않습니다. 올바른 선비를 보시려거든 실지로 찾아보셔야 합니다."

했다. 취미사는 웃으며,

　　"선비만이 그런 것이 아닙니다. 불승들 역시 그렇습니다."

하였다. 이어 이러한 시를 한 수 지어서 나에게 보여 주었다.

선비가 유도(儒道)는 수양을 귀중히 여긴다 하며, 공연히 케케 묵은 책을 끌어안고 괴롭게 찾아다녔다. 그러나 어찌 법문(法文)에 들어 모든 생각을 없애고, 초연히 앉아 거래금을 보고 있음만 하랴.

거래금의 셋은 곧 전세·내세·금세의 삼 세다.

우리 동쪽 나라 사람들은 중국의 음률을 알지 못해서 옛날부터, 악부가사는 짓지 못했다. 근세에 호음 정사룡이 가사 한 절을 지었다. 창주 윤춘년은 본래 음률을 알고 있으므로 그 가사를 보고서는 웃으며,

"이건 오음육률이 맞지 않는다."

고 했다. 호음은 실망하고 물러나와 운회·오음집운 같은 책들을 가지고, 이백의 '동정서망초강분' 절구를 모방해서 한 글자 한글자의 청탁 고저를 맞춰 절구 한 수를 지어 윤춘년에 보였다. 춘년은 수삼차 읊어 보고서,

"이것은 약간 음률이 맞다."

고 했다. 호음이,

"그러면 옛날 무슨 악장과 같은가?"

하고 물었다. 춘년은 잠시 깊이 생각하고는,

"이것은 이백의 청평조사 동정서망초강분의 음률과 비슷하다."

고 했다. 호음은 크게 경탄하고 악장은 영영 짓지 않았다.

소동파는 남보다 못한 것이 세 가지 있다고 했는데 그것은 바둑두기·술먹기·가곡부르기다. 그래서 가사는 잘 지었지만 곡조에 맞지 않는 게 많았다. 또 승암 양신이 지은 악부시는 인구에 회자 했으나 전문가에게는 받아들여지지 못했다. 양은 본래 촉 출신이었으므로 사천음조가 많아 남북방의 표준음조와 맞지 않았다는 것이다.

중국 사람도 그 가사가 곡조에 맞지 않기도 하고 음률에도 맞지 않기도 했다. 하물며 우리 나라에서 사곡을 지을 수 있기를 바라랴. 호음이 한 글자 한 글자 억지로 따져서 음률에 맞추자고 했던 것은 또한 공연한 수고가 아니었던가? 우리 동쪽 나라 사람들이 지은 가곡은 순전히 방언을 사용하고, 어쩌다 한문을 섞었는데 다 언문으로 유포되었다. 방언의 사용은 그 나라의 습관이 그렇게 만드는 것이다.

그 가곡이 중국의 악보와 나란히 견줄 수 없다 하더라도 볼만하고 들을 만한 것들은 있다. 상촌집에 보면 지봉의 조천록가사에 이런 것이 있다.

중국의 가사라는 것은 곧 고대악부 및 새 노래를 관현에 올린 것들이 다 그것이다. 우리 나라는 우리 음에서 나온 것을 한문어를 가지고 맞춘다. 이 점은 중국과 다르다. 하지만 그 감정과 의경(意境)이 다 담기어 있고 오음이 조화되어 있다. 그래서 듣는 사람이 영탄하고 마음이 움직여 손발을 덩실거리며 춤추는 점은 결국 마찬가지다.

옳은 말이다. 나는 그 장가 중에서 누구나 알고, 많이 유행되는 것들을 골라서 간단히 해 보기로 한다.

역대가 : 진복창이 지은 것이다. 역대 제왕의 치란과 성현 군자의 운수를 쓴 것이다. 과거를 거울 삼아 볼 수 있다.

권선지로가 : 남명이 지은 것이다. 성리(性理)의 자세한 뜻을 나타내어 도학의 방향을 지시한 것이다.

관분가 : 인재 홍섬이 지은 것이다. 공이 젊었을 때 안로에서 모함되어 참혹하게 고문을 당해 거의 죽어가다가 겨우 살아나 홍

양으로 도망가서 자기의 억울하고 분한 일을 쓴 것이다. 정말 불평에서 우러난 말들이다.

부앙정가 : 이상 송순이 지은 것이다. 산수의 좋은 경치를 평하고 거기서 노는 즐거움을 늘어놓은 것이다. 그의 흉중에는 호연지기가 들어 있다.

관서별곡 : 기봉 백광홍이 지은 것이다. 공이 평안감사가 되어 강산의 아름다운 곳을 두루 다니고 중국과의 접경을 바라보고 지은 것이다. 관서의 아름다움이 이 한 노래에 그려져 있다.

관동별곡 : 송강 정철이 관동 산수의 그윽하고 괴이한 경치를 적었다. 사물을 형상해 내는 묘한 솜씨와 말을 만드는 기발한 재주를 보여준다. 정말 악곡 중에 절묘한 작품이다.

사미인곡 : 역시 송강이 지은 것이다. 시경의 미인 두 글자를 본받아 써서 시대를 근심하고 임금을 사모하는 뜻을 부친 것이다. 역시 영도의 백설곡 맞잡이다.

속사미인곡 : 역시 송강이 지은 것이다. 다시 앞의 노래에서 다하지 못한 뜻을 말한 것이다. 표현이 더욱 좋아지고 뜻이 더욱 간절해졌다. 제갈공명의 출사표와 백중할 만한 작품이다.

장진주 : 역시 송강이 지은 것이다. 이태백과 이장길의 술을 권하는 뜻을 본받았다. 또 두보가 지은 '시마백부행, 군간속박거'의 말을 따기도 했는데 노래가 다 시원하게 나가고 어귀가 처비하다. 맹상군에게 들려준다면, 그가 눈물을 흘리는 것이 옹문의 거문고 소리를 들었을 때 흘린 눈물에 그치지는 않았을 것이다.

강촌별곡 : 오산 차천로가 지은 것이다. 강산의 풍취를 논하고 한거(閑居)의 흥을 자세히 말한 것이다. 천상신선의 청복이라 하더라도 그 보다 더 나을 수 없었을 것이다.

원부사 : 허균의 첩 무옥이 지은 것이다. 공방에서 일을 생각하는 마음을 있는 대로 다 말한 것이다. 여인의 염태가 나타나 있

다. 고금 시인의 애정시라 하더라도 어찌 이보다 더하랴.

유민탄 : 헌곡 조위한이 지은 것이다. 어두운 조정의 정령이 가혹하여 가렴주구가 지독함을 말한 것이다. 정협의 유민도와 서로 표리할 수 있는 작품이라 하겠다.

목동가 : 임유후가 지은 것이다. 공이 광해군 때에 관직에 나갈 뜻이 없어 이 노래를 지었다. 유유 자적하는 뜻을 부친 것으로, 화복영욕에 초연함은 초사의 유의에서 나왔다 하겠다.

맹상군가 : 지은 이를 알 수 없다. 세상의 번화함이 한바탕의 봄꿈 같음을 슬퍼하고 죽은 후의 명예는 목전의 즐거움만 못하다는 뜻을 갖추어 말했다. 설군의 영에게 이 노래를 듣게 한다면 반드시 저승에서 옷깃을 적시울 것이다.

우리 나라 역사책과 소설에 보면 우리말로 된 노래를 한시로 풀어서 실린 것이 있다. 그래서 다음에 그것을 써서 선배들이 뜻과 말을 쓰는 솜씨를 보기로 하겠다.

고려사 : 태종이 잔치를 베풀고 정몽주를 초청했다. 술이 한창 돌아가자 태종이 술잔을 들고 노래 한 절을 불러서 권했다.

이런들 어떠하며 저런들 어떠하랴,
만수산 드렁칡이 얽어진들 어떠리.
우리도 이같이 어울려 백년까지 누리리라.

정몽주는 노래를 지어 답했다.

이 몸이 죽고 죽어 일백 번 고쳐 죽어,
백골이 진토되어 넋이라도 있고 없고,

임 향한 일편단심이야 기실 줄 있으랴?

어우야담 : 명나라 장수 양경리가 왜군을 막기 위해 서울에 머물러 있었다. 군대를 인솔하고 청파교를 지나갈 때 밭에서 남녀가 김을 매면서 소리를 맞춰 노래를 불렀다. 경리가 통역관에게,
"저 노래에도 곡조가 있소?"
하고 물었다.
"다 곡조가 있소."
라고 대답하니,
"속어를 가지고 곡조를 만든 것이지 문자로 된 것은 아니오."
했다. 접반사 이항복을 시켜 번역하게 하였는데, 그 노래는 이러하다.

"그전에 이러했다면, 이 몸 어찌 가눌 수 있을 거냐? 수심은 실이 되어 마다마디 맺혀져 풀고 싶어도 실마리가 어디 있는지 모르겠구나."

경리가 이것을 보고 좋다고 하면서, "이것을 보니 농부는 그들의 본업에 부지런할 뿐 아니라 그들의 가곡도 퍽 이치가 있다."고 말하고, 마침내 청포를 한 필씩 주었다.
나는 머리도 마르기 전부터 벌써 시를 좋아했다. 외람되게도 동명옹의 권장과 사랑을 받았는데 그는 나를 경정산이라 불렀다. 보아도 물리지 않는다는 뜻이다. 나는 그의 끊임없는 유도를 받아 시작에 힘썼으나 전념할 수 없어서 탈이었다.
무신년에 병이 나서 집에 들어앉아 있었다. 어느 날 동명이 찾아와 주고 휴와와 백곡도 왔는데 다른 약속 없이 모인 것이다. 나는 그래서 간단한 술자리를 베풀고 기생을 두서넛 불러다 놀았

다. 술이 한창 돌아가자 동명옹이 흥이 나서 잔을 들고,
 "사나이가 세상에 태어나서, 세월은 번갯불처럼 지나가는데,
오늘 이 한바탕의 즐거움을 가질 수 있는 것은 만종록의 벼슬 못
지 않다."
하니 휴와는 곧 이러한 절구 한 수를 읊었다.

> 봄 기운이 추운 매화를 움직이고 12월에 걸른 술은 진한데,
> 백곡옹·동명옹 두 분을 이렇게 만나기는 어렵다.
> 술잔 앞 비단 감은 여인과 거문고의 맑은 소리 더한 터에,
> 술 취해 종남산 눈 내린 산봉우리 바라보노라.

 다 쓰고 나서 그는 동명에게 부탁했다.
 "약자가 선수를 맞으니 대정을 드는 역량으로 간단한 것을 해
보시오."
 동명은,
 "왕희지의 무덤가에서는 시 지을 사람은 짓고 술 마실 사람은
마시고 했으니, 오늘의 놀이에서도 노래할 사람은 노래하고, 춤출
사람은 춤추기로 합시다. 나는 노래를 부르겠소."
했다. 이어 우리말의 노래를 한 절 지어 손을 휘저으며 크게 불
렀다.

> 철철 금 술잔에 술을 따라, 녹주 삼백 잔을 들고,
> 우렁차게 긴 노래 부르니, 의기가 온 누리에 넘친다.
> 석양이 없어지는 건 근심하지 않노라.
> 하늘에서 바람이 달을 불어 올릴 터이니.

 남은 흥이 가시지 않자, 또 상을 치며 이렇게 노래 했다.

군평이 세상을 버렸지만, 세상도 군평을 버렸노라.
취해서 잊어버림이 상(上)의 상(上)이다.
요즈음 일 또 바뀐 위에 바뀐다.
청풍과 명월은, 아는지 모르는지?

그리고는 파안 미소하는데 흰 머리 붉은 얼굴은 다름없는 주중 선인이다. 휴와가 나를 보고 봉자 운에 맞춰서 지으라 하기에 나는,

종횡으로 붓 대니 천균의 역량이다.
천태산 만길 봉우리도 넘어뜨려 내리라.

모두가 잘됐다고 했다. 만주가 늦게 와서 계속 석 잔을 기울이고 백곡을 끌고 일어나서 덩실덩실 춤을 췄다. 동명이 나를 보고 말했다.

"인생 백 년에는 이 즐거움이 어떠한가? 내가 옛 사람들을 만나지 못한 건 한하지 않고, 옛 사람들이 나를 만나지 못한 것이 한스럽네. 자네 이 일을 적어, 오늘 이 모임을 영원토록 전하기 바라네."

나는 재주도 변변치 않은데도 지나치게 여러 거장(巨匠)들의 사랑을 받았다. 정동명·임휴와·김백곡·홍만주 같은 분들은 나와 연배가 동떨어진데도 간격없이 대해주어 좋은 때나 명절에는 늘 빠짐없이 시와 술 자리에 불려 갔다.

이러한 분들이 돌아가시고 흩어지신 후부터는 나가서는 지칫지칫거리고, 들어와서는 서글퍼져 의지할 데가 없는 사람 같아졌다. 갑인년 가을에 만주가 우연히 서울에 올라와 나를 찾아와 서

로 지난 날의 일로 감회에 잠겼다. 그는 나에게 이런 율시 한 수를 주었다.

우리들 놀 제는 같이 온 이 많아서,
검은 머리 젊은 얼굴에 비단 두른 여인 끼었었다.
백곡의 풍신은 본래 속기(俗氣) 없었고, 풍산의 재주도 그에 못지 않았다.
파란이 호탕한 임공의 필치하며 천지에 저앙하는 정옹의 노래.
흩어지고 죽고 하여 모이지 못한 지 하마 칠 년,
자네 만나는 오늘 내 마음 어떻겠나?

만주는 나를 보고 그것에 화작하라 했다. 나는 삼가 이렇게 차운 해 드렸다.

즐거움 점점 적어지고 감회 많아지니, 술잔 드릴 제 그 푸른 술 다 기울이시오. 휴와옹의 신선 같은 풍신 이미 호리로 가고, 동명옹의 기발한 기국 또한 봉과에 갔다.
세상에선 죽은 친구를 그리는 그들 세상 떠난 후에도 백설가는 전해진다.
홀로 후운정의 객 남았으니, 사람 놀라게 하는 걸작시 저승간이 되불러옴 어떻겠소?

다음에 제공의 자호·연갑을 적어 훗날 참고로 하겠다. 동명 정두경, 자는 군평, 정유생이다. 휴와 임유휴 자는 효백, 신축생이다. 백곡 김득신, 자는 자공, 갑진생이다. 만주 홍석기, 자는 원구, 병오생이다. 풍산은 내 본관이고, 후운은 만주가 거처하는 정호다. 슬프다. 나는 나이가 적어도 여러 어른들이 경치 좋은 곳에서 만날 때면 시를 짓는데 따라 다니며 번번이 수답 화창하는 행운이 많았다. 그런데 요 육칠 년 동안에 그것이 이미 과거지사로 되어버렸다. 저승 길 떠난 이들은 아득하여 불러 일으킬 수 없고, 살아 있는 사람이라고는 새벽별같이 쓸쓸해졌다. 지금 다시 옛날처럼 모여 노는 일을 계속할래야 할 수 없다. 조자건이 존몰에 부쳤던 그러한 감개는 이 지경에 이르러 그 극도에 다달았다.

우리 동쪽 나라는 신라 말엽부터 본조에 이르는 동안 명공 석학이 지은 글로 세상에 전해진 것은 이루 적어내지 못할 정도다. 이제 뚜렷한 것을 골라서 분류하여 그 문집의 이름을 기록하고, 문집의 이름 이외에 또 다른 이름이 있는 것도 다 썼다. 어쩌다 그 성을 쓰지 않은 것은 그 글은 볼 만하여도 그 인물은 취할게 못되어서다.

예종창화집 : 고려의 예종이 곽여등과 창화하여 만든 것이다.
계원필경 : 신라 최치원이 지었다.
은대시집 : 이인로가 지었다.
이상국집 : 고려 이규보가 지었다.
이평사집 : 이목 지음, 본조 사람.
목은집 : 고려 이색이 지었다.
　　　　(중략)
청화진인 : 이항복이 지었다.
동해산인 : 임숙영이 지었다.
석실산인 : 김상헌이 지었다.
화양동주 : 송시열이 지었다.
행명집 : 윤순가가 지었다.

위에 나열한 문집은 다 간행되었던 것들이다. 혹 이름은 있으나 책이 없는 것이 있다. 그 자손이 미천해서 인쇄하지 못했거나, 인쇄되었던 것이라 하더라도 우리 동쪽 나라의 땅덩어리가 적기 때문에 한 번 전화(戰火)를 당하면 싹 없어져 버리니 참으로 애석하다. 이 점으로 본다면 작은 나라에 태어나서 구구한 글을 써 영원히 전해지기를 바라며 심력(心力)을 소모시켜 죽을 애를 쓰는 것이 또한 우습다.

별호(別號)를 만드는 것은 당나라 때에 시작되었다. 자기가 사는 곳을 따서 호를 만드는 사람이 있고, 자기가 가지고 있는 것을 따서 호를 만드는 사람도 있었다. 혹은 자기가 숭상하는 것을 가지고 호를 만드는 사람도 있다.

왕적의 동고자, 두자미의 초당선생, 하지상의 서호광객, 백낙천의 향산거사 같은 호는 자기가 사는 곳을 따서 호를 만든 것이다. 도잠의 오류선생, 정훈의 칠송거사, 구양자의 육일거사 등은 자기가 가지고 있는 것에서 호를 만들었다. 장지화의 현진자, 원결의 만랑수 등은 자기가 숭상하는 것에서 호를 만든 것이다.

우리 동쪽 나라에 있는 것으로는 이행의 창택어수, 김상헌의 석실산인 같은 것이 있다. 이것은 자기가 아는 곳을 따서 호를 만든 것이다. 이첨의 쌍매당, 서익의 만죽정은 자기가 가지고 있는 것을 따서 호를 만든 것이다. 김시습의 청한자, 유몽인의 어우는 자기가 숭상하는 것을 가지고 호를 만든 것이다.

감사 윤훤이 스스로 백사(白沙)라 했고, 오성 이항복이 백사(白沙)라고 호를 붙였다. 이(李)가 윤(尹)에게,

"내가 이미 백사라고 호를 붙였으니 당신은 고치시오."
했다. 윤이 그럴 수 없다고 했다. 이는 웃으며,

"사람이 이름을 귀하게 만들 수 있는 것이지 이름이 사람을 귀하게 만들 수는 없다. 누구의 호가 유명해지나 보자."

고 했다. 지금 세상 사람들은 이백사가 있다는 것을 알 뿐이지 윤백사가 있다는 것은 모른다. 대체로 별호가 나타나고 안 나타나고 하는 것은 역시 그 사람이 유명해지나 않나에 달려 있다.

사치의 폐단은 최근에 와서 더욱 심해졌다. 그래서 시정의 남녀들은 비단 모자가 아니면 안 쓰고, 능라 비단이 아니면 입지 않는다. 이로 인해 물가는 폭등하고 재산은 탕진되어 국민이 궁핍에 빠지게 된 것이 틀림없다. 윗 자리에 있는 사람들이 한(漢) 문제가 검정물을 들인 거친 명주 옷을 입고, 마후가 염색한 거친 명주옷을 입듯이 하면 적폐를 없앨 수 있다. 그런데 쓸데없이 금지령에 째째하게 매달려서 백성이 좋아하는 것을 막는다면 백성들이 어떻게 크게 변할 수 있겠는가?

속담에 '사대부의 자제들이 길을 잘못 들면 범이 되고 좀이 되고 송충이가 된다'는 말이 있다 문(文)이나 무(武)에 뛰어나지 못하고 가난이 사무치면 종을 팔아 먹게 된다.

이것이 바로 사람을 먹는 것이니 범과 같다. 종이 다 없어지면 책을 팔아 먹게 된다. 이것이 바로 종이를 먹는 것이니 좀과 같다. 책이 다 없어지면 산소의 소나무를 팔아서 먹게 된다. 이것이 바로 나무를 먹는 것이니 송충이와 같다. 이것은 장난스런 말이기는 하지만 정말 격언이다. 송나라의 북몽사언을 보면 이런 말이 나온다.

"불초 자제에게는 세 가지 변화가 있다.

첫째 변화는 황충이 되는 것으로 농토를 팔아서 먹는다.

둘째 변화는 좀벌레가 되는 것으로 책을 팔아 먹는다.

세째 변화는 범이 되는 것으로 종을 팔아 먹는다.

우리 나라에만 이러한 폐단이 있는 게 아니라 중국 사람들 역시 그러하다. 만약 자손이 조상의 재산을 지키지 못하는 경우는 과연 피차 다름이 없다.

나는 평생에 세 가지 버릇이 있다. 즉 재주는 대단치 않으나 책 보기를 좋아하고, 글씨는 졸려하지만 필적을 좋아하고, 병은 많으면서 산수를 좋아한다.

또 네 가지 장점이 있다. 즉 남의 묵은 은혜를 잊지 않고, 남에 따라 지조를 변하지 않고, 남을 미워하여 모함하지 않고, 사람의 귀천을 가리지 않고 연장자를 존경한다.

또 다섯 가지 폐단이 있다. 즉 포부는 크면서도 재주가 시원치 않고, 말은 고답적(高踏的)이면서 견식이 변변치 않다. 민활함을 좋아하면서도 지둔이고, 방종한 것을 좋아하면서 자가한 예절에 매이고, 군자의 잣대로 소인을 책망한다.

옛날에 유도원이 자기의 단점을 쭉 써서 자기의 허물을 비판했다. 나도 세 가지 버릇, 네 가지 장점, 다섯 가지 폐단을 적었다. 이것은 유도원과 같은 점과 다른 점이 있다. 그러나 스스로 경계하고자 하는 뜻은 서로 같다.

• **홍만종**(洪萬宗) 조선 인조때의 학자로서 널리 학문에 정통하고 많은 책을 저술했다. 저서로는 '역대총목', '소화시평', '시화총정', '명엽지해', '순오지' 등이 있다.

서포만필(西浦漫筆)

김만중(金萬重)

　　중국 제자백가들의 여러 학설 중 그 의문점을 밝히고 신라 이후 조선조에 이르기까지 우리 나라의 명시들을 평하였다. 특히 정철의 가사 비평과 국문학론을 펴서 조선조 비평문학의 한 고전이 되었다.

　　오성 이항복이 이조판서로 있을 때에, 전라도의 부자로 성질이 몹시 모질다는 평판이 있는 사람이 배에다 쌀을 가득 싣고 벼슬을 얻으려 서울에 올라왔다.

　　사람들은 모두 이공(李公)을 가리켜 이(利)로 움직일 수 있는 사람이 아니라고 했었는데, 얼마 안되어 그 부자는 좋은 벼슬자리를 얻었다. 전라도 사람들은 다들 놀라고 분개하며, 이공을 면책(面責)하는 사람들이 있었다. 이공은 이에 대해,

　　"내가 어떻게 이 사람을 알았겠는가. 명보가 나에게 잘 봐 주라고 부탁하기에 명보만을 믿었을 뿐이다. 명보가 어찌 나를 속였겠는가."

　　명보란 한음 이덕형의 자다. 어느날 이 말을 들은 한음이 매우 놀라서 한참 동안이나 개탄하다가 말하였다.

"내가 어찌 이 사람을 알았겠소. 나는 불행히도 양친께서 세상을 떠나 칠십되는 고모 한 분만을 모시고 있다. 그 고모가 말씀하시기를, '이 사람은 우리 집을 잘 돌봐주었고, 사람이 근면하며 믿음성이 있으니 직책을 감당할 만하다. 네가 나를 위해 힘을 써준다면 이조판서(吏曹判書)가 어찌 네 말을 들어 주지 않겠니'하였소. 고모가 이같이 말씀하시니 내가 어찌 영공(令公)께 말씀드리지 않을 수가 있겠소."

두 사람의 말은 다 옳았다. 그러나 그 부자가 벼슬을 얻은 것이 사람들 마음을 불쾌하게 만든 것은 어쩔 수 없는 사실이었다. 시신들은 옛날 사람들의 시에 대해서는 숭상하는 바가 각각 다르고 또 그 시를 통해서 그들의 재질과 식견을 알아볼 수 있다.

송나라의 엄창랑은 최호의 '황학루(黃鶴樓)'를 당나라 울시(兀詩)의 으뜸으로 쳤다. 명나라의 하대복은 심전기의 '노가소부(盧家少婦)'를 최고라고 했으며, 이창명은 왕창령의 '진시명월(秦時明月)'을 절구(節句)의 으뜸으로 쳤다.

양승암은 유우석의 '춘강일곡(春江一曲)'을 최고라 했고, 호원서는 왕한(王翰)의 '포도미주(蒲桃美酒)'를 최고라고 했다. 본조(本朝)의 권여장은 허혼의 '노가일곡해행주(勞歌一曲解行酒)'를 가장 좋아했다. 이지봉은 당나라 율시(律詩)에 있어서는 왕유, 두보, 가도, 잠참의 '대명궁' 및 맹호연 '악양루(岳陽樓)'를 두루 혹평하고 초당의 시를 최고라고 했다.

이규보는 매성유의 시를 좋아하지 않았다. 그 이유는 매시(梅詩)의 조용하고 깊으며 맑고 간결함이 자기 시의 포만(飽滿)하고 호탕함과 정면으로 상반되기 때문이었다. 그런데 그는 서응의 폭포시(瀑布市)를 자주 칭찬하고 소동파가 서시(徐詩)를 잘못 평했다고 했다. 이 역시 서응의 시가 새로운 의경(意境)만 취하고 표현의 우아하고 속됨의 여부에 구애되지 않는 점이 자기 시의 경향과 합치되기 때문이었다. 소동파가 문순의 시를 보았다면 좋지 않은 시로 쳤을 것이 분명하다. 유몽인이 구양수의 문장과 간채의 시를 비방한 것은 이보다 더 심했다.

소재 자신은 칠률은 정사용보다 못하고 오율은 자기가 났다고 했다. 이 말은 무척 공정한데, 근래의 시단에서는 동명(東溟)과 동악(東岳)의 경우가 역시 그렇다. 석주(石洲)에 대해 말하면 두 가지를 다 잘 했으나, 역시 무게가 약간 떨어지는 것 같다. 남사화는 취헌의 시를 이조의 으뜸으로 쳤고, 허균은 용재의 시를 제일로 여겼다.

근래에 와서 석주·동악·동명 삼가(三家)가 뒤따라 일어났다. 문예를 논하는 사람들은 각각 주장하는 바가 있으나 석주로 쏠리는 사람이 많다.

본조 여러 사람의 시를 읽어보고 분에 넘치게 말해 본다. 오언절구는 이손곡의 '동화야연락(桐花夜烟洛)'이 으뜸이고, 칠언절구는 정동명의 '장화고출백운간(章華高出白雲間)'이 으뜸이며, 오언율시는 세종때의 '승서축'이 제일일 것이다. 칠언율시는 걸작이 무척 많아서 취사하기가 더욱 곤란하나 황지전의 '청평산색표관동(淸平山色表關東)', 권석주의 '강상오오문각성(江上嗚吳聞角聲)', 이동악의 '최호제시황학루(崔顥題時黃鶴樓)' 등 몇 수중에서 골라야 할 것이다.

근래의 명가 중에는 이택당과 권석주의 시만이 각체(各體)가 다 좋다. 동명은 가행(歌行), 오언율시 및 칠언절구가 가장 격이 높고 칠언의 시는 그 다음 가나 선체(選體)는 대단치 않다.

양릉군 허체는 오언시가 맑고 준수하며 예스럽고 아름다워 당시 문인들 중에는 그를 따를 자가 없었다. 그를 석주나 동악에 견준다고 한다면, 그것은 중국의 하경명과 이몽양 사이에 소문(蘇門)이 있는 것과 같다. 그러나 지금까지도 이름이 그리 높지 못한 것은 세상사람들이 칠언율시에만 주력하기 때문이다. 그의 종씨 허균만이 그를 아주 높게 평가했다.

균의 시작(詩作)은 재치는 있으나 저력이 모자란다. 그래서 당나라, 송나라, 원나라, 명나라의 여러 격조를 뒤섞여 동악과 석주가 시도(詩道)에 깊이 파고 들어간 것 같이는 될 수 없었던 것이다. 그러나 그의 시를 감별하는 능력은 근래에 으뜸 간다. 택당이 자제들에게 이야기할 때, 늘 허균은 시를 알아 보는 사람이라고 칭찬을 했다고 한다.

균의 사부고(四部古)는 사대부들 사이에 꽤 많이 읽히고 있다. 거기에 실린 작품들은 체재와 격조는 그리 대단치 않으나 재치는 뛰어난 데가 있다. 궁사·절규·죽서루부 등 여러 편은 석주와 동악 같은 이들은 감히 쓸 수 없는 작품이다. 균이 진(晉)·송(宋)·때에 태어났다고 한다면 범울종과 은중문 같은 부류의 시인이 되었을 것이다.

우리 나라 시인으로 고대 중국 시학에 뜻을 두었던 사람은 성허백, 신상촌, 정동명 세 사람이었다. 허백이 공부한 것은 깊이가 없어서 마치 감자를 씹으면서도 단 데까지는 이르지 못한 것과 같다. 그러나 그 당시로는 조예가 퍽 깊었다고 할 수 있다.

상촌은 명나라의 가정과 융경 시대의 여러 시인을 모방했다. 그는 뜻이 넓고 크면서 섬세하다. 그러나 그것은 본래부터 지녔던 재질의 발로일 뿐이지 성조는 그리 맞지 않았다.

동명은 밖으로 나타나는 기운이 힘이 있고 강하다. 또 간곡하고 곡진하나 포근한 맛이 없다. 그래서 그 일면은 터득했으나, 다른 면은 이해하지 못하고 있다. 그러나 우리 나라에서 옛날 풍조로는 동명 한 사람뿐이다.

선가(禪家)에는 본 바닥의 경치·본래의 면모라는 말이 있다. 이 비유는 극히 잘 어울리는 것이다. 이제 금강산을 좋아하는 사람이 있다고 하자. 그가 그림책을 골고루 구해서 정밀하게 고증해 가며 내외금강의 봉우리와 골짜기를 자세하고도 재미있게 이야기한다. 그러나 자신은 홍인문 밖을 한 걸음도 나가보지 않았다. 그러면 그가 본 것이라고는 책 속의 경치여서 산을 보지 못한 사람과 이야기할 수 있을 뿐이다. 만일 그 사람이 정양사의 주지승과 맞선다면 그의 설은 당장에 깨어지고 만다.

또 어떤 사람이 동해의 길에서 금강산의 변두리 산의 한 봉우리를 바라보았다고 하자. 그가 본 것은 금강산 전체는 아니지만 그가 본 것이 실제의 산이 아니라고 할 수는 없다.

서화담의 학문의 조예가 바로 이와 가까운 것에 있다.

또 어떤 사람은 그림책에서 본 것과 같으나 이 사람은 타고난 통찰력이 있어서 산길과 표현된 맥락을 잘 식별한다. 그리고 옛날의 설명에 구애되지 않고 항상 보아온 것 같이 산중의 경치를 그려낸다. 이것은 단발령 꼭대기에서 직접 본 것은 아니다. 그렇지만 이 세상에 직접 금강산을 본 사람이 없다면 사람들은 이런 사람을 산에 대해 잘 아는 사람으로 생각할 것이다. 장계곡의 학문은 이런 부류다.

우리나라에서 이 두 사람이 태어난 것은 대단한 일이다. 이백주의 '곡계곡(哭鷄哭)' 시는 이러하다.

이 세상에서 어느 누가 그대와 학문을 겨루리오.
시대에 들어맞는 것 중용을 얻구료.
짧은 말 한 마디로 사물의 법칙을 세우고,
정신은 만리 깊은 곳까지 뚫고 들어갔구료.

황진이가,
"박연폭포와 화담선생과 나는 송도의 삼절(三絶)이다."

고 말했다. 이것은 자기를 높이 평가한 것이다. 그후 최동고의 문장과 차오산의 시와 한석봉의 필법이 같은 시대에 명성을 날렸다. 이를 또 삼절이라고 불렀다. 어찌 송도만이 그렇게 절(絶)이 많았던가. 이 세 사람이 죽은 후 칠팔십년 동안은 그리 대단한 인물이 나오지 않았다. 글을 숭상하는 기풍이 없어져 버려 송도 사람이 과거에 급제하는 일마저 드물었다. 그리고 송도에 대규모의 축성(築城)이 있었다. 그 후에는 산이 벗겨지고 샘이 마르고 용은 사라졌다. 물은 흐려지고, 폭포는 줄기가 약해져 쏟아지지 않는다. 지령과 인걸의 관계가 이렇게 밀접하다. 황진이는 이것을 정확하게 보았다고 할 수 있다.

옛날부터 시를 평하는 사람이라고 해서 반드시 시를 잘하는 것은 아니었다. 시를 잘한다고 해서 또 반드시 평을 잘하는 것은 아니었다. 엄창랑은 시를 평했고, 시를 십삼편 지었는데 그의 시는 겨우 당나라 말기의 풍류를 지닌 정도다. 유수계 역시 시가 있다고 하지만 전해지지는 않고 있다.

이지봉은 시단의 존경을 받고 있었다. 그의 평론 이십권은 시를 논한 것이 태반인데도 그 평은 독자를 깨우칠 만한 것이 없다.

유서애는 국가경륜의 포부를 발휘한 문장에는 잔재주에 급급한 일이 없을 뿐 아니라 이백의 동정호 시와 유우석의 대제시를 논한 것은 탁월하다. 그런 시평은 지봉유설에서는 찾아 볼 수 없다. 동정호 시는 사람들이 다 좋아하는 것이다. 대제시를 평한 것은 실로 유공의 뛰어난 견해이다. 또한 그것을 통해 그의 재주가 뛰어남을 알 수 있게 된다. 상촌시화에는 살천석과 구종길의 섬세하고 미려한 말과 생각이 많이 들어 있다. 상촌의 시는 이 계통으로 발전했다. 사강락의 진사를 높이 평가하고, 고정이 자미를 대가로 존경했다.

당의 현종 이후에는 유파가 둘로 갈라져 틀에 맞고 아담한 것과 비속한 것으로 나타났다. 그래서 원진과 백거이의 작품을 평론가들은 황유·맹호연·위응물·유종원의 위에 두지 않았다. 이것은 타고난 재질은 뛰어나나 성조가 천하고 속되기 때문이 아니겠는가? 지금 사람들이 시를 논하는데 편수가 많고 막히지 않는 것을 높이 평가한다. 그래서 차천로, 유몽인 같은 이들을 대시인으로 부르게 되고, 최백의 몇 편 안되는 시를 사람들이 경시하고 있다. 시도(詩道)란 본래 그런 것은 아니다. 이렇게 비유할 수 있다. 한 줌의 구슬로 배를 부르게 하기로 말하면 큰 창고의 묵은 곡식보다 못하다. 그럼 페르시아의 시장에 나간다면 한 줌의 구슬은 말석에라도 참여할 수 있지만 창고의 곡식이야 어찌 명함이나 내 놓을 수 있겠는가?

유서경이 호서의 방백으로 있을 때 일이다. 호서의 어떤 선비가 전라도 군영에 청탁할 일이 있어서 월사를 찾아가 서경에게 소개장을 써달라고 부탁했다. 월사는,

"이분은 내 말을 소중히 여기지는 않을 것이오."

하고 문안하는 말만을 적어 주면서 주의를 주었다.

"호백이 내 편지를 보면 반드시 불러서 만나보고 내 집 이야기를 물어볼 것이오. 그러면 이렇게 대답하오. '이공의 말씀이, 최근 어떤 사람이 서경의 시 한 연을 가르쳐 주었는데, 이것은 절창이다. 나는 한평생 시를 지어도 이런 구절은 보지 못했다. 그런데 서경은 지금 외직에 나가 있다. 내가 학문을 다루는 직을 맡고 있으니 이 점 속으로 부끄럽게 생각하고 있더라'고 대답하시오."

그 선비는 주의시킨 대로 이렇게 대답했다. 서경은 과연 대단히 좋아했다. 그 선비는 마침내 그가 청탁한 일을 달성하고 돌아갔다.

유서경의 시는 정련·온건하고 관각체의 시를 잘 지었다. 승평

김공은 그의 데릴사위였는데 늘 유서경의 시를 깔보고 그 단점을 지적했다. 김은 그때 나이는 젊었으나 벌써 그 재주가 크게 뛰어나 유는 대단히 못마땅해 했다. 어느날 김은 신발이 떨어지자 서경을 찾아가,

"장인의 새로운 작품을 읽고 싶습니다."

했다. 서경은 한 편을 내보였다. 김은 채 반도 읽기 전에 엄숙한 얼굴을 하고 말하기를,

"제가 가끔 장인의 시는 필요 이상으로 정교하고 치밀하나 기력이 약간 부족하다고 말씀드렸습니다. 이 시를 보니 준수하고 장대하여 지금까지 생각해 오던 것과는 많이 다릅니다. 제가 전에 가졌던 소견은 잘못되었습니다."

했다. 서경은 대단히 기뻐하며,

"정말 그러한가? 내가 요즈음 사마천의 '사기'를 읽었는데 아마 그 덕이 아닐까?"

하고 말했다. 김은,

"아마 그게 틀림없을 것입니다."

하며 입이 닳도록 칭찬을 하다가 일부러 신발의 코를 약간 내보였다. 서경이 사위의 해진 신발을 보고,

"자네는 왜 해진 신발을 신고도 말을 않나?"

하고 급히 여종을 불러 말했다.

"서수가 보내온 가죽신을 가져오너라."

고 했다. 김은 곧 신발을 벗어 버리고 새 것을 신었다. 그리고 벌떡 일어나 절을 하고는,

"장인의 시는 사실인즉 별것 아닙니다. 제가 그토록 찬양한 것은 새 신발을 얻으려고 그런 것이었습니다."

하고 빠른 걸음으로 나가버렸다. 서경은 놀랄 뿐이었다.

이백주가 젊었을 때 일이다. 월사가 그에게 한퇴지의 남산시

(南山詩)를 일천 번 읽혔다. 백주는 심히 괴로워서 억지로 팔백 번까지 읽고는 마침내 더 읽지 못하고 말아버렸다. 남산시는 물론 걸작이다. 그러나 이백과 두보의 시 중에는 그보다 나은 것이 얼마든지 있다. 그런데 왜 유독 이 시만을 천 번이나 읽게 했을까?

백주는 자기의 재주가 뛰어난 것만 믿고 많이 읽는 것을 대단찮게 여겼다. 그래서 월사가 일부러 지리한 시를 가지고 와서, 그의 예리한 기상이 비약하려는 것을 꺾어 놓았던 것 같다. 이것은 역시 황석노인이 다리 위에서 신발을 떨어뜨리고 장양에게 집어오게 한 뜻과 같은 것이다. 지금 시를 공부하는 사람들은 남산시를 많이 읽는 것을 비결로 생각하는 수가 있다. 그렇다면 노인에게 신을 집어다 올리면 다 임금의 스승이 될 수 있을까?

정송강은 호탕하고 술을 마시면 가끔 실수를 저질렀다. 성문간이 그 점을 힐난했으며 송강은 전연 상대하지도 않았다.

"고요한 밖에 대나무 소리 울리고, 가을 벌레 소리 침상에 들려 오는구나."

라는 싯귀를 소리내어 읊고서는,

"이것도 어디 흠잡을 데가 있소."

했다. 문간은 웃으면서,

"그 아래 구절인 '흘러가는 해 어찌 붙들 수 있으랴'는 역시 좋은 점을 모르겠소."

했다.

지금 생각해 보니 이 말은 아주 어울리지 않는다. 문간의 평은 지극히 옳았다. 송강의 관동별곡과 전후미인가(前後美人歌)는 우리 나라의 이소(離騷)다. 그러나 그것은 중국 글로 쓸 수 없었기 때문에 다만 음악가들이 입에서 입으로 전수하거나 혹은 한글로 적혀서 전해지고 있다.

　어떤 사람이 칠언시로 관동별곡을 번역했으나 잘 되지 않았다. 이 칠언시는 택당이 젊었을 때 지은 것이라고 하는 사람도 있으나 사실이 아니다. 구마라즙이,

　"인도에서는 대부분 시와 문장을 몹시 숭상하기 때문에 부처를 찬양한 노래는 대단히 아름답다. 그러나 그것을 중국 글로 번역하면 그 뜻만 알릴 뿐이지 그 시와 문장은 전하기 어렵다. 이것은 당연히 그렇다. 사람의 생각이 입을 통해 나타난 것이 말이고, 말에다 운율을 가미한 것이 노래요, 시요, 문장이요, 부(賦)다.

　사방의 언어가 다르지만 말을 잘하는 사람이 각각 고유언어로써 운율을 잘 맞추면 충분히 천지를 움직이고, 귀신에게까지도 통할 수 있다. 이것은 중국의 경우에만 국한된 것은 아니다.

　오늘날 우리 나라의 시와 문장은 고유한 언어를 버리고 다른나라의 언어를 흉내내어 썼다. 설사 아무리 비슷하다 해도 앵무새가 흉내내는 사람의 말일 뿐이다. 그런데 거리의 나무하는 아이들이며 물긷는 아낙네들이 에야데야 하며 서로 화창(和唱)하는 것이 비속하다고 한다. 하지만 그 진위성을 따진다면 사대부들이 소위 중국의 시부(詩賦)를 흉내내는 것보다 낫다.

　하물며 이 세 별곡에는 천기가 자연적으로 발로되어 있고, 미개한 사회에 흔히 있는 낮고 속된 성질은 없다. 옛날부터 오늘날에 이르기까지 이 나라의 진정한 글이란 이 세 편 뿐이다. 그러나 또 이 세 편에 관해서 말하면 후미인곡이 더욱 높은 가치를 지니고 있으며, 관동별곡과 전미인곡은 중국의 어휘를 빌어서 수식했다."
고 했다.

　옛날 사람들은 시로써 그 사람의 궁하고 잘됨을 평가했다. 이를테면 구태공의 '야수고주(野水孤舟)'라고 한 말로써 후일에 재상이 될 것이라고 점을 쳤다는 것이 바로 그것이다. 그러나 이것

은 우연히 그렇게 일치된 것이다. 어떤 사람이 눈(雪)을 보고,

인간의 더러움이 모두 깨끗해지고,
온 세상의 거치적거리는 것을 모조리 덮어 버렸다.

고 했다. 이것을 희선생과 어른들이 모두 칭찬했다. 그러나 그 말이 너무나 커서 큰 인물이 되어 하는 일이 아니고는 어울리지 않는다. 또 어떤 아이가 밀 가는 것을 보고,

우뢰 같은 소리가 울리고, 흰 눈이 날린다.
윗돌은 돌고 또 돈다. 아랫돌은 고정되어 있다.

위 아랫돌이란 정말 기발한 말이고, 정(定)자는 매우 박력이 있다. 그러나 그 아이는 장성하여 평범한 인물도 되지 못했다. 이러한 예는 많이 있을 것이다.

옛날 사람들은 시(詩)가 지나치게 맑고 그윽한 것은 귀어(鬼語)라 했다. 이를테면 당대(唐代) 시인의,

굴 속에 하늘이 있는데 봄은 적적하고,
인간엔 길 없는데 달은 망망하다.

등이 그것이다. 요즈음은 보통 이런 것을 단명구(短命句)라고 한다. 사람이 귀신의 말을 하는 것은 오래 살지 못할 징조라는 것이다.

판서 채백창이 방에 누워 있을 때였다. 그 아들 모(某)가 밖에서 자기 친구와 시를 논하다가,

"요즘 단명구를 얻었다. 아마도 오래 살지 못할 것 같다."

하고는 그 시를 낭송했다. 그 시가 더없이 평범하고 용렬하며 탁해서 우습기 짝이 없었다. 채는 방에서 소리쳤다.

"얘야, 그 너무 근심하지 말아라. 내가 네 시를 들었는데 네 목숨은 백세(百歲)를 넘어 살 것이다."

많은 사람들은 이 이야기를 할 때마다 웃었다고 한다.

- 김만중(金萬重, 1637~1692) 호는 서포, 병자호란 때 순절한 김익겸의 유복자로 태어났으며 효성이 지극했다. 1669년에 등과하여 정치를 떠날 때까지 풍파와 정쟁으로 점철된 생활이었다. 김시습의 금오신화, 허균의 홍길동전을 이어 소설 문학의 거장으로 우리 문학의 획기적인 전기를 가져왔다. 저서로는 '사씨남정기', '서포만필'이 있다.

궁중수상

계축일기(癸丑日記)

어느 궁녀

인목대비의 측근이던 어느 궁녀가 궁중 생활을 사실적으로 기록했다. '서궁록'이라고도 하는데, 광해군의 폭정속에서 영창대군이 죽고 인목대비는 폐위되어 서궁에 유배되는 비통한 사건을 구체적으로 기록하고 있다. 전반부는 대체로 사실적인 나열인데 비하여 후반부는 가상적 사건까지 기록하고 있다. 여기서는 1권만 수록하고 2권은 생략한다.

임인년(선조 35년, 1602년)에 중전께서 아기를 잉태하셨다는 이야기를 듣고, 유자신[1]은 중전을 놀라게 하여 아기가 떨어지게 하려고 하였다.

중전을 놀라게 하려고 대궐에 팔매질도 하고 궐내 사람을 시켜 나인이 드나드는 측간에 구멍을 뚫어 나무로 쑤셨다. 또 마을에 강도가 났다고 소란을 피우기도 하였다. 이 때 궁중에서도 유가를 의심하였다.

계묘년에 중전께서 공주를 탄생하였는데 이를 널리 알리기 전

---

1) 광해군의 장인.

에 아들을 낳으셨다는 소문이 돌았다. 이 말을 듣고 유가는 대답치 않다가 공주를 낳으셨다는 이야기를 듣고는 무엇을 주더라고 하였다. 이것으로 미루어 보아 미워함을 알 수가 있었다.

그 후 병오년(선조 39, 1606년)에 중전이 대군을 낳으셨다는 소식을 듣고 유자신은 집에서 머리를 싸매고 음흉한 생각을 한 나머지, 적자가 태어났으니 동궁의 지위가 위태하다고 하여 동궁을 모시고 있는 겨레붙이인 신하들과 정인홍을 사귀어,

"아무려나 동궁을 위하여 굿도 하고 점도 치도록 하라."

하고 말했다. 그리고 임해군은 자식이 없으니 임해군을 세자로 삼아 대군에게 전하게 하려 하신다 하는 소문을 내어 선묵제, 만묵제라는 동요를 지어내어 천조에게 주청하기를 재촉하였다.

갑진년에 광해군을 왕세자로 봉해야 한다는 사연을 표문(表文)을 소상하고 간곡하게 지어 올렸다. 그러나 천조에 뇌물을 주어 매수할 수도 없고 조정이 옳은 것만 좇고 임금의 뜻도 매우 엄하고 엄하시어,

"국가의 막중한 둘째 아들을 왕세자로 삼는 것은 집과 나라가 망하는 일이니 천조는 이런 처사를 허용하지 못할 것이다."

상감의 엄한 뜻이 준절하시니, 그 후에 올리면 크게 면책을 당하므로 세자를 봉하는 일은 그 장래가 막히지나 않을까 염려가 되었다. 그 때 예부관과 재상이 교체되면 다시 거론하려다가 중도에 그만두었다. 유가 일당이,

"적자가 나시니 봉세자 주청을 아니한다."

하였다. 선조대왕께서 병환이 나셨을 때 정인홍, 이이첨 등 대여섯 사람이,

"유영경이 임해군을 위하여 광해군으로 봉세자할 것을 주청하지 않으니 영의정 유영경의 머리를 주소서."

하는 상소를 하였다. 상감의 뜻에 거슬리는 주사가 광포하고 차

마 입 밖에 낼 수 없는 말을 쓴 상소였다. 그런데 이미 여러 해째 병환으로 침식을 못하시어 기운이 지치신 상감께서 이 상소문을 보시고,

"제 어찌 임금을 협박하는 일을 하는가?"

하시고, 몹시 분개하여 침식을 전폐하셨다.

"인홍 등을 유배시켜라."

겨우 이 말씀을 하교하시고 드디어 승하하셨다. 지체하지 않고 세자와 세자빈을 침전에 들게 하여 계자(啓子)[1]와 새보[2]와 마패 등 중대한 것들을 즉시 내어주고 세자와 세자빈에게 하신 유교를 후궁이 하면서,

"대군에게 내리신 유교도 지금 함께 내리소서."

하였다. 중전께서는 인사불성이 되어,

"그 유교는 지금 내림이 옳치 않다."

라고만 하실 뿐이어서 중의를 좇아 세자에게 먼저 알리고 이어 조정에 알렸다.

이것을 이 유교를 내렸다고 하면서 큰 허물을 삼으니, 정말로 대군을 세우려 하면 대권을 손 안에 쥐고 계신데도 불구하고 새보를 내서 행사치 않으시고 어찌 세자에게 즉시 보내시며 유교에,

"참언과 모함이 있어도 마음에 두지 말고 어린 대군을 어여뻐 여겨라."

라고 말씀하셨겠는가. 또 어찌 유교대로 대군으로 하여금 위에 세우게 하실 일이 있으리오.

정미년 시월, 상감께서 편찮으셨을 때에도 동궁과 빈을 즉시

---

1) 임금의 결재 서류에 찍는 도장.
2) 왕실의 도장.

불러들여 곁에서 모시고 탕약을 받들어 올리게 하시며, 동궁이 불민하여 상감의 뜻을 어기는 일이 있을 때에도 내전으로 계셔서 중간에서 좋도록 꾸려 나가시니 그 때에는,

"내전 상덕이 크고 지중하도다!"

하며 기뻐하였다. 그러나 점점 주위에 이간질하는 사람이 있어서 임해군부터 없애버릴 모책을 세워 외롭지 않은 일에는 흉하고 악하여라, 마침내 소장에 대환을 붙여내니 그런 간사한 사람이 어디 있으리오.

대개 어렸을 때부터 불민히 여겨오신 터였으나, 임진왜란 때에 갑자기 광해군을 왕세자로 정하신지라 항상 교훈하시고 전교를 내리시지만 일체 순순히 순종하는 일이 없었다. 상감께서 타이르시는 족족 원수처럼만 생각하니 타이르시기를,

"자식이 어버이에게 하는 도리를 어찌 저렇게 하리오?"

하시고 마땅치 않게 생각하셨다. 그러던 차에 의인왕후[1]가 빈전에 계실 때 후궁의 조카를 들여다가 첩을 삼으려 하였다.

"하지마라. 어찌 부덕한 일을 하려 하느냐?"

하시면서, 허락하지 않으신 일을 깊이깊이 한으로 여기었다. 병오년에 커다란 화를 일으켜 큰 세력을 잡으려고 욕심을 내어 상감을 속이고 들어가려 하여 후궁을 위협하기를,

"이런 일을 상감께 아뢰거나 조카를 주지 않거나 하면 후일에 삼족을 멸하겠다."

협박을 하고 한편으로는 나인을 보내어 빼앗아 갔다.

상감께서 그 일을 들으시고 아주 추악한 일로 여기시고 말씀하셨다.

---

1) 선조대왕의 첫째비인 박씨.

"옛날 세종조에 소헌황후[1]를 그 아버님 일로 태종께서 폐하려고 하시니 세종께서 '그렇게 하겠습니다' 하시면서, '여덟 대군을 어떻게 처치하오리까?' 하시니 태종께서 그제서야 폐하지 말아라 하신 일이 있었다. 그런데 어린 계집 하나가 무엇이 그다지도 귀하다고 어버이까지 속이며 데려가니 흉악한 뜻이로다."

하시고, 그 뒤부터는 더욱 마땅치 않게 여기셨다.

대군이 태어난 병오년부터 없앨 마음을 품어 눈의 가시처럼 여기다가 점점 커감에 따라 큰 변을 일으켜 갑작스레 없앨 일을 유가와 날마다 모의를 하였다. 그러니 철부지 어린 대군이 그지없이 불쌍하고 가엾게 생각될 것이언만, 늘 크고 작은 일에 할 수 있는 일도 순종치 않고 뜻을 거슬리어 박대하는 것이 매우 심했다.

정인홍 등은 미처 적소까지 가지 않았는데, 상감께서 승하하시자 그 날로 궁궐 전각 아래 불러들여서는 벼슬이 올라가는 순서도 밟지 않고 벼슬에 올려 썼다. 승하하신 지 두 주일만에 형님인 임해군을 외척으로 사헌부와 사간원에게 잘못을 간하도록 시켜 놓고는, 임해군에게 사헌부와 사간원에서 올린 상주 문서를 보이며,

"이제라도 대궐에서 나가면 죄를 벗을 수가 있지만, 대궐에 그냥 있으면 죄가 더 무거워질 것이오. 내가 다 아니 빨리 나가도록 하시오."

하고는 군사를 대궐 밖에 잠복시켜 놓았던 것이다.

임해군이 꾀에 넘어가서 즉시 대궐 밖으로 나가니 군사들이 일제히 달려들어 포위하여 비변사에 구류하였다가 교동(강화도)으로 귀양을 보내어 그 곳에 임해군을 감금하였다.

---

1) 세종대왕의 비.

이 때 명나라 차관 요동도사가 임해군의 질병을 조사하기 위하여 서울에 들어오니 임해군에게 이르기를,

"전신불구인 체하면 처자와 함께 살도록 해주겠다. 만일 분부대로 아니하면 죽이겠다."

하면서, 생모인 공빈의 사촌 오라버니 김예직을 보내서 은근히 달래었다. 그것을 곧이 듣고 분부대로 했지만 명나라 차관인 요동도사가 돌아가자 심복인 의원을 보내어 독약을 내려 죽였다.

임해군을 죽일 때 대군도 함께 죽이려고 상소문을 올리니 조정에서 논란 끝에,

"당시 강보에 싸여 있고 또 새로운 정치를 베푸는 이 때에 형제를 둘씩이나 함께 죽인다는 것은 어렵소."

하니, 대군은 죽이지 않고 그냥 두었다.

상감이 하루에도 세 번씩 대비께 문안을 드리는 체하더니 점점 초하루와 보름에 드리고 그것도 무슨 일이 있으면 거르기가 일쑤였다. 또 문안을 드리러 와서도 대비께서 예사 말씀이나 생각하고 계셨던 속 말씀이거나 혹 일가에 대한 걱정이라도 하시면 정신차려 듣지도 않은 채,

"아무렇게나 하십시오."

하실 뿐이었다. 무슨 말씀을 의논이라도 하시려면, 손을 내저으며 국모의 분부를 들을 생각도 않고 그냥 일어나 휑하니 나가 버리는 것이었다. 이런 일이 있은 뒤에는 한참 만에야 문안을 와서는 머물지 아니하고 앉는 듯 마는 듯 일어나 버리니 모자간에 무슨 화기애애한 말 한 마디 있으리오.

대왕께서 승하하신 지 삼칠일만에 상감이 문안을 들었을 때의 일이다. 보통 때는 벗의 조상(弔喪)도 처음 만나면 곡을 하는 게 예사이건만, 대비께서 슬퍼 곡을 하시니 들어오다 손을 내 저으며 시중드는 이에게,

"울지 마시게 하여라."

하고는 혼자서 중얼거리기를, '저렇게 서러운 듯이 곡은 하지만 조금도 슬퍼하는 기색도 없고, 자식에 대한 정도 없으니 일가들이라고 상가에 와 보면 어찌 마음이 무심할 것인지'하니, 정말로 인정이라곤 조금도 없었다.

대왕의 시호를 올리게 될 때 대비께서 상감께 말씀하시기를

"임진왜란 때 쇠해 가던 나라를 다시 일으키신 공은 말할 것도 없거니와 조종이 망극하시되 종계 변무하신 공은 크고 크시니 창업지주보다 떨어지시지 않으시오. 묘를 예사로이 하지 마시고 깊이 헤아려 하십시오."

하시니, 한참 생각하다가 여쭈었다.

"비록 공이 있으시나 임진왜란으로 말미암아 조종이 편안히 지내시지를 못하셨으니 어찌 공이 있으시다고 할 수 있겠습니까? 다시 말씀하시지 마십시오."

하니, 대비께서 다시 한번 간절히 말씀하나 듣지 않을 뿐 아니라 대비께 맞대답하기를,

"종자(宗子)를 가지셨다고 나을 것이 없습니다."

하니, 그 불효함은 가히 알 만하였다.

옛날부터 임금의 어머님께서 초상(初喪) 때는 으레 능에 참배하는 것이 예였으므로 대비께서,

"가고 싶으오."

하시니,

"가시는 것이 불가합니다. 굳이 가시려거든 소상 때나 가십시오."

하고 대답하였다. 겨우 소상 때까지 기다리셨다가 또,

"가고 싶으오."

하시니, 또 트집을 잡아,

"조정이 하도 막으니 못 가시니 대상 때에나 가십시오."

또 대상이 다다르니,

"이미 다 지났는데 이제 가신다고 해서 무슨 도움이 되시겠습니까? 전 황후이시니 가신다는 것도 예가 아닙니다. 폐를 끼칠 따름이지 보살피실 일이 없으니 절대로 못 가십니다."

이렇게 말하는 것이었다. 3년을 두고 간곡히 빌어도 보시고 달래도 보셨지만 뜻을 이루지 못하였으니, 그렇게도 불쌍하신 일이 또 어디 있으리오.

'혼전[1]에 나가 뵙고 싶습니다' 하셨으나, 그것조차도 여러 번 막으니, 할 수 없이 내전한테 애절하게 비시니,

"본디 대전이 변통이 없어서 그러시는 거니 되도록 가시게 하겠습니다."

하고 대답하니 내전의 명령으로 겨우 허락이 내렸다. 날짜를 촉박하게 정해 놓고, 나인을 보내어 유희분한테는 날을 물리라고 일렀던 것이다. 우리 전에서는 제전에 쓸 음식을 서둘러 장만하였는데, 내전은 예사로이 여겨 제전을 않으려고 했다가 별안간 하였다. 큰 일을 하면서 남의 폐는 조금도 생각하지 않았다. 모든 일을 이렇게 하니 어디다가 민망하다고 말을 할 수 있으리오. 음식을 만들어 놓은 후 여러 날을 물렸으며 우리 전에서는 장만한 음식을 모두 버리고 새로 장만하였다.

상감이 어쩌다 내전에서 진지를 드는 일이 있어도, 정명공주는 받들어 올려도 영창대군은 받들지 않았다.

대전이 말하기를,

"대비전에 문안드리러 가면 대군의 소리가 듣기 싫더라."

하였다.

___

1) 돌아가신 임금이나 왕비의 신위를 모시는 궁.

하루는 대군이,

"대전 형님이 보고 싶다."

하기에 공주와 대군 두 아기를 문안 오셨을 때에 앉혀 보이니,

"공주는 이리 오라."

하며 만져 보고,

"정말 영민하고 예쁘다."

하였다. 대군은 본 체도 않고 말도 안 하니, 대군이 어려워하시기에 대비께서 말씀하시기를,

"너도 상감 앞으로 가거라."

하셨다. 일어나 대전 앞에 있어도 본 체도 안 하였다. 대군이 물러나 우시며,

"대전 형님이 누님은 귀여워하시고 나는 본 체도 안 하시니, 나도 누님처럼 여자로 태어날 것을 사내로 태어났지."

하시고 하루 종일 우시니 보기에도 정말 불쌍하였다.

대전이 늘 말하기를,

"내가 있는 동안은 대군이 열이 있어도 두렵지 않지만, 세자는 대군과 조카가 되니 단종 때에도 조카를 죽이고 세조가 섰으니 이런 일이 생길까 두렵다. 내 부디 대군을 없애고 세자를 편히 살게 하겠다."

이런 말을 항상 들어 왔기에 세자는 대군을 만나길 싫어하여 마치 무서운 것을 보는 듯하였다.

승하하신 지 석 달 만에 대전이 수라를 못 드셔서, 대비께서 소고기로 만든 반찬을 권하셨다. 권하신 지 두 번만에 잡수시었다. 어느 날 양즙을 하여 가지고 갔더니 자시고 물리면서 은근히 당부 하기를,

"이 즙이 가장 입맛이 당기니 차게 채워 두었다가 다음에 달라."

하였다. 나인이 비웃으면서,

"하루라도 어육류를 쓰지 아니한 반찬을 못하시던 데 여름철에 서너 달을 하시며, 대비께서 권하시던 차에 하도 황송하여 육찬을 잡수시니, 양즙도 대비전께서 계시기 때문에 두었다 달라고 하시는 것입니다."

하니 듣는 사람 모두가 불쌍히 여기며 웃었다.

정미년 시월부터 편찮으셔서 세자 광해군이 여차에 와 약시중을 드는데 꾸준히 들어 앉아 있곤 하다가 승하하신 뒤에,

"겨울에 찬 데 앉았던 일은 죽어도 잊으라."

하였다.

빈측(殯側)[1]에도 한 달에 한 번씩 갈락말락할 지경이었다.

슬픈 빛이라곤 아주 없어 상복 중임에도 웃고, 대전상에 감선하는 척도 하고 입을 가리고 웃음을 참는 척도 하지만, 다 참지 못할 때에는 소리내어 웃으니 보기에 민망하였다.

대비께서 빈측에 와 곡하며 우시기를 그치지 않으시니,

"이 울음 소리 어디서 나느냐?"

내관이 말하기를,

"자전에서 우시는 소리랍니다."

"무엇 때문에 저렇게 우시는가? 춘추 많으시고 사실 것 다 사셨는데 서러워하오심이 참 우습구나. 사람이 언제까지나 살 줄 알았나? 듣기 싫다."

하니, 좌우에 있던 사람이 하도 어이가 없어 속으로 가만히 웃는 사람도 있었다.

공사를 하도 못하여 단 한 장의 문서도 친히 결재를 내리지 못할 형편이었다. 여차 곁에 딸린 익랑방에다 내전을 모셔다 두고

---

1) 발인할 때까지 관을 모시는 곳.

주아로 공사를 물어 결재를 하는 하였다. 간혹 내전이 빈청에라
도 나가서 안 계시게 되면 공사를 처리하지 못했다. 혼자 쩔쩔매
며 종이와 칼을 놓지 못하고 종이를 썰었다간 도로 붙여 보는가
하면, 칼을 도로 벌려서 세워놓거나 그렇지 않으면 무언지 중얼
거리고 있었다. 이럴 때 내관이 어쩌다 무슨 말이라도 하면 소리
를 질러 꾸짖으므로 내관도 들어오질 못하고 밖에서 하늘만 쳐다
보며 애를 태우는 형편이었다.

　명종조부터 모시던 늙은 내관이 당돌히 들어가서 아뢰었다.

　"무슨 생각을 그렇게 하고 계십니까? 임해군께서도 벌써 남의
말을 듣고 입시하고 계시며, 이 공사는 조금도 어려운 것이 아니
옵니다. 글을 배우신 지가 오래 되셔서 그러신가 하옵니다. 슬기
는 글을 하는 데서 터득하는 것인가 하옵니다. 마마께서는 선왕
이신 선조대왕의 아드님이시고 들어 계옵신 집도, 종이와 필묵도
모두 선왕의 것이온데 이만한 공사를 처리하지 못하시어 사람을
입시시켜 놓으시고 잠잠히 앉아만 계시옵니까? 도대체 칼과 종이
로 무슨 일을 하십니까?"
하니, 그때는 부끄러워 아무 말도 못하였다. 이 말이 퍼져 나가
자, 이 늙은 내관을 몹시 미워하다가 대군난(大君亂) 때에 죽이
고야 말았다.

　내관에서 한 번 일을 시키면 열 번은 고쳐 시키고 심부름을 한
번 시킬 때도 열 번씩이나 다시 고쳐 시켰다. 아무리 잘한들 상
을 주는 법도 없으며, 잘못한다 해도 벌을 줄 줄도 모르는 터였
다.

　유가가 늘 민망하게 여겨서 날마다 때마다 상감께 가르쳐 올리
기를 이제 아무개가 상소를 할 테니 이렇게 대답하시고, 다음에
아무개가 계사를 할 것이니 저렇게 대답하시라고 때때로 한문으
로 혹은 한글로 써서 광주리나 소쿠리에 몰래 넣어 가지고 다녔

다. 또는 문이 닫힌 때엔 동쪽 산에 있는 뒷간 근처에 당이 있어 그리로 드나들다가 구멍이 너무 커서 밖에서 빤히 들여다 뵈지 못하도록 안쪽만 가려두고 안팎에서 연락을 하여 출납을 하였다. 하지만 그것도 잦아지니까 대궐 담 밖에다 종을 시켜 움막을 지어 종을 살게 하고 밤이면 그 종을 시켜 유가한테 알아오게 하곤 했다.

침실에는 비단으로 엮은 광주리며 보자기에 싼 소쿠리가 데굴 데굴 하였다. 시녀 한 사람을 밤낮으로 공사에 대한 대답을 알아오도록 유가에게 보내었다. 날마다 공사가 있는 족족 써서 보내니 밥 먹을 새도 없어서 괴롭고 서러워 한 번은 혼잣말로 말하기를,

"남자가 이만한 공사를 처리하지 못하고 밤낮 남에게 물어보고 다니다니. 우리 침실에는 소쿠리 광주리가 어떻게 많은지 방에 꽉 차 있군."

대전이 이 소리를 듣고 쫓아 내었다. 소문이 나기를 성품이 잔인하여 기둥으로 사람을 치기도 하고 채찍으로 치지 않으면 석쇠 같은 것으로 막 치니 아프다는 소리가 진동하고,

"대전마마 살려주소서."

하는 소리가 밖에까지 들렸다고 한다.

내수사에서 들여오는 물건은 전례를 따라 전부터 대비전이 입량으로 쓰시는 것을 한 때는,

"꿀을 받아다 얼마 만큼만 대비전에 갖다드려라."

하니 차지내관 이봉정이 말하기를,

"누가 값을 따져서 드리겠습니까? 필요하실 때 쓰시도록 갖다드리겠습니다."

하니 듣지 않았다. 또 한 번은

"대비전이 들여오라고 하시는 물건은 나한테 먼저 알린 다음에

갖다 드려라."

하므로, 그 뒤부터 먼저 상감께 여쭈어서 그 의결을 기다리는 버릇이 생겼다고 한다.

관청의 물건을 다른 곳으로 옮기니 어떤 이는 말하기를,

"대비전께서 못 쓰시게 하느라고 그리한다."

하고 어떤 사람은 말하기를,

"혹시나 불의지변을 당하더라도 나중에 가서 살 수 있도록 하기 위한 것이다."

하였다. 이현궁이라 이름짓고, 온갖 물건을 다 그 궁으로 가져다 쌓게 하였다.

무신년 초에는 상감이 가장 공경하는 체하며 이르시기를,

"내가 위하는 분이 자전이시니 하고자 하시는 일은 무슨 일이건 다 말씀하십시오."

하니, 대비께서 감동하시고 고맙게 여기시면 세자를 향하여… 그리 대답을 하옵시오, 대왕… 진 이름을 얻으시려고 하시고, 모든 일에…

세자께서 영민하시니 더욱 기특히 생각하시면서 사내 아이에게 소용되는 물건을 문안드리려 올 적마다 주시니, 세자의 보모상궁인 옥환(玉環)이 두 손을 합장하고 상덕을 축수하며 말하였다.

"대비전이 아니시면 우리에게 무엇이 있사올고? 올 때마다 이렇게 주시니 대비마마의 상덕은 하늘 같으시며 아버님은 종이 한 장도 주지 않으시니 누구를 닮아서 그러신지. 종의 말을 듣지 않기로 말하자면 수레를 끄는 소라고 한들 그렇게 질기겠습니까? 선왕 마마의 아드님이지만 누신 똥이나 닮았을까. 똥을 누실 때는 아침부터 뒷간에 가 앉으면 겨울에는 오정 때까지 앉아서 누고, 문안을 드리려고 할 때는 유난히 드나들며 똥을 두세 번씩 누시니 그런 애가 타는 일이 어디 있겠습니까? 무슨 일이든지 여

러 번 이르셔야 되고 한 번 들으신 일은 원래 들은 체도 안 하시
니 꼭 수레를 끄는 소 같습니다."

모두들 어떻게 저런 말을 하시느냐고 했더니,

"소 같으니 어찌 소라 하지 않겠느냐?"

했다.

처음엔 상감의 말을 곧이 듣고 참 마음씀이 너그럽다 했다. 그
러나 점점 박대하는 게 심해지더니 경술년과 신해년 사이에는 더
욱 심해져서 대비께 대해 불공함이 이루 말할 수가 없었다.

상궁 가히와 점차로 가까워지면서부터 내전하고는 멀어지면서
도 공사를 처리할 때만은 내전을 불러다 시켰다. 나중엔 내전도
화가 나서 가지 않을 때도 있었다. 그럴 때에 친히 와서 데려다
가 물어 보고 그래도 또 모른다고 할 때엔 내전도,

"이만한 공사도 혼자서 처리하질 못하신다는 겁니까? 다음부터
아예 나한테 물어볼 생각도 마십시오."

하였다.

대군을 두고 여러 가지로 의심을 한 뒤부터는 더욱 위엄을 보
이느라고 고기를 불 기운만 약간 쬐어 많이 먹고, 밥은 죽처럼
질게 만들어서 먹고, 날고기를 즐기니 눈은 점점 붉어져 갔다.

산나물은 더럽다고 하며 전광어와 곤 엿을 즐기며 고기만을 들
었다. 남이 하라는 일은 절대로 안 하고, 남이 하지 말라는 일은
반드시 하였다.

마음씨는 흉악하고 말은 실없이 하니 위엄은 걸주를 본받고,
행실은 양제보다 방탕한 생활을 더 하였다. 대비께서 두려워하시
며, 후일에 선묘를 저버릴까 하여 걱정을 하셨다.

그러더니 과연 난을 일으키고야 말았다.

나인한테도 무신년 초에는 가장 후하게 대접하는 체하여,

"대비전을 잘 모셔서 평안하시니 너희들의 공이 없으면 어떻게

평안히 잘 지내시겠느냐?"

하시며, 침실 상궁이 갈 때마다 인사를 하며 상도 주셨다. 신해년 부터는 점점 소홀히 하여 본 체도 않고 가면 밖에다 날이 저물도록 세워 두고, 들어오라고 해야 하겠지만 연고가 있어 만날 수 없으니 돌아가라고 하였다.

늙은 상궁 하나가 선왕마마께서는 대비전 나인이 가면 머리를 빗으시다가도 머리털을 쥐시고 상궁을 침실로 들어오라 하여 상감의 문안을 물으시고, 세수를 하시다가도 들어오라 하셔서 상감의 문안을 물어보시던 일을 말하였다.

"나는 차마 그렇게까지 못하겠다. 한 달에 두 번씩이나 친히 가서 문안을 하는데 나인을 불러서 친히 봐야 한단 말이냐? 내 마음대로 할 노릇이지 그런 일까지 선왕을 본받아야 하는 거냐? 나는 내 법으로 할 것이니까 다시는 그런 말을 하지 마라."

대전이 처음으로 배릉을 가니 재상들은 동구부터 통곡을 하려다가 겨우 참고 상감이 우시면 실컷 울어야겠다고 마음 먹고 이땐가 저땐가 기다렸다. 능 있는 데까지 올라갔다가 천천히 그냥 내려오더니 그 안에 누가 일러 주었는지, 내려온 뒤에야 예조에게,

"울랴? 말랴?"

물어보았다.

"우셔야 옳습니다."

하였다. 겨우 돌아올 때에야 우니 그 소리를 듣고 유생이 말하기를,

"소리를 내지 않는 통곡을 하고는 너무 울었다고 잘못 여기시겠지."

하였다.

이렇듯 천성에 효성이라고는 없고 포악함이 심하니 우리 전한

테 어떻게 지극하게 할 수 있으리오.

내전은 초상 때에도 문안을 드리러 오지 않아서 소상 때에 상복을 벗은 뒤에나 올까 여겼는데, 벗고도 오지 않을 뿐 아니라 그림자조차 보이지 않으며 내란만 조작하고 있었다.

신해년에 새 대궐인 창덕궁에 계셔서 후원 구경을 가시니 내전께서 말씀하셨다.

"나는 나이가 많고 대비전은 나이가 젊으시니 설마 내 뒤에는 못 서실 것이다. 잠깐 핑계를 대고 머무르거든 대비전을 먼저 모셔가게 하여라."

하는 것이었다.

몇 번이나 유의하여 지내보니 정말 대비전이 뒷시위하는 것을 싫어하여 아니하였다.

이 날 대비께서 들어오시다가 임금이 타는 가마를 멘 하인이 넘어지는 바람에 가마가 기우뚱하며 거의 떨어질 뻔한 일이 있었다. 이런 일을 내전은 물어보지도 않은 채 당신의 전각으로 가 버리었다.

늙은 나인들이 의인왕후 계셨을 때에 대비전을 섬기시던 일을 보아 오다가 어이없이 여기고 있었는데, 이런 말을 내전이 듣고 한탄하고 원망하며 후일에 어디 두고 보자면서 벼르고 있었다.

하지만 내전은 말도 잘 알아 듣고 글도 잘 하며 혹 착하고자 하는 일이 있었다. 그러나 대전과 종이 터무니없는 거짓말을 하니, 대비전께서 무신년에 대왕께서 세상을 떠나셨을 때에 돌아가신 것을 서러워하여 소리를 내어 슬프게 우시는 것을 주야로 그치지 않으셨다.

"어디서 무슨 사람이 저러냐? 대군을 세우려다가 못 이루셨으니 그 일 때문에 더 서러워서 우시나 싶다."

하니, 대전이 그 말을 곧이 들었다.

또 은덕이와 삽이란 나인이 이르기를,

"임진 이후에 선왕마마를 모시고 계실 때에 지니셨던 세간을 우리 전에 주질 않으시니 대군한테 물려주시려나 보다. 그런 것을 다 시기할 일인가."

"지니고 사시는가 보세."

늙은 상궁을 가히가 만나보고 말하기를,

"대군의 보모상궁은 잘 있나? 김상궁도 잘 있는가? 대군 귀밑에 패달날[1]이 있던데, 언제고 약사발을 받을 날이 있을 것이다." 하므로, 듣는 사람이 하도 흉악하여 못 들은 체하고 말았다.

내전에서 진지를 드시니 내전은 양반이라 혹 잘하라는 말이 있어도 종들이 몹시 박대하여 길을 가는 낯선 사람을 대접하듯이 했다.

신해년에 대궐을 옮기실 때의 일이다. 세자의 친영하는 것을 보려고 하신 일이 있었다. 하루는 구경을 하는데 족친이라도 금한다면서 '대비전께옵서는 나오시지 마십시오'하며 중간에 후궁을 놓아 여쭙게 하니 좋은 일에 미안해 하시며,

"친영하는 일이 기뻐서 보려고 했는데 그렇다면 할 수 없지." 하고 안 보셨다. 그 뒤에 말을 지어 내기를 '정이 없어서 보시지 않으셨다'하며,

"잔치는 상복을 벗은 지 오래 되지 않았으니 무엇이 바쁘겠습니까? 천천히 하십시오." 하며, 택일을 번번이 제 마음대로 물렸다 당겼다 하였다. 잔치에 쓸 음식을 다 장만해 놓은 뒤에도 하기 싫은 때면 날을 물리며 조정에 알리고, 외척하고 통하여 대비께 대한 험담을 있는 대로 지어서 퍼뜨렸다. 나인인 은덕이와 가히 등은 그 때부터 하는 말

---

1) 전쟁에서 군율을 어긴 자의 두 귀에 화살을 꿰어 무리에게 보이는 일.

이,

"하루라도 잘 사나 두고 보자. 대군의 기물이나 수진궁(壽進
宮)에 있는 물건이 오지 않을 리가 있나. 몽땅 우리에게 오리라."

이렇게 무서운 말을 두 나인은 매양 하였다.

무신년에 대왕께서는 빈천하신 뒤에 여염에서 요사스런 말을
퍼뜨리는 사람이 하도 많으니 외척과 혼가가 되면 요사스런 말이
번져 들어갈까 염려하셔서,

"공주와 대군의 혼사는 상덕이 많은 사람으로 중전 가문에서
정합시다."

하셨다.

"권세를 믿은 백성의 간사한 사람인들 신(臣)이 믿고 칭찬하겠
으며, 또 선왕의 유교를 어찌 잊을 수 있겠습니까? 혼사는 그렇
게 하겠습니다."

했다. 임자년에 김직재의 난이 일어났을 때, 점치는 일과 방자하
는 일로 점점 더 화를 만들어 낼 마음을 먹었다. 그런 놈들에게
무복을 받을 때 아이라도 말하라고 시키니, 그 옥사가 있은 뒤에
조종의 어르신 중 심희수 부원군께 말하기를,

"아이라도 일봐라."

고 했을 때는 정말 등에 식은 땀이 흐르는 걸 어쩔수가 없었다.
다행히 그 난에서 벗어나니 복이 있으신가 보다 하였다.

이 때에 난이 있은 뒤부터 시기함이 더욱 심해 문 밖에서라도
이름난 점쟁이는 모두 불러다가 유가의 집에다 앉혀 놓고 자기네
뜻을 이룰 수 있는 수와 우리 쪽의 액운을 실컷 확론하고 물어보
았다. 또 유희량이 물으니 그 장님이,

"대군의 분위가 할 만하다."

하였다.

"남이 죽이려 해도 안 죽겠느냐?"

하고 물어보니,

"아무에게나 죽음을 당할 것이다."

이렇게 말했다 한다.

임자년 겨울에 유자신의 아내 정씨가 대궐 안에 들어와 딸과 사위와 머리를 맞대고 사흘 동안을 자정이 되도록 의논을 하여 계축년 정월 초사흗날부터 저주를 시작하였다. 털이 하얀 강아지의 배를 갈라 들여오고, 사람을 그려서 쏘는 시늉을 하여 바깥의 사람들이 다니지 않는 곳과 대전이 주무시는 곳에 놓았다. 또 담 넘어와 대전의 책상 아래며 베개 밑에도 놓으며 이렇게 하기를 사월까지 하면서 말을 내기를 임해군 때 유영경의 부인이 하던 일까지 한다고 하며, 온갖 말을 지어내서,

"국무녀(國巫女) 수련개(水蓮介)가 이르더라."

하였다.

우리가 의심을 하지 않도록 하기 위해서 그렇게 한 것이다.

우리 쪽에서는 우리 편 사람들이 다니는 곳이 아니므로 우릴 보고 의심한 일이야 아니겠지 하고 염려도 하지 않았다. 또 비록 염려를 했다 한들 어떻게 할 수 있는 수도 없었지만 사실은 말이 우리한테 누설되면 자기네의 일이 그릇될까 한 데서 한 짓이었다.

사월로서 유가, 이이첨, 박승종 등 심복과 꾀하며 방정하는 일로 상소문에 은(銀) 도둑 박응서가 포도청에서 낱낱이 자기 죄를 자백하니 사형 판결문서에 결재를 내려야 했다. 그러나 유, 박, 이 삼적(三賊)이 포도대장을 달래고 꾀어서 부리다가 죽이고 죄수는 도로 가두고 이렇게 대답을 하라고 맞춰 놓았다. 그 도둑이 제가 살겠다는 욕심에 온통 시킨대로 상소하였는데, 사월 스무엿샛날 상소가 들어간 바로 그 때 반역을 고발한 일이라고 소문을 미리 퍼뜨리고 도둑 응서에게 임금 앞에서 가르쳐 주며 묻는 일

이,

"내가 김부원군 집에 갔었지? 그렇다고 하면 살려주리라."

하고 말하였다. 웅서가 대답하기를,

"살기는 소중하오나 부원군은 모릅니다."

대군의 이름도 말하라고 하니,

"한 부원군이 무엇이 귀하여 묻지 않았다고 하겠습니까? 그 집의 대문도 모릅니다. 아무리 살려주신다고 하시지만 모르는 사람을 어떻게 거들겠습니까? 대군도 우리 부원군을 올리란 말이지 부원군도 아는 바 없습니다. 남에 대하여 애매한 말을 어찌 하리이까?"

하였다. 그래서 저의 부모를 잡아다가 극형에 처하는데 어떤 때는 어미를 앉혀 놓고 그 앞에서 아들을 치는가 하면, 아들을 앉혀 놓고 어미와 동생을 치는 등 온갖 극형을 다 하였다. 그들은 잔인한 소리로 서로 보며 어미는

"아들아, 죄가 없더라도 굴복하여서라도 나를 살려다오."

"아무리 어버이가 소중해서 살리고 싶지만 거짓말을 하면 나도 서럽거든 남에게 미루고 어떻게 그 끝을 다하겠습니까?"

하며, 자식이 어버이를 보채면,

"자식이 소중한들 근거없는 말을 내 어찌 지어 내겠느냐?"

하여, 이대로 생소하게 굴다가 양갑이는 어미가 극형을 당하여 죽었다. 그 뒤에 문사낭청의 층계를 자주 오르내리며 말하니 그 다음부터는 남의 말하듯 말했다.

"부원군도 압니다."

말하니,

"네가 그 집에 가 보았더니 어떻게 하더냐?"

대답하기를,

"갔더니 술을 내보내 먹이더군요. 반역을 꾀하려는 게 분명합

니다.”

저는 정형을 받았지만 제 아비만큼은 죽여서 안되겠다고 아들이 살리니, 그 언약을 하느라고 급해지니 무복을 했던 것이었다.

이 뒤부터는 아이 어른 할 것 없이 더욱 극형에 처하여 무복을 받으려고만 힘을 써서 큰 옥사를 일으켰다. 그러나 나인들 죽일 일을 어렵게 여겨 방자를 하고자 하되 구실이 없어 못 하였다. 하루는 박동량이 공을 세워 보려고 거짓말로 유릉 방자 사건을 거들어,

“대군 위로 순창이 선왕 편찮으셨을 때 하였다는 말을 듣고 늘 서러워하더니, 고할 곳이 없어 언제나 원수를 갚으려 합니다.”
하였다. 대개 유릉 방자 사건은 정미년에 선왕 편찮으셨을 때 어느 궁인인지 알지 못하는 이가 유릉 기슭에서 굿을 하다가 들었는데, 무신년 여름에 법사에서 국무녀 수란개(수련개)를 친국하였다가 애매하다 하며 도로 놓아 주었다고 한다.

나라에서 수란개 외에 잡무녀를 쓰지 않는 것으로 모든 사람이 그렇게 알고 있는 터였는데, 유가가 박동량에게 이렇게 하면 살려주마 하며 달래어 온통 유가의 뜻대로 일을 모두 거짓으로 꾸몄다. 우리 전에선 순창이 시켜 하였다고 하여 꼭 본 듯이 말하며 모략을 하니, 이런 말을 곧이 들으려 하다가 그제서야 단서를 잡아야 하니 유릉 방자도 하였으니, 우리 쪽 방자도 이리저리 하였다고 말했다. 오월 십팔일에 침실 상궁 김씨와 대군의 보모 상궁과 침실 시녀 여옥과 대군의 보모 상궁 환이를 소명한다고 써 가지고 와서,

“박동량이 범죄 사실을 진술하였으니 빨리 내어 주십시오.”
하니, 그 나인들이 하늘을 부르고 땅을 치니 궁중이 떠나갈 듯이 진동하고 곡성이 하늘을 찔렀다.

“박동량 도둑놈아! 우리들의 이름을 알기나 하더냐? 나하고 무

슨 원수가 졌다고 저기 가서 모진 형벌을 당할 바에야 차라리 목을 매어 죽겠다!"

하고 김상궁과 유씨는 목을 매었는데 모두 달려들어 끄르니 죽지를 못했다.

"여기서 죽으면 일을 저질러 겁이 나서 죽었다고 할 것이니 나가 보아라."

이럭저럭 세월이 흐르니 그 서러움이 어떠했으리오. 천지가 찢어질 듯하며,

"마마님! 죽으러 갑니다. 우리가 무슨 일을 당하더라도 지하에 가서 뵙겠습니다."

하고 말을 할 때 그 마음 속이 어떠하였으리오. 박동량은 임진때 호중이요, 선조대왕 국상 때 수릉역장이 되어, 선왕께 입은 은혜가 하늘같이 높고, 우리 전에서도 유릉산의 일로 해서 여러 신하 가운데서도 각별히 관대하게 하셨다. 하지만 평소에 상덕이 많아 부원군께서는 각별히 절하더니 흉악한 꾀를 내어 그런 원한이 사무치고, 아프고 쓰린 환난을 일으킨 일을 허다히 열어 주니 붙는 불에 섶을 안고 뛰어드는 짝이니 어찌 피와 살을 가진 인간으로서 할 일이오. 그런 즉 나인들은,

"박동량아, 우리들의 이름을 알기나 하느냐?"

하고 소리쳐 꾸짖으며, 이 한이야 죽는다고 잊으랴. 그보다 선왕께 받은 은혜를 저버리는 걸로 말하자면 무지몽매한 사람인들 이보다 더 심할 수 있으리오. 그 중에서도 김상궁은 열네 살 때 선조대왕의 수레를 모시고 따라가 잠깐도 곁을 떠나지도 않고 궁으로 돌아왔다. 충성껏 시위한 일로는 대공신을 할 수 있으련만 나인인 까닭으로 반공신도 못하셨지만 궐내 위장을 지내시고 궁인 중에서도 위대한 분이었다. 그 사람이 나가는 서문 안에 앉아서 말하기를,

"아무 나라인들 아비의 첩을 나장의 손으로 잡아 내니, 임금도 사납거니와 신하도 하나 같이 사람다운 게 없다. 이덕형, 이항복 두 어른께서는 정승 자리에 올라 여기 앉아 계셨고, 임진왜란 때 호종하던 신하 쳐놓고 내 이름을 모르는 이는 없을 것이다. 평양으로 함경도로 깊이 들어갈 때 나인을 내보내지 않으니, 큰 길에서 오래 머무르시게 되면 선전관을 보내어 우리를 찾아오실 때 비록 창황 중이나 몸이 커 가르쳐 드릴 사람이 없었다. 그런데 그 선왕마마의 아들이 임금 자리에 계셔서 오늘날 이런 욕을 볼 줄 알았다면 무신년에 재궁 밑에서 죽기나 했을 것이다. 당나라 장수가 평양 보통문을 깨뜨려 왜적을 물리친 기별을 전해주시니 우리가 다 기뻐 날뛰며, 이제야 모두 살아서 환조하실 날이 있을 거라며 즐거워하던 일이 어제처럼 아직도 생생하다. 그때 난에서 벗어났으나 종묘와 사직을 위하여 서둘러 군사를 파견하고 입궐하시니, 인심이 진정되어 있지 못하여 옷고름을 풀고 제대로 잠을 주무시지 못하셨다. 그러던 차에 하루는 하인이 닭을 잡으러 집 위에 올라간 것을 집안을 엿보는 도둑놈인 줄 여기고 오시니 후궁은 놀라서 나왔고 상감께서는 내관에게 작은 환도를 주시고,

"급한 일이 있을 때에는 스스로 목숨을 끊어라."

하셨다. 제각기 작은 환도를 손에 쥐고 가슴을 두근거리며 기다리던 일도 있었지만 그 시절이 다 지나고 우리 선왕마마의 아들이 임금자리에 서서 오늘날 이렇게 욕을 볼 줄을 어찌 알았으리오. 여의사를 시켜 잡아내는 것도 아니고 나장의 손으로 잡아내게 하니 이 욕이 내 목에 당키나 하냐? 대왕께서 가까이 하시는 여자나 나라의 녹을 자시는 신하들은 다들 명심하십시오. 이제 이렇게 하는 게 옳단 말입니까? 이 도리로 임금을 속이면 서로가 다 망하는 길밖에 없습니다."

이처럼 긴 해가 저물도록 대면을 하여 진술을 시키고 이런 말

을 듣고 여의사를 정하였다.

옥 중에서 이처럼 바른 말을 할 수 있을까? 속히 끌어내어 약사발을 내리고, 그 밖에 대왕을 가까이서 모시던 사람들에게도 다 약사발을 내렸다. 또 남은 이는 상궁에 이르기까지 모조리 중형을 베풀어 박동량의 초사라고 하며 육월 십삼일에 열세 사람을 임금의 명령으로 불러들이는 소명장을 써서 냈다.

시녀 계란이, 수사 학천이, 수모 언금이, 덕복이, 춘개, 표금이, 보모 상궁의 아우 복이의 종, 도섭이, 고은이, 김상궁의 종 보롬이, 보삭이, 대군의 보모 예환이, 수모 향개 등을 도사와 나장과 당번 내관 이덕상이 와서,

"어서 끌어 내라."

독촉하니 우는 소리가 천지를 진동하여 다시금 망극하여 통곡을 하며 말하기를,

"박동량을 알기나 안단 말입니까? 어찌 우리를 이다지도 서럽게 한단 말인가? 죽어서 원혼이 되어도 박동량을 잊지는 못하겠습니다. 마마께선 애매하신 일을 남한테 잡혀 계시니, 저희들이 서럽게 죽더라도 무슨 한이 있으리오마는 마마께서는 부디 사셔서 우리들이 이렇게 죽은 원수는 부디 잊지 마십시오. 이제 죽으러 갑니다."

그 중에 향가이는 병이 들어서 나가고 없었다. 그런데 속이고 내 주지 않는다면서 여의사 대여섯이 와서 공주와 대군이 들어계신 침실까지 샅샅이 뒤져도 없으니까 또 들어와서,

"어서 내놓아라."

독촉하여 보채니, 사람이 급히 달아나며,

"평일에 병이 들어 나가고 없느니라."

하여도 자꾸 왔다.

"어서 내라. 내놓지 않으면 감찰 상궁을 하옥하겠다."

하였다.

여의사 예닐곱씩이나 흩어져 궁중에 있고 공주와 대군은 몹시 무서워하시고, 대비께서는 소복을 하시고 엎드려 계시다가,

"없는 나인을 내놓으라 하니, 이렇게 핍박하게 보채는 데가 어디 있느냐? 와 있는 내관한테 내가 친히 말하겠다."

하시며 말씀하셨다. 내관이,

"나가고 없다 합니다."

하고 사뢰니,

"거짓말이니 어서 가서 데려오너라."

하고 말씀하셨다.

여의사가 말씀드리기를,

"침간이라도 뒤지라는 명령이시니 모조리 뒤져서 찾겠습니다."

이렇게 하니 나인을 주먹으로 쳐 물리치고,

"네 아무리 명을 받았다지만 어느 누가 계신 곳이라고 감히 이렇게 방자하게 구느냐?"

꾸짖으니,

"우리도 살려고 그러네."

하고 모두들 들어갔다. 두 아기는 대비마마를 의지하여 한쪽에 하나씩 포대기 밑에 엎드려서 숨도 제대로 못 쉬며 무서워 우시니, 뵙기에 딱하고 그 참담한 모습 가슴이 미어지는 것 같아 차마 바로 보지 못했던 것이었다.

이튿날 감찰 상궁 둘을 다 잡아내 갔고 유월 이십팔일에는 대군의 유모가 넷이라고 소명장을 써 가지고 와서 말하기를,

"이 수대로 다 내라."

"아기께서 자라셨으므로 유모는 다 나가고 없다."

하니,

"공연히 그러지 말고 어서 내라."

하고 보채었다. 궐 밖으로 나가서 잡아갔고 칠월에는 수사 명환이, 수모 신옥이, 표금이 등 여남은 이나 되는 하인을 잡아내 갔다. 삼십여 명이나 되는 궁인들이 한 마디도 무복을 하지 않고서 죽으니, 방자를 한 노릇이 헛일이 될까 걱정이 되어 나인의 종으로, 나이가 열다섯쯤 된 아이를 데리고 나가서 맛있는 음식을 먹이고는,

"살려 줄 터이니 이렇게 이렇게 말하라."

하고 달래었다. 남들의 죽는 모양을 보고 무슨 재주로 살기를 바라며, 또 무슨 충성된 마음이 있다고 죽을 곳을 가려고 하리오. 시킨 대로 대답하니 그제야 방자를 한 일을 자백하였다고 말하였다. 그리고 평소부터 유자신의 집에서 대접해 오는 장님 고성이를 후하게 대접하며 온갖 말을 일러두고 제 종도 없이 달려가서 온갖 말을 일러 두었다.

"이것이 대군을 부축하는 곁나인이고 나는 대군의 보모 상궁이오. 대전과 중궁의 팔자는 어떻고, 운수는 어떠며, 갑진생이 병오생을 위하여 을해생과 무술생을 해하려고 하니 이룰 것이냐, 이루지 못할 것이냐?"

라고 방자를 하였다.

"득할 것이냐, 득하지 못할 것이냐?"

오만 가지 방법으로 방자하는 짐승을 말해 주면서,

"이렇게 이렇게 하노라."

하고 아무 날로 정하더니,

"길흉이 어떠한가."

하며,

"이것이 대군을 곁에 모시는 나인이요, 나는 대군의 유모로다."

하며 이것을 잊지 않도록 몇 번씩이나 들려 두었다가 잡아들여 섬겨가며 물어보았다. 마치 전에게 들은 것처럼 대답하게 하고

고성이 사백하였다고 하였다. 그리고 고성에게,

"오윤남이 너한테 점을 친 일이 있느냐?"

물었다.

"오윤남이란 이름은 들어 본 일도 없고 임별패[1]가 점을 쳤습니다."

말하고,

"대군의 팔자가 어떠냐고 묻는 점을 쳤습니다."

"네가 잘못 알았다. 임별패가 아니냐? 윤남이를 별패라고 하니 오별패가 틀림없다."

"천부당 만부당이오. 오가가 아니라 임별패가 합니다."

다시금 우기니,

"임별패라고는 없느니라. 네가 몰라서 그렇지 오별패임에 틀림 없느니라."

하고 우기니 오윤남을 무복을 하지 않고 죽였다. 열두 살 된 아들을 위력으로 교사하여도 모른다고 잘라 말하는 것을,

"점을 치러 왔다고 말만 하면 살려 주마."

하고 살살 달래며 물어 보았더니,

"점을 치러 왔습니다."

하고 말을 했다. 오윤남의 아들이 자백을 하였다는 말을 퍼뜨리니, 사실대로 자백을 하였다면 죽일 일이겠지만, 시킨 대로 말을 하면 살려 주겠다고 언약을 했던 것이다.

쌀을 자루에 넣어서 메고,

"대비전에서 대전과 동궁을 죽이려고 방자하는 지가 석 달째 되니 하도 민망해 어디 영검한 무당이 있나 알고자 하는 것이니 혹시 여기 무당이 있는가?"

---

1) 상전을 모시는 머슴.

하고 문벌이 높은 사람들의 집을 두루 다니는 것이었다.

그럴 때는 일이 저렇게 되어 하도 민망하여 물어보려고 하는 것이라 생각하고 이 작자를 옳다고 여길 것이기 때문이다.

털이 흰 강아지의 배를 갈라 동글납작한 작은 고리짝에 담아 들여 갔던 것이다. 살인 도둑의 일로 부원군이 죄를 입어 잡히셨다는 이야기를 들으시고 뜰에 있는 돌에 머리를 부딪치며,

"대군으로 말미암아 이런 화가 부모 동생에게 미치니 어찌 차마 가만히 듣고만 있겠습니까? 내 머리털을 베어서 표를 보이니 대군을 데려다가 처치하고 아버님과 동생일랑 놓아 주십시오." 하셨다.

"자식으로 인하여 어버이에게 해를 끼치는 일은 차마 살아서 못 보겠습니다."

"어찌 이런 말씀을 하시는지요. 임해군을 정성껏 대접하여 두었던 것을 제 병이 나서 죽었는데, 선왕 약밥에 독약을 넣어 승하하게 하였고, 선조의 궁인을 알지도 못하는 처지임에도 불구하고 시부살형하였고, 윗항렬의 여인과 간통하였다는 말을 그 곳에서 소문을 내었으니 이 원수는 불공대천입니다. 글을 보내지 마십시오. 어린 대군이야 뭘 알겠습니까?"
하고 유자신 아내에게 비오시니 회답하기를,

"서양갑의 아비며 박응서의 아비가 다 서인이고, 연흥부원군도 한편 사람이니 어찌 모른다고 하십니까? 애매한 게 아니니 다시 말 붙이지 마십시오."

두 곳에서 다 이러하니 시부 음중은 우리들은 듣지 못하였다가 이 말을 듣고 깨닫게 되었다. 그 날 약물인지 물인지 드시고 즉시 구역하시고 위급해지셨던 터이니 선왕 가까이서 시중들던 사람이 모두 제 심복이니 독을 넣었다 함이 하나도 이상할 게 없었다. 한편 적신 정인홍의 상소로 말미암아 병환이 위급해지신 것

이니, 구태여 칼로 자르거나 매로 쳐서만 죽었다 할 것이 아니라. 가히 그만하면 시한부라고 할 수 있을 것이다. 음증도 선묘를 가까이 모시던 숙진이가 가히의 집안 사람이니 매양 은근히 대하더라 하니 그런 행동을 하고 보면 음증한다 해도 하나도 이상할 게 없다. 살형이란 말을 듣게 된 것도 형님되시는 임해군을 하늘도 우러러 보지 못하게 가시성 속에 가둬두고 된장덩이와 보리밥은 드리다가, 명나라 치관이 온다는 말을 듣고 심복을 보내어 주찬을 갖다 드릴 때, 독주를 마시게 하고 온돌에 불을 때어 뜨겁게 달구어 그 안에 들어가게 하고 열쇠를 잠그고 나오니 가슴을 다쳐 피가 흐른 자취가 분명하게 있었다 하며, 그 무렵에는 관아의 하인들에게까지도 들어가 구경을 하는 것을 금하지 아니하였다. 그러니 이런 사실을 모를 이가 뉘 있으리오. 그렇건만 대비전에서 이 모든 소문을 냈다고 하였다.

비록 소문을 냈다고 가정할 지라도 옳지 못한 일을 저질러 놓고서 소문을 낸 사람과 불공대천의 원수가 될 것이 무엇인가 말이다.

이런 말을 내고 오월 초닷새 편전의 앞문인 차비문에 만 명의 군사를 풀어 빙 둘러싸게 하여 밤낮을 가리지 않고 목탁 두드리는 소리가 천지를 진동하였다. 그렇지 않아도 땅 위에 오른 물고기인 양 맥을 가누지 못하시고, 주야로 근심을 하고 계신 터에 목탁 소리가 진동하여 들리니, 마음이 혼미하고 몸이 노곤하여 졸도하실 뻔하여 놀랄 일도 그 몇 번이었는지 모른다.

이처럼 누구나 다 아는 일을 공연히 생트집을 잡아 일을 만드느라고 어린 놈 웅벽이를 극형에 처해 물었다.

"그런 방자를 제가 하여 목릉(穆陵)의 흙을 파고 부적을 묻었습니다. 군중의 도제조와 함께 다니며 밤에 수문장에게 말하고 다녔습니다."

하고 아뢰었다. 그런 중한 죄수의 말을 그대로 믿어 의심치 않고 목릉에 가서 제사도 아니 지내고 상돌 밑을 석 자나 파보았으나 아무것도 나오지 않자 두어 곳만 파보고 유릉에 올라가 파보았다.

지극히 무지스러운 하인배라고 하더라도 어버이 무덤의 흙을 파헤치려면 고묘(古廟)하고 상심하는 게 보통이다. 재천지령(在天之靈)을 놀라게 하고, 그 중형한 핏덩이를 끌어담아 나장이며 군사들을 시켜 궁중안으로 끌어들여 침전의 행랑채에다 놓게 하니 나인은 늙은이 젊은이 할 것 없이 몹시 두려워하며 여기저기 숨느라고 헤매는 모양을 어찌 기록할 수 있겠는가?

내전에서는 계속해서 날마다 글을 보내 보채어 재촉하였다.

"너희들 나인들이 다 알 것이나 내어 죽였으니 변상궁, 문상궁이 분명히 알 만한 일이다. 변과 문이 다 갑자생이니 두 갑자생 상궁 중 하나를 속히 내보내 달라."

하고 보채시었다. 한 일을 번듯하게 했다고 해서 그 끝을 감당하기가 어려운 처지이고 보니, 갑자생 하나를 달라고 한들 누구를 믿고 의지하여 내어 줄 것인가.

우리 전께서 대답하시기를,

"사람으로서 살아가면서 어진 일을 하여도 복을 못 얻을까 두려워 하는 법이다. 하물며 요사스럽고 간사한 일을 하여 어찌 복이 올까 믿을 수 있겠습니까? 이 또한 하늘이 하시는 일이어서 설움이 태산같아도 죽지 못하는 것을 괴이하게 여기는 바입니다.

밤낮으로 눈 앞으로 떠나지 아니하던 종을 잡아가고, 행여 남았을지도 모를 종마저 내놓아라 하시는데 갑자생 중의 하나를 내놓으면 문초한 뒤에 죽일 것이라 하니, 나는 아무런 잘못도 없는데 무슨 죄를 지었다고 목숨을 얻을까 하여 내놓겠습니까? 여편네들이 앉아서 대전 낮에 똥칠을 하는 짓 좀 제발 마십시오."

하신, 그 뒤로 다시는 갑자생의 나인을 내놓으라고 말을 하지 않았다.

또 이르기를,

"박자홍이 이이첨의 사위가 된 지 얼마 안 되어서 진상을 하였기에 우리 전에서 답례로 베개를 주신 일이 있었다. 이때에 한다는 말이 베개 속에다 방자를 하여서 그 베개를 벨 때마다 속에서 병아리 소리가 들려서 풀어 보니 잡뼈와 뼈도리 그리고 관조각 따위가 들어 있었다고 하였다. 어찌 이런 일을 할 수가 있는가 하면서 필경 갑자생 아니면 침실을 보살피는 갑자생의 나인 중에서 한 것이라고 하였다. 생각지도 못한 이런 꾀를 내어 남은 나인들을 마저 죽이려 하니 세상에 이런 사흉한 사람이 또 어디 있으리오?"

어린 대군이 궐내에 있는 일을 민망히 여겨 만대에 걸쳐 희롱당할게 두려워서 가장 어진 체하며 말하였다.

"조정에서 대군을 속히 내놓으라고 날마다 보챘지만 어린 아이가 무엇을 알겠느냐 하여 들은 체를 않고 있었는데 서양갑, 박응서 따위와 사귀어 역모를 하는가 하면 한편으론 방자를 하는 등 대란이 났으니 이제 와서 뉘 탓으로 돌리려 하는가?"
하였다.

이런 말을 한 지 얼마 되지 않아서 내관에게 전언을 하여 이르기를,

"대군을 하도 내놓으라고 보채니 듣지 않으려고 굳게 잡고 있었지만 이제 와서는 조정이 노하고 있어서 그 노여움을 좀 풀어 주도록 잔치에 참석케 하려 하니, 잠깐 문 밖에만 내보내서 노여움을 풀게 하여 주십시오."

말이 하도 흉칙스러워 대비전께서는 차마 듣질 못하시고 모시는 이들도 마음이 또다시 산란하여, 가슴이 죄어지는 듯함을 금

치 못 하였다.

　그 말에 대답을 하지 않을 수 없으서서 말씀하시기를,

　"천지간에 저지르지도 않은 큰 변을 만나 아버님과 맏동생들을 죽이셨으니, 내 자식의 일로 인해 어버이게 큰 불효가 되어 세상에 용납되지 못할 일입니다. 그러나 대군이 나이 들어 제법 철이라도 났다면 자식을 내어주고 어버이를 살려 달라 하는 게 옳을 것입니다. 하지만 내 슬하를 떠나지 못하며, 동서도 분간치 못하는 일곱 여덟 살 된 철부지 어린애입니다. 당초에 대군을 데려다 종으로 삼아 제 명이나 다 하게 하시고, 아버님과 동생을 살려달라고 하며 내 머리털을 친히 베어, 친필로 글월을 써서 보냈건만 받지 않고 이제 와서 어찌 이런 말을 하십니까? 어린 아이가 알 바가 아니고 어른의 죄가 아이한테 당키나 하리까?"

하시니 대답하기를,

　"선왕께서 불쌍히 여기라고 하신 유교(遺敎)도 있으시니 대군에 대해선 아무 염려를 마십시오. 머리털은 두지 못할 것이니 도로 드립니다."

하였다.

　"아버님께서 돌아가시게 된 일을 생각하면, 간장을 베어내는 것 같으나 나라의 법이 중하여 내 마음대로 살려드리지 못했습니다. 이 아이는 선왕의 유자니 그래도 좀 생각을 하여 주실까 했었는데 새삼스레 그런 말씀을 하시니 말의 앞뒤가 맞지 않음을 생각할 때 서러워 질 따름입니다. 어린 아이를 어디다 감추어 두겠습니까? 내가 품에 안고 함께 죽을망정 내어 보낸다는 건 차마 못하겠습니다."

　이렇게 하시니 또 글로써 대답하였다.

　"문 밖에 내어 주십시오. 해놓고 설마하니 먼 곳으로 떠나 보낼리야 있겠습니까? 이 서소문 밖 궐내 가까운 곳에 벌써 거처할

집을 정해 놓있습니다. 궐내에 두면 조정에서 번번이 없애버리라고 보채고 날이면 날마다 서너 달 동안이나 보채지 않은 날이 없습니다. 내 비록 듣지 않으려곤 하나 조정에서 퍽 시끄럽게 구니 오히려 문 밖으로 내보내 그들의 마음을 시원하게 해 주는게 대군에게도 좋은 일입니다. 어련히 잘 보살피지 않겠습니까? 진실로 거짓말을 하는 게 아닙니다. 이 말을 철석같이 믿으시고 부디 내보내 주십시오. 다 좋을 대로 하겠습니다."

하기에 대답하시기를,

"여러 번 이렇게 말씀하시니 서러운 중에도 더욱 망극합니다. 선왕을 생각하고 옛날에 국모라 하시던 일을 생각하신다니 감격하거니와 대전께서도 다시 한 번 고쳐 생각해 보십시오. 사람이 자식을 많이 두어도 하나같이 다 귀하게 여겨지는 법입니다. 나는 두 어린애를 두고 선왕께서 돌아가셨으니, 그 때 바로 죽어야 하는데 지금껏 살아 남은 것은 어미의 정으로 차마 어린 아이들을 버리고 죽을 수 없기 때문입니다. 지금까지 명을 유지하다가 오늘날 또 이런 일 당함은 대왕을 위하여 죽지 않고 살아 남은 죄값인가 합니다. 죽을망정 차마 어린 것을 혼자 내보내고 나혼자 살 수 있겠습니까? 나를 쫓아가게 해준다면 함께 나가겠습니다."

하시니, 또 말하였다.

"이 말씀은 옳지 못하십니다. 대군이 궐내에 있으면 오히려 조정에서 노하여 죽여 버리라고 할 것입니다. 나는 전을 보나 대군을 보나 서로 좋도록 하였습니다. 그런데 이토록 들어주지 않으시면 나도 내 마음대로 할 수 없으니 조정에서 하는 대로 할 뿐입니다. 이제라도 내보내 주시면 살게 하겠습니다만 거역하고 내보내 주지 않으시면 살지 못할 것입니다."

하도 심하게 구는 바람에 모시고 있는 사람들이며 모두들,

"처음부터 흉측한 마음을 품고 그때마다 여러 번 말을 일어내니 도저히 이기실 수가 없습니다. 좋도록 대답하십시오."

이렇게 여쭈었다.

"내 차마 어린 아이를 내보낼 수 있으리오. 애초에 이런 일이 있을 것 같아 내 먼저 죽으려 하였는데, 늙은 나인들이 하도 서러워 하며 내가 죽으면 나인을 하나도 살려 두지 않을 것이라고 오래 산 나인도 불쌍히 여기라 애원하기에, 설움을 참고 살았다가 아버님과 동생을 죽였다는 말을 듣고도 지금까지 살아 있다. 이제 대군을 내 주면 누구를 믿고 살아갈 것인가? 빌어 보아도 들어줄 리 없고 내보내자 하니 차마 못할 노릇이니 하늘과 땅 사이에 이 설움이 어떠하랴? 나로선 결단을 낼 말을 차마 하지 못하겠느니라."

하시니, 사이에 낀 나인에게 글을 써서 보내기를,

'너의 전을 위하여 온갖 모책을 다 하다가 일이 탄로났거늘, 이제와서 뉘 탓으로 돌리고 대군을 내주지 않느냐?'

하였다. 이 글을 본 나인이 풀이 죽어 대비전께 여쭈기를,

"각색 흉측한 마음을 품고 있다가 이제 대란을 지어내어 본가댁, 외가댁이며 나인들을 다 내어 죽였고, 또 대군을 내놓으라 하니 망극하기 그지없는 말이야 어떻게 다 이르겠습니까? 하늘도 무슨 허물을 보셨다고 이런 억울한 일을 당하게 되었는데도 도와주질 않으시어 날이 갈수록 점점 망극한 말이 오고 또 오니 당해낼 도리가 없습니다. '문 밖에만 내보내 주십시오' 할 때 못 이기는 체 하고 내보내 주십시오. 범을 만나도 정신만 차리면 산다지만 이 범은 피하기가 어려우니 속히 허락하셔서 사람의 목숨을 잇게 해 주십시오."

하였다. 대비전께서 더욱 애통함을 이기시지 못하는 양은 이루 다 무엇에 비길 수 있으리오. 그러면서 또 내관 편으로 말을 전

하였나.

"어서 내놓도록 하라. 지체하면 그만큼 죄가 더 커질 것이다."
하니, 더 버텨도 소용이 없을 줄 아시고 대답하시었다.

"대군을 곱게 있게 해 주고 벌써 여러 날 말씀을 하시고 내전
에서도 속이지 않겠노라도 극진한 투로 글월에 적으셨습니다. 대
군을 선왕의 유자로 너그럽게 생각하시어 하늘이 준 명을 고이
부지하여 살게 해 주마고 거듭거듭 말씀하신 터니, 이 말을 표로
알고 내보내겠습니다. 아버님과 동생을 죽게 하였으니 그 슬픔인
들 무엇으로 다 측량하여 말할 수 있으리까? 이제 둘째 동생과
어린 동생이 살아 남았으니, 이 두 동생만이라도 살려 주시면 대
군을 내보내겠습니다. 서럽게 죽은 가운데서나마 대가 끊어지지
나 않도록 하여 주시기를 빕니다."
하시니, 그제서야 기꺼이 대답하였다.

"이 두 동생들은 고이 살게 하였습니다. 대군을 빨리 내보내주
십시오."

이런 일이 있은 다음날 십여 명이 모두 안으로 몰려와 샛문을
여니 장정 나인들이 예닐곱이나 넘어왔다. 우리 전 나인들은 두
려워서 구석구석에 몸을 숨기고 있었다. 그년들이 와서 침실에
올라 앉으며 말하기를,

"무엇이 부족하여, 무엇이 마땅치 않아 이런 일을 저지르시는
가? 대군 곁에 천이 없던가. 명례궁(덕수궁)에 천이 없던가? 대
비의 칭호라도 바치고 대군을 살리려 하실망정 어찌하면 이런 역
모를 하실까? 어린 아이가 무엇을 알랴마는 일을 저질러 놓고 뉘
탓으로 돌리려 하는가? 어서 대군을 내보내시오."
말이 하도 흉악하니 사람이 차마 들을 수가 없었던 것이다. 차마
내보내시지를 못하시고 한없이 통곡하시니, 두 아기들도 곁에서
함께 우시었다. 대비전께서 통곡하시며,

"하느님이시여, 제가 무슨 죄를 지었다고 이토록 섧게 하시는가?"

이렇게 말씀하시고 하도 섧게 우시니, 비록 철석 같은 마음을 가진 사람인들 어찌 눈물이 나지 않으리오마는 장정 나인들이 틈틈이 앉아서,

"너희들의 울음소리가 들리면 대군을 안 내어 주실 것이니 좋은 낯으로 어서 빨리 들어가 여쭤야지, 행여 서러운 빛을 보이거나 하면 다 죽게 하겠다."

하고 어르니, 제각기 눈물을 감추고 들어가 여쭈었다.

"벌써 범인에게 잡혀 모면하실 길이 없게 되었으니 병환이 드신 본가댁 부분인 마님께서 지금 살아계시는 것은 오로지 위를 믿고 의지하심입니다. 미처 부원군 뼈도 제대로 간수하지 못하실 형편입니다. 두 동생이나 살려 주시거든 제사는 받들게 하시고 설움은 잠시 참으셔서 대군을 내보내십시오."

날은 저물어가고 어서 내라는 재촉은 성화같고 또 안에서는 나인마저 나와 재촉하니 하늘을 깨칠 힘이 있다 한들 어찌 그때 이길 수 있으리오. 점점 더 늦어가니 우리 시위인을 각각 꾸짖으며,

"너희들이 이러니까 할 수 없이 우리가 들어가서 대군을 빼앗아 데리고 오겠다. 너희들 한 사람이라도 살 수 있나 어디 두고 보자."

하고 들이닥치려 하자 나이 많은 변상궁이 들어가 여쭈었다.

"안팎 장정들을 보냈으며, 밖에는 금부 하인들이 쇠사슬을 들고 위립하였고, 나인들을 데려 가려고 여의사도 대령하였습니다. 우리 죽는 건 서럽지 않지만 대비전께서 믿으실 이 없어 이 늙은 것을 믿고 계십니다. 소인도 대비전을 믿고 의지하여 연약하신 옥체에 혹시 무슨 불행이 닥치더라도 소인이 살아 있다가 막아라도 드릴 수 있을까 하여 죽지 않고 살았습니다. 대군 아기를 저

토록 내주지 않으시니 이제야 숙을 곳을 알게 되었습니다.”

　대비전께서 말씀하시기를,

　“너희들은 나인 까닭으로 자식에 대한 어미의 정을 모른다. 인정상 차마 내주지를 못하는 것이다.”

하시었다.

　한편으로 대군을 모시고 있는 나인들이 대군 아기씨를 달래며,

　“사나흘만 피접 나갔다가 올 것이니 버선 신고 옷 입고 나를 따라갑시다.”

말하니, 이르시기를,

　“죄인이라 해 놓고 죄인들이 드나드는 문으로 나가게 하니, 어찌 죄인이 버선 신고 옷을 입느냐. 다 쓸 데 없다.”

하시었다.

　“누가 그렇게 말씀드렸습니까?”

하고 물으니,

　“남이 일러 줘서 아나, 내 다 알았네. 서소문은 죄인이 드나드는 문이니 나도 죄인이라고 하여 그 문 밖에다 가두려 하는 것이다.”

하시었다.

　“나하고 누님하고 간다면 가겠지만 나 혼자는 못 가겠다.”

하시니, 대비전께서는 더욱 아득하셔서 우셨다. 어서 내라고 재촉하며,

　“내 주지 않거든 나인들을 다 잡아내라.”

　겹겹이 사람을 풀어 놓은 것이었다. 대군을 모신 김상궁을 곁나인이 잡아내어,

　“더욱 울고 아니 모셔 내니 옥에 가둬라.”

하신다 하였다.

　“아무리 달래서 ‘나가십시오’하여도 저렇게 우시고, 죄인 드나

드는 서소문으로 나가시라 하니 아무리 어린 애기씬들 이렇듯 하시거든 어찌 이리 핍박하여 보채는가? 내가 모시고 나갈 것이니 조금만 물러서라."
하였다.

날은 늦어가고 하도 민망하여 재촉은 성화같아 대비전은 정상궁이 업고, 공주 아기씨는 주상궁이 업고, 대군 아기씨는 김상궁이 입었다. 대군 아기씨가 이르시기를,

"대비전과 누님은 먼저 나서시고 나는 그 뒤를 따르게 하라."
하셨다.

"내 먼저 나가면 나만 나가게 하고 다른 두 분들은 아니 나오실 것이니 나 보는 데서 가십시다."
하시었다.

대비전께선 생무명의 거상옷이라, 이 역시 생무명으로 만든 보를 덮었고 두 아기씨는 남빛 보를 덮어 모두 상궁들이 업고 차비문에 다다랐다. 내관 십여 명이나 엎드려,

"어서 나가시옵소서."
하고 아뢰었다. 대비전께서 내관더러 이르시기를,

"너희들도 선왕의 녹을 오래 먹고 살았으니 설마 어찌 측은한 마음이 없겠느냐. 십여 년 동안을 중전의 자리에 있으면서도 자식을 얻지 못해 늘 근심을 하던 끝에 병오년에 처음으로 대군을 얻으시어 기뻐하시고 사랑하시는 바 비할 데 없으셨다. 그 당시는 강보에 쌓인 어린것에 지나지 아니하였기에 별다른 뜻을 두셨을 리가 무엇이었겠느냐. 한갓 자라는 모양만 대견해 하시다가 승하하시니 내 그때에 재궁을 좇아 죽었던들 오늘날 이 서러운 일을 겪었을 리가 없었을 게 아니냐. 이것이 모두 내가 죽지 아니하고 살았던 죄다. 어린 아이로서 아직 동서도 구별하지 못하는 철없는 것마저 잡아 내니 조정이나 사헌부, 사간원이나 모두

가 선왕을 생각한다면 이찌 이린 서러운 일을 할 수 있씄느냐?”
하고 너무도 애통해 하시니, 내관도 눈물을 씻으며 입을 열어 여
러 말을 하지 못하고 오직,

“어서 나가십시오. 우리가 어찌 그 사정을 모르겠습니까마는
이러고만 계실 것이 아닙니다.”
하였다.

저집 나인 연갑이는 대비전을 업은 나인의 다리를 붙들었고,
은덕이는 공주를 업은 주상궁의 다리를 붙들어 걸음을 옮겨 딛지
못하게 하였다. 대군을 업은 사람을 앞으로 끌어내고 뒤에서 떠
밀어서 문 밖으로 나가게 하고, 우리만 다시 안으로 밀어들이고
차비문을 닫아 버리니 그 망극함이 어떠하였겠는가? 대군 아기씨
만 문 밖으로 업혀 나가서 업은 사람의 등에 머리를 부딪쳐 우시
면서,

“어마마마 보세.”
하다하다 못하여,

“누님이나 보세.”
하시고, 하도 애타 서러워하시니 곡성이 안팎에 진동하고 눈물이
땅위에 가득하니 사람들이 눈이 어두워 길을 찾지 못했다.

아기씨를 문 밖에 내보낸 뒤 그 주위를 호위하여 환도와 화살
찬 군장이 삥 둘러싸고 가니 그제서야 울기를 그치고 머리를 숙
이고 자는 듯이 업혀 가셨다.

대비전께서는 다시 들어와 하늘을 우러러 애통해 하시었고 여
러번 기절을 하시고, 사람 없을 때를 골라 목을 매시거나 칼로
자결을 하시려고 사람들을 모두 내보내라 하셨다. 변상궁이 대비
전의 그러한 뜻을 짐작하고 밤과 낮으로 곁을 떠나지 아니하고
서로 마주 앉아서 여러가지 좋은 말씀으로 위로하며 여쭈었다.

“본가댁에서는 대비전께서나 모두 한결같이 적선의 뜻을 먹으

셔 사람들을 하나도 해한 일이 없습니다. 하늘이 무슨 허물이 있다고 보시고 이런 서러운 일을 겪게 하시는 지 모를 일이긴 하나, 어느 날에고 이 설움을 반드시 벗게 될 것으로 압니다. 대군의 나이 이제 열 살도 못 되셨으니 설마하니 죽이기야 하겠습니까? 문을 열고 바깥 소식에 귀를 기울이면 자연히 안부라도 듣게 될 것이며, 대비전께서 살아계셔야 본가댁 제사도 맡아 하실 수 있으실 것이요, 소인네들도 거느리실 것이 아니겠습니까? 늙으신 본가 어른이 누구를 믿고 살아 계시겠습니까? 아드님을 위하시어 깨끗이 죽고자 하시나 부모님께 크게 불효가 되는 일이니, 친정 어머님을 생각하시어 손수 죽고자 하는 마음일랑 거두십시오. 잠시동안 이 서러움을 견디시어 문이나 열거든 본가댁 분들을 만나셔서 억울한 서러움을 겪고 계신 말씀도 서로 통하시고, 공주 아기씨 또한 자손이니 비록 따님이시나 버리고 돌아가시면 어디가서 누굴 위하여 당신이 자라신들 그 서러움을 어디에 갚으실 것이며, 어린 사람이건만 동생을 올바르게 대우하지 아니하는 지금 처지거든 하물며 대비전께서 먼저 돌아가시고 보면 대군을 죽일 것이며, 누이동생을 언제 편안히 살게 할 듯 싶습니까? 이제 반드시 사특한 일을 꾸며 잡아 없앨 것이니 대비전께서 국모 되신 자리에 계셔서 두 자손을 거느리고 계시다가 마음 속으로 은근히 방자와 역모를 꾀하다가 발각되어 자결하였노라고 사책에 올릴 것입니다. 처지가 사람으로서 견디기 어려운 지극한 슬픔임은 다시 이를 길 없으나 후세에 대비전의 이름이 더럽혀 전해질 것은 깊이 생각하셔야 할 게 아니겠습니까. 이 어리석고 미욱한 짐승 같은 소견에도 이러하니 애통하심을 참으시고 깊이 살펴 생각하십시오."

"낸들 어찌 그런 이치를 모를 리가 있으며, 더러운 이름을 씻고자 하는 바이지만 하도 서러워 애를 끊이니 간장이 졸아드는 듯하고 심장에 불이 붙는 듯하니, 뒷날 생각은 자연히 없어지고 이 인간 세상을 어서 떠나고자 하여 손수 자결코자 하노라."

하시고, 잠시도 쉬지 않고 서럽게 곡을 하시며 식음을 들지 아니하시고 한갓 냉수와 얼음을 마실 뿐이었다. 날마나 친정 어머님 안부와 대군의 안부를 물어 보시며 알아 올려라 보채시었다. 대군은 좋은 말로 달래어 나가시니, 하루에 한 번씩 내수사 문안만 알아서 자주 일르라 하고 자실 음식을 내주면 금군의 군사들이 낱낱이 펴 뒤져서 보고 대전 내전이 가져다가 자세히 수소문한 뒤에야 대군께로 보내곤 했다.

이렇게 지낸 지 한 달 만에 대군 아기씨를 강화로 옮겼다. 이리 알려 주지도 않고 늦도록 안부 알리는 사람도 찾아오지 아니하여, 아주 수상히 여기시어 새로이 근심하시었다. 아기씨께 보낼 실과며 고기를 잘 담아 침실에 놓아두고 즐기던 실과니 종이, 붓자루 같은 것들을 곁에 놓아 두시고,

"어찌 오늘은 여지껏 안부도 알려오지 않는가? 필경 무슨 까닭이 있다. 누가 높은 데 올라가 궁 밖의 길의 동정이나 알아 오라."

이르셨다. 전에 침실로 썼던 다락 근처에 올라가 보니 사람들이 돈의문을 삥 둘러싸 있었다. 성바위에 올라가 굽어보니 그 수를 헤아리기 어려울 만큼 늘어섰고, 화살 차고 햇빛 같은 창 환도 가진 이가 수없이 많고 길 가는 거동으로 말탄 이가 굉장히 많았다.

바라다보고 있으려니 하도 가엾은 생각이 들어 눈물이 절로 흘러내리는 것을 참지 못하여 보려고 애를 썼으나 종적을 알 수 없었다. 자세히 살피니 검은 발로 가마 비슷한 걸 메고 나인 두 세 사람은 말을 타고 투구를 쓰고 있었다. 들려 오는 소리가 전에 들어본 일이 있는 소리기에 그제서야 이젠 죽이려나 보다 생각하

고 내려와,

"아무리 살펴 보았으나 종적을 알지 못하겠습니다."

이렇게 여쭈면서도 서러운 생각은 차마 참고 견딜 수 없었다.

바깥 사람들이 길 닦는 곳에 있기에 그 곳에서 가만히 들어보니,

"대군을 강화도로 옮긴다니 참 불쌍하다."

라는 말을 하거늘 그제야 강화로 옮기는 줄 알았다. 몇 달이 지났으나 안부도 오지 않고 강화로 옮겼단 말도 일러 주지 않았다.

대비전께서는 나인만 무한히 보채시며

"어서 안부나 알아다 이르라."

하시지만, 어디 가서 들을 수 있으리오. 내관더러 이르시기를,

"안부는 염려없이 들으시리라 하더니 벌써 며칠째나 안부를 모르니 어디 가 있으며 어찌 언약과 다릅니까? 먹을 것은 마음대로 보내라 하셨기에 드렸는데 임금으로서 설마 속일 리야 있을까 하여 철석같이 믿었지만 이제 와선 속인 게 분명하니 간 곳이나 이르라."

하시되 대답조차도 하지 않았다.

대군이 아직 안 가셨을 때 김상궁께 업히셔서 슬픔을 이기지 못하여 우시면서,

"내 발을 씻겨라. 목욕도 시켜다오."

하시었다.

"아기네도 목욕을 하는가? 못하시는 건데 무슨 일을 하려고 목욕을 하려는가?"

하시며,

"무슨 일로 저리 우시는가?"

느끼며 가장 슬피 우시다가 유월 스무하룻날이 되니,

"오늘이 며칠이냐?"

하시었다.

"날은 알아서 무엇하겠는가?"

"알 만한 일이 있어서 묻노라."

하시고, 더욱 서러워 우시기에 좌우가 다 수상히 여겼더니 과연 유월 스무하룻날에 내갔다.

정신이 기특하셔서 당신에게 닥칠 화를 미리 아신 것 같았다.

대비전께서는 더욱 서러우셔서 곡기를 끊으시고 밤낮 애곡하시는 걸로 세월을 보내셨다. 그런데 하도 권하니 콩가루를 냉수에 풀어 간장 종지로 잡수셨는데, 그것도 하루에 한 번씩만 안잡수셔도 변상궁이 울고 간절히 아뢰었다.

"목마르심이나 적시시고 우십시오."

하여야 두어 번씩 마시고 하셨다.

계축년, 갑인년, 을묘년까지는 콩가루를 꿀물에 탄 것을 하루에 한 번씩만 잡수시고 계시더니,

"대군의 기별을 알아오라."

하시며, 문안을 오는 내관더러 아무리 일러보아야 들은 체하지 않았다.

안으로 장정 나인 십여 명이 바깥에 장정 내관을 보내는 일은 대비전께서 대군을 데려오시려고 밖에 나가실까 염려하여 문을 다 밀어서 닫고 샛문도 탕탕 소리나게 닫아 버리곤 이루 다 할 수 없는 말로 꾸짖었다.

아기 나인들이 혹시 울기라도 하면 은덕이, 갑이가 꾸짖으며,

"요년들 대군이 죽든지 살든지 무슨 아랑곳이냐? 네 어미나 아비가 죽거든 울지, 대군을 생각해서 울지 말아라. 우는 눈에 재나 집어넣자."

하고 꾸짖고 때리니, 사람이 나다니질 못했다.

달포가 다 되도록 강화도로 옮겼다는 말을 안 하니 기별을 들

을 길이 없어 더욱 망극히 여겨 서러워하셨다.

본가댁 부부인이 살아 계신지 어쩐지 통 알지 못하여 문안 오는 내관한테,

"문을 열어 노모의 생사에 관한 기별이나 듣고 죽게 하여라."
하시며 간절히 비셨으나 대답도 않다가 여러 번 조르시니 내관이 꾸짖었다.

"역적의 집이라 하는 것은 삼족을 멸하여 그 집을 부수고 못살게 하는 법인데 내 굳게 고집하여 누르고 내수사에 일러 양식이나마 들여 지내게 하였다. 그런데 이렇게 지나치게 문 열고 기별을 듣고 싶어 하시게 하는가? 너희들 나인이 꾸부리고 앉아서 어버이의 기별이나 들어보라. 보채기에 이리 하는 게 아니냐? 다시 이런 말을 하면 너희들을 다 죽일 것이니 다시는 말하지 마라."
하는 것이었다.

또 이해 가을에 문을 열어 달라고 날마다 내관에게 일러 보채시니 몇 마디에 한 번도 들은 체를 않다가 내관에게 말을 전하니,

"그렇다고 한 해, 두 해를 닫아 두며 삼년을 닫아 두랴. 잡지 못한 죄인 박치의를 마저 잡으면 문을 열어 주마."
하였다.

탄신일이 되자 내전에서 문안드리는 내관을 보내시니 이에 대답 하였다.

"옛날 모습 뵈던 일을 생각하니 감격스럽거니와 나도 사람이요, 내전도 사람이니 사람의 정은 한 가지인 줄 압니다. 온갖 일에 모두 탈을 잡고 어버이, 동생이며 다 죽이시고, 대군마저 어디로 갔다는 말도 듣지 못하였으니 설마 해는 입지 아니할까 하고 그 서러움이란 비길 데 없습니다. 하지만 모진 목숨이 죽지 못하여 노모의 안부나 듣고자 밤낮으로 바라고 있으니 문을 열어 안부나 듣고 죽게 주선하여 주면 지하에 가도 잊지 못할 것이요,

죽어도 눈을 감고 죽을 수 있습니다."
하고 말씀하셨으나, 이에 대하여 아무런 대답도 하지 않았다.

이해 정초에 이르러 문안 내관에게 또 이렇듯 이르시었으나 이
역시 아무런 대답도 없었다.

나인이라는 것은 본시 궐내의 일만 하고 밖의 어버이와 동생들
이 세상 일을 돌아보는 법이라 거의 모두가 대문이 언제쯤 열릴
것인지 몰라 답답하고 민망하였다. 저희들도 앞으로 죽게 되는지
살게 되는지 짐작을 못하여 행여 불행한 일이 있어도 입은 옷 그
대로 자기네들만이 죽음을 받으리라 생각했다. 대비전께서 대군
과 함께 죽으려고 하셔서 사생을 알지 못하여 당장 입은 것 이외
는 모두 내보내었다. 앞뒤 일을 헤아려 보니 상하가 손수 죽음이
같지 아니하고 일시에 다 살아나 하도 민망하였다. 차비 내관에
게 모든 나인이 아무리 빌어도 들은 체 아니하고 들어 줄 데가
없어 나인들이 구석구석에 모여 앉아 울거늘 대비전께서 나인들
입을 것을 주시고 말하셨다.

"설움을 조금만 견뎌라. 나는 나라의 어른인데도 남에게 인질
이 되어 하루 두 번씩 본가의 안부나 알고 잠시를 떠나지 못한다.
또 내 곁에 있던 대군을 내주었으니 적이 너희들도 답답함을 견
디고 어지럽게 내관에게 통사정을 하지 말아다오. 행여 알 길이
있으련만 이리 철통 속에 든 것처럼 기별도 한 번 못하니 서러워
하는 줄을 모르고 상하 서로 기별을 듣고 잘 지내는 줄 알고 위
엄을 더욱 낼 것이니 조심하고 틈을 보아 소식을 알릴 생각은 말
라."

세 번 당부하시니,
"아니하리이다."
하였다.

그래도 견디지 못하여 바깥 행랑에 있는 큰 대문은 본시 닫아

놓은 문인데도 군사들이 지켜서서 빈청 뜰을 사뭇 살피고 혹은 수령이 사사로이 부리는 계집종 따위가 다녀 전할 길이 없어 허송세월을 보냈던 것이다.

당초에 환난을 뜻밖에 만나 정전에 계시지 못하여 후궁이나 정빈이나 모두 같은 꼴이 되었으니 거적을 깔고 본가의 상 중이라 망극 속에 지내셨다.

나인 중환(中還)이와 경춘이란 하인은 예부터 입궐하여 살고 있었다. 경춘은 의인왕후 친가댁 종인데 혼전 3년 후에 침실 상궁이 용하다 여쭈기에 들였는데 늙은 나인들이,

"본가댁 종이니 이제 가까이 모시는 소임을 맡기는 것은 옳지 못하다."

하므로, 대비전께서 들으시고,

"무식한 말이다. 나라의 어른이 내 종, 전 왕비의 종을 달리 구별하랴. 의인 본가댁 식구들이 본시 용하심을 들었고 의인이 어지심을 들었고 상전이 착하여 종조차 용하다고 들었다. 비록 하인이나 순직함이 제일이니 예와 이제를 따지지 말고 부리라."

하시었다. 침실의 등촉 밝히는 소임을 맡기었다. 그런데 중환은 각사(各司) 사람으로서 어릴 때 대궐에 들어왔으나 뜻이 용하지 못하여 여러 번이나 궁 밖으로 내쫓긴 적이 있던 소인이었다. 다시 경춘과 한 소임을 맡았으나, 중환은 옛 하인이라 등촉 밝히는 소임을 주었고, 덕복은 시집 본가댁 하인 출신이라도 하찮은 숙직방 등촉 밝히는 소임을 맡으라고 명하시니 예부터 있던 나인들이 말하기를,

"너무 사람을 믿어 저처럼 같이 처리하시니 어지시기는 비할 데 없으나 예부터 이런 일은 아니하는 일이다."

하였다.

아직 흉한 일은 아니 일어나리라 여기시었다. 하지만 중환이

제 오라버니가 인장을 위조한 사실이 드러나 여러 사람이 형상으로 정강이를 때려 가면서 고문을 하니 대비전을 원망함이 날로 심하였다. 원망하는 마음을 이기지 못하여 공연히 원망의 말을 하니 듣는 자가 번거롭다 하여 그런 말 말라 일렀다. 그런데 원망하는 사실을 가히가 알고 들어가 달래며 가장 은근히 말하여 정이 붙게 한 뒤에,

"네가 내가 하는 말을 들어주면 나도 네 오라버니를 살려주마."

언약한 후 진상하는 수라 은바리를 훔쳐서 가히에게 주었다.

임자년 유월 십팔일은 왕자 되시는 건평군의 생일이었다. 때마침 소주방에서 일하는 하인이 진지 받으러 간 사이를 틈 타 중환은 망을 서서 보고, 경춘은 잠근 문고리를 뚫고 바리를 내어 가히에게 주고 오니 사람들이 모두 수군거리기를,

"경춘과 중환은 한통속이다."

라고 말했으나, 침실 상궁들은 의심을 아니하니 뉘라서 소문을 낼 수 있겠느냐. 중환은 본시 제 오라비의 일로 원망하는 사람이요, 경춘은 자기보다 좀 손위상궁을 뵈어도 꿇어 엎드려 인사를 하고 고개를 쳐들어 말을 아니하고, 입 밖으로 큰 소리를 내어 말하는 법이 없으니 뉘라서 저를 의심하리오?

점쟁이에게 잃은 물건의 행방을 물으니,

"그 모습이 뺨이 약간 붉은 듯하고 남과 더불어 말도 아니하는 사람이 품었다가 사람의 손이 미치기 어려운 이에게 주었으니 찾기가 어렵다."

하니 모두 이르기를,

"경춘이 낯이 창백하니 그가 가져갔다."

하였다. 곧이 듣지 아니하고,

"경춘은 억울하다."

하였다.

저희들은 무릇 일을 즐겨 밤이면 샛문을 열고 가서 대비전께서 입으시는 옷이며 아기씨의 옷 입으시는 거며, 나인들이 밥 떠먹는 일까지 샅샅이 가히한테 일러 바친 뒤에야 제 오라비를 놓아 주었다.

우리는 저렇게 어울려 사귀는 줄을 몰랐는데 계축년 변이 일어나자 저들은 그렇게 될 줄을 미리 알고 가히의 심복이 되었다. 그리고 우리들이 보는 데서는 눈에 띄도록 더욱더 서러워하는 체하려고 발을 구르며 서러워하는 형상을 함에 상궁이 울면서 말했다.

"너희 둘을 우리가 각별히 가엾게 여김은 의인마마의 종이요, 중환은 아이 때부터 보던 것이니 너희들은 살 수 있을 것이다. 우리가 없어도 아기씨께서 좋아하시던 과일이나 명일(名日)에 놓아 올려라."

"이런 말씀 안하셔도 어련히 알아서 하겠습니까?"

하였다.

마음 속엔 비수를 품고 있으면서도 밖으로는 서러워하는 체를 하므로 진정으로 그런 줄 믿었던 것이다.

임자년 사월에 나인들이 모두 잔치를 하여 먹으며 그 전의 상궁들을 청하니 두어 사람은 순수히 오고 가히는 병을 빙자하며 오지 않았다. 또 청하니,

"중병을 앓았던 뒤라 못 가겠노라."

하고 마침내 오지 않았다.

밤이 깊어 혼자서 가만히 침실 옆 소주방에 가려고 낡은 곁마기 저고리 입고 족도리를 쓰고, 소리나지 않을 신을 신고 가만히 나와 침실로 들어가려 했다. 바로 그 때에 침실 상궁이 소변을 보러 나왔다가 침실 근처가 하도 고요하기에 놀라 다른 전 사람

들도 많이 와 있으니, 혹시나 잡하인(雜下人)이라도 들어갈까 염
려하여 침실로 들어가 보려 했다. 마침 그때 가히가 있다가 김상
궁을 보고 놀라 피하려 애를 쓸 때 김상궁이 문 안에 들어서니
숨을 곳을 몰라 쩔쩔매다가 고개만 폭 수그리고 지게문 뒤로 낯
을 돌린 채 부들부들 떨고 서 있었다. 김상궁이 하도 무서워서
나왔다 다시 들어가지 못 하다가 마음을 당돌하게 먹고 들어가,

"자네가 뉘신고?"

하여, 여러 번 물어도 대답을 않고 떨기에 이미 가히의 소행인
줄 알 수 있었다. 날이 어두워 혹시 아닌지도 몰라 손을 덥석 잡
으며,

"자네는 뉘신고?"

하고 여러 번 물었더니 그제야,

"나로세."

하였다.

"상궁이신가?"

"예, 나로세."

하였다.

"어찌 와 계신가?"

"저 구경 좀 하러 왔소."

하는 것이었다.

잡아 보았자 어디다 고할 수도 없고 두 전 사이가 점점 더 시
끄러워지기만 할 뿐이어서 일부러 놓아 보내 주며,

"아파서 못 가겠다 하시어서 무척 섭섭했는데 구경을 하고 가
신다니 기쁘오."

하고 놓아 보냈다.

이 말을 김상궁이 일체 입 밖에 내질 않고 혼자서만 근심을 하
였다. 대군이 나시면서부터는 더욱 꺼리다가 무신년 이후 임해군

의 일이 나면서부터 더욱 헛말을 지어내어 주야로 대비전과 나인들이 근심으로 지냈다. 임자년에 익명으로 글을 써 붙이는 일로 대군을 미워하는 정도가 점점 더 심해졌다.

두 대궐의 샛문을 잠가 두고 열 때엔 내관이 열어야 조석 문안을 드리는 상궁이 다닐 수가 있었다. 그러기에 틈을 타서 자객을 시켜 대군을 죽이려다 대군이 침실에서 주무시기에 못 하고 방자만 하고 가곤했던 것이다.

이후부터는 소주방 마루 아래에서 아이가 높이 소리를 내어 울고 한숨 소리가 나니, 저녁 때에는 사람들이 그 근처에 들어가질 못하고 무서워한다고 하였다. 하지만 가히가 왔던 말이 날까봐 들은 체도 않고 못 들은 체하여 아이들이 무서워한다 하여도 도깨비가 나왔다고 속이고 살았다.

제 집에서 방자를 두고 우리를 향하여 대관을 지어내어 저희들은 중환과 경춘에게 은혜를 입혀 두고 온갖 노릇을 다 하였다.

그러나 우리는 남을 해할 뜻이 없고 앞뒤의 사정을 알 리도 없고 그 전의 침실 기색도 알지 못했던 것이다.

계축년 동짓달에 중환이가 말하기를,

"내 오라비가 무거운 죄를 짓고 옥에 갇혀 있는데 어떤 중이 이르기를 '사자경'과 '다라파축'을 읽으면 갇힌 일도 풀리고, 잠긴 문도 쉽게 열린다. 또 모든 액에서 벗어난다고 하기에 옥 중에서도 항상 읽었더니 그 덕을 입었는지 이제 살아나서 놓여 나왔다. 이 일하고는 좀 다르지만, 대군이 살아나시고, 닫힌 문이 쉽게 열리게 하시려면 가만히 손 들고 앉아 계신 것보다는 정성을 들이셔서 그것이나 하여 보십시오."

하므로, 대비전서도 들으시고 그럴듯하게 여기시었다. 그 중에서도 김상궁이 그럴싸하게 여기고,

"이 경을 읽어 보시지요."

하니, 대비전께서 말리시며,

"경이란 것은 가장 공손하고 정성을 들인 것이야 덕을 입는다 하는데, 모든 사람의 마음이 산란하고 내 마음도 주야로 곡읍에 잠겨서 마음이 미어지는 듯 아프고 서러워하거늘 누구의 마음대로 경을 읽을 수 있으리. 읽지 않겠다."

하시었다.

"잔교는 마땅하오나 덕을 입어 문을 쉽게 열고 본가댁과 아기씨의 기별을 쉽게 들을 수 있으시도록 앉아서 괴로워만 하실 게 아니라 읽도록 하십시오."

여러 번 청하니,

"너희들이나 읽도록 하여라."

하셨다.

들어 계신 곳은 차비가 가까워 더럽고 요란하니, 대군이 들어 계시던 집은 정결하고 인적이 없는 곳이라 중환이가 말로 옮기는 것을 언문으로 써서 그 곳에서 경을 읽었다. 그랬더니 도리어 흉한 마음을 내어 고할 뜻을 품고 틈을 못 얻어 애썼다. 그런데 제 오라비가 세자궁의 등촉 밝히는 자라, 항상 닫아 놓은 문 밖에 와서 제 누이의 기별을 들으려고 지나쳐 다니는 양을 틈으로 엿보고, 밤에 군사에게 뇌물을 주고 제 오라비를 불러다 온갖 말을 다 하고 글월을 써서 가히에게 보냈다.

'샛문으로 오면 하던 말을 다 일러주마.'

하였다.

기별을 듣지 못하여 민망해 하다가 밤중에 문을 열고 와서 가히가 중환을 달래며,

"하는 일을 자세히 일러 바치면 너를 먼저 나가게 해 주리라."

하니, 공을 얻으려 애써도 일러 바칠 일이 없던 터라 제가 가르쳐서 경 읽는 말을 옮기고,

"대비마마께서 친히 가서 하늘에 제사 지내고 대신을 죽으라고
비신다."

이렇게 고하였다. 참소를 하려고 가히, 은덕이, 동궁 무수리인
업관이를 데려다가 그 경을 읽는 곳을 가르쳐 받았다. 하지만 대
비전께서 친히 나가신 일이 없고 경을 읽는 일만으로써 죽이지
못하여, 아무 트집이나 잡아서 남아 있는 나인을 마저 죽여 버리
고, 대비전을 혼자 계시게 하여 애를 태우다가 승하하시게 하려
하였으나, 트집을 잡을 말을 얻어내지 못하여 애를 태우는 것이
었다.

인현왕후전(仁顯王后傳)

    인현왕후를 모시던 어느 궁녀가 지었다는 통설이 있으나, 궁중의 인물이 아닌 남성 작가가 썼을 것이라는 반론도 있다. 숙종이 인현왕후를 폐위시키고 장희빈을 왕후로 영립했다가 다시 폐위시키고 다시 인현왕후를 복위시킬 때까지의 사실을 기록하고 있다. 궁중의 음모, 인현왕후의 성격 등이 잘 나타나 있다. 원명은 '인현왕후덕행록'이다.

    숙종대왕의 계비(繼妃)[1] 인현왕후(仁顯王后) 민씨의 본은 여흥(驪興)이며 행 병조판서 여양부원군(驪陽府院君) 둔촌(屯村)의 딸이요, 영의정 송동춘(宋同春) 선생의 외손녀이시다.

    인현왕후의 어머니 송씨가 기이한 꿈(神夢)을 꾸고 난 뒤, 정미(丁未) 사월 이십사일에 아기가 태어나니 집 위엔 서기가 일어나고 산실엔 향기가 가득하여 오래도록 사라지지 아니하였다. 부모가 무언가 느낀 바가 있어 미리 그 징후를 알아 집 밖에 말이

---

1) 왕비 인경왕후가 돌아가신 뒤 인현왕후가 후비로 들어옴.

나지 못 하게 하였다.

아기가 차차 자라나면서 성품이 뛰어나, 꽃과 달이 부끄러워하는듯 용안(龍顏)이 황홀 찬란하여 밝은 해가 빛을 잃으니 고금에 비할 곳이 없었다. 길쌈과 바느질이 민첩하고 빼어나서, 모든 신령이 가르치는 듯하나 얼굴에 나타내지 아니하고, 오직 마음씀이 한결 같고 숙연하여 희노(喜怒)를 남이 알지 못하였다. 또 성덕이 부드럽고 천연스러웠으며 덕행예절과 효의(孝義)가 뛰어났다. 또한 도량이 넓고 모든 면에 뛰어나 종일 단정히 앉아 계시니, 화기(和氣)가 옥체에 둘러있어 단정 엄숙하며 심중함이 사람들이 감히 우러러 보지 못하였다. 맑고 좋은 골격과 향기로움이 높은 가을 하늘 같고, 높고 곧은 절개는 금옥과 송백(松柏) 같았다.

어려서부터 실없는 말이나 사치를 싫어하고 문필이 뛰어나 모르는 것이 없으나 함부로 문장을 쓰지 않았다. 부모와 집안 어른들의 사랑이 과중하고 인근 친척이 놀라고 탄복하여 어릴 적부터 공경하지 아니하는 사람이 없어 꽃다운 이름이 세상에 널리 알려졌다.

항시 세숫물 위에 붉은 무지개가 찬란히 어려, 아버님 되시는 민공이 반드시 귀히 될 줄 짐작하고 마음 속에 생각하여 모든 일에 가르침을 간절히 하시었다. 그 큰 아버지(仲父) 노봉(老峯)의 높은 학덕과 엄정한 정성으로 왕후 사랑하시기를 어느 자질(子姪)보다 각별했으며, 항상 말하기를,

"물이 너무 맑으면 귀신이 꺼리는 법, 이 아이는 지나치게 어질고 아름다워 명이 길지 못할까 근심된다."

일찍이 어머님의 상(喪)을 만나 오래도록 애통해 하시며 예의(禮儀)를 지키시고 계모 조씨 섬기기를 지성으로 하였다. 외조부 송동춘 선생이 몹시 귀엽게 여겨 데려다 슬하에 두고 현숙할 덕행이 있다고 말해, 내외 문중의 가르침과 절부(節婦)의 극진한

행실을 교훈하시었다. 설사 왕후의 천성에 불민심이 있어도 이름이 없지 아니하겠는데, 하물며 산이 높아야 옥이 나고 바다가 깊어야 진주가 난다고 하니 이름난 가문에 범연(凡然)하리오.

경신년 겨울에 인경왕후(仁敬王后)가 세상을 떠나며, 대왕대비께서 곤위(坤位)[1]가 비었음을 근심하여 간택(揀擇)하는 영을 내려 숙녀를 구하였다. 이에 청풍부원군(淸風府院君) 김공이 왕후의 덕행을 익히 들었으므로 대비께 아뢰고, 영의정 송선생이 상감께 아뢰어,

"병조판서 딸이 어질고 덕이 빼어남을 신이 잘 아오니 바라건대 전하께서는 번거로이 간택을 말으시고 대혼(大婚)을 결정하소서."

하였다. 이에 대비께서는 크게 기뻐하시며 비망기(備忘記)를 내려 잘 알아서 처리하시라고 하셨다. 민공이 황공하여 즉시 상소하고 지극히 사양하였다. 그러나 임금의 뜻이 이미 굳으신지라, 허락하지 않으셨다. 세 번 상소에 엄한 분부를 내려 꾸짖으시며 좌의정 노봉(老峯) 민공을 불러 그의 불경함을 꾸짖으시니 신하된 도리에 사양할 길이 없었다. 물러나 집에 돌아오니 온 집안이 다 모여 황공한 천은(天恩)을 감축하여 눈물이 절로 떨어짐을 깨닫지 못하였다.

중사(中使)[2] 공인을 보내어 왕후를 어의동(於義洞) 본궁으로 모셨다. 궁인들이 왕명을 받아 후를 뵈옵고 놀라며 경보하여 부부인(府夫人)[3]께,

"궁인이 궁궐에 들어와 삼대왕 대행(代行) 성덕을 모시옵고 사

1) 왕후의 자리.
2) 임금의 명령을 전하는 내시.
3) 왕비의 생모.

람을 많이 겪어본 지 팔십이 넘습니다. 그러나 이같으신 성덕(聖德)과 아름다운 용모를 처음 뵈오니, 국가와 만인의 기쁨일 뿐더러 궁인이 오래 살아온 것이 영화로소이다."

하니, 부부인이 겸양의 말을 했다. 용모와 예절이 법도를 다하였으므로 상궁이 감탄하고 궐내에 들어와 본대로 아뢰니, 대비께서 크게 기뻐하여 길일(吉日－혼례날)을 날마다 기다리며 날이 더디 감을 한하였다.

길일을 맞아 민공이 위엄있는 법도를 갖추고 대례(大禮)를 행하시니, 이때 상감의 춘추가 이십일세였다. 좌우에 신하들을 거느리고 별궁에 나가 옥상(玉床)의 기러기를 전하시었다. 왕후가 가마에 올라 급히 궁궐로 돌아오니 세자빈의 가례와는 달랐다. 용봉(龍鳳)의 깃발과 황금의 절월(節鉞)과 만조 백관이 둘러싸고 칠보로 단장한 궁인 시녀들이 큰 길을 덮어 십 리에 즐비하게 늘어섰다. 향취가 은은하고 풍류소리 요란하니, 그 웅장하고 화려한 풍류가 가히 헤아리기 어려울 정도였다.

잔을 주고받는 예를 행하였다. 예도가 눈부시고 성덕이 외모에 나타나시며 찬연한 빛은 마치 밝은 달이 가을하늘에 떠 있는 듯하였다. 맑고 밝은 광채가 용상 앞에 어리니, 궁궐이 색을 잃고 천궁보물이 광채를 발하지 못하는 듯하니, 궁 안에 있는 사람들이 모두 놀랐다. 양전대비(兩殿大妃)[1]도 크게 기뻐하여 사랑하심이 비할 데 없었다.

이날 왕비로 책봉되어 곤위에 올라 비빈공주(妃嬪公主)와 삼백 궁녀의 조하(朝賀)를 받았다. 날씨는 화창하여 따사로운 바람이 불고 상서로운 구름이 궁궐에 서리어 짐짓 태평 국모가 즉위하시는 날임을 알만하였다. 인심이 절로 돌아 만백성들이 모두 기뻐

---

1) 인조계비 장열왕후와 현종왕비 명성왕후.

하였다.

후가 즉위한 후로 양전 대비를 받들기에 효성이 지극하시고 덕으로 상감을 받들어 모셨다. 비빈궁녀들을 거느리는 데에도 사랑과 위엄으로써 하시어, 착하고 악함과 친하고 먼 것을 가리지 않으시며 사람을 아끼는 온화한 마음씨는 봄동산 같았다.

예절과 법도가 엄하여 감히 우러러 뵈옵지 못하고, 온 대궐 안 사람들이 모두 성덕을 흠탄(欽歎)하여 예도숙련(禮度肅然) 하였다. 입궐하신 지 서너 달에 교화(敎化)가 크게 일어나 화기가 넘치고 두 분 대비께서 극진히 사랑스럽게 여겨 나라의 복이라 축수하였다. 상감께서도 공경하여 귀하게 여기시며 조정과 백성들이 모두 흠복(欽服)하였다.

두 분 대비께서는 우암(尤菴)에게 조서(詔書)[1]를 내려 중궁의 성덕을 못내 칭찬하시고 중궁을 포장(褒章)하셨다. 부부인에게도 각별히 상을 주어 은혜와 영광이 뛰어나시니 민부(閔府)에서 송구해 마지 아니하였다.

계해년 겨울에 상감께서 마마를 앓아 증세가 위독하시었다. 왕후가 크게 염려하여 밤낮을 가리지 아니하고 극진히 간병하셨다. 대비께서 또한 걱정하시어 찬 물에 목욕한 후 뒷뜰에 단을 쌓고 친히 밤낮으로 축원하시었다. 왕후 또한 대비의 옥체 상하실까 염려하여 몸소 대행(代行)하여 정성을 다하여 아뢰고 간절히 애원하였다. 그러나 대비 듣지 않으시고 밤낮으로 정성을 한 가지로 하시니, 하늘이 감동하사 상감의 병환이 점점 나으시니, 백성들의 기뻐함이란 이루 헤아릴 수 없었다.

대비께서 상감의 병환 중에 모진 추위를 무릅쓰고 애쓴 까닭으로 옥체(玉體) 몹시 상하여 신음하시었다. 점점 위중하셔 상감과

---

1) 임금의 뜻을 백성에게 알리는 글.

후께서는 어찌할 바를 모르고 곁에 모시어 밤낮으로 병 간호에 모든 정성을 다하셨다. 대신에게 명하여 종묘 사직(宗廟社稷)에 빌라 하시며, 조서(詔書)를 내려 옥문을 열어 죄인들을 모두 석방하게 하였다. 궁중의 모든 어의들에게 약 시중을 들게 하여 지성으로 약을 쓰셨으나 조금도 효험을 보지 못하시었다. 상감과 왕후가 망극하여 초조 당황하시고 백성들이 어찌할 바를 몰랐다.

설달 초닷새 인시(寅時)에 창경궁 저승전(儲承殿)에서 대비께서 승하하시니 춘추가 마흔 둘이셨다. 백성들이 들끓고 궁중이 경황(驚惶)하여 곡소리가 하늘에 사무치고 상감과 왕후의 애통하심이 지극하여 일체 육식은 하시지 아니하시었다. 그러니 온 궁중이 상감과 왕후의 효성을 탄복치 않는 이가 없었다.

삼년을 지내고 혼전(魂殿)을 파하매, 상감과 왕후 새로이 애통함이 그지 없었다.

궁인 장씨(張氏)가 시비(侍婢)로써 후궁에 참예하여 희빈(嬉嬪)으로 봉해졌다. 간교하고 약삭빨라 상감의 뜻을 맞추어 상감의 총애를 극진히 받았다.

무진(戊辰)년 정월에 상감의 춘추가 거의 삼십이 되셨건만 농장(弄璋)의 경사를 보시지 못함을 근심하셨다. 왕후가 깊이 염려하여 하루는 조용히 상감께 아뢰어 어진 후궁을 뽑아 자손 보시기를 권하였다. 상감이 처음에는 허락치 않으시더니 황후가 날마다 권하며 한 여자의 생산을 기다리다가 막중한 종사(宗社)를 가벼이 할 수 없음을 간절히 아뢰었다. 정정(貞靜)한 덕과 유화한 말씀이 진정에서 우러나는 것이 분명하였다.

이에 상감께서 감탄하여 조정에 후궁 간택하는 명을 내리시었다. 명안공주(明安公主)가 이러한 명을 듣고 놀라 고모되시는 장공주를 모시고 입궐하여 상감과 왕후를 뵈었다. 그리고 왕후의 춘추가 아직 정정하시니 생산함을 기다려야 할 일이요, 후궁 뽑

으심이 불가하다고 간절히 아뢰었다. 왕후가 그 자리에 앉아 계시다가 안색을 바꾸며,

"내가 부족한 몸으로 왕비의 자리에 올랐으나, 밤낮으로 걱정되는 것은 상감 성덕을 갚지 못할까 염려되었다. 덕이 없어 생산의 길을 얻지 못하니 어찌 종사를 염려하지 않으리오."

하고 말씀을 마치시고 거듭 청하시었다. 두 공주가 감복하여 다시 간하지 못하고 서로 성덕을 칭송하였으며 대왕대비께서도 애중해 마지 아니하셨다.

드디어 숙의(淑儀) 김씨를 뽑아 후궁에 두시니 왕후께서 예로 대접하시고 은혜로 거느리시니 은덕이 전날과 전혀 다름이 없었다.

궁중이 그 덕을 이야기하고 선행을 일러 탄복하지 않는 이 없었다. 그러나 시운(時運)이 불행하고 왕후의 운명이 기박해졌다. 옛날부터 홍안박명(紅顔薄命)[1]과 성인의 고생은 인력으로 어찌할 수 없는 것인즉, 이런 까닭으로 사람들이 하늘의 뜻을 의심하게 되는 것이 아닐까.

무진(戊辰) 추 팔월에 인조대왕비(仁祖大王妃) 조씨가 창경궁 내전에서 승하하셨다. 상감과 황후가 애통하여 조석으로 제전에 참례하여 슬퍼함을 금치 못하였다.

이해 시월에 희빈 장씨가 처음으로 왕자를 낳으니 상감이 지나치게 사랑하심은 이를 데 없었다. 왕후도 크게 기뻐하시어 어루만져 사랑하기를 친자식 같이 하시니 장씨가 자기 분수를 지켰다면 그 영화는 측량할 수 없었으리라. 문득 장씨의 참람[2]한 뜻과 방자한 마음이 불일듯 하였다. 중궁전의 성덕과 용색(容色)이 온

---

1) 미인은 팔자가 사납다.
2) 제 분수를 지나쳐 방자스러움.

나라에 솟아남을 시기하여 몰래 제거하고 대위(代位)를 빼앗고자
하였다. 그 참람한 역심(逆心)이 더하여, 날로 기색을 살펴 중전
을 참소하였다.

"새로 태어난 왕자를 죽이려 하고 또 희빈을 저주한다."
하며 헐뜯고 모함 하며, 간사스럽고 악한 후빈(后嬪)들과 짜고
소문을 퍼뜨리고 자취를 드러내어 상감이 듣고 보게 하였다. 옛
날부터 악인을 의롭지 않게 돕는 자가 있는 법이다. 중전이 간사
하다는 말이 날로 심해지니, 상감이 점점 의심하여 왕후를 아주
박대하였다. 그러나 장씨는 요악한 교태로 천심을 영합하며 왕자
를 방패삼아 권세가 대단하였다. 상감이 점점 장씨에게 빠져들어
옳고 그름을 분별하지 못하시니 전날에 엄정하시던 성도(聖度)가
아주 변감(變減)하여 어진 신하는 모두 물리치고 간신들을 많이
뽑아 쓰셨다. 조정이 그윽히 의심하고 왕후께서는 깊이 근심하시
어 장씨의 사람됨이 반드시 변괴를 낼 줄 아셨다. 그러나 왕자의
당당한 기상이 있으므로 깊이 생각하시고 더욱 숙덕(淑德)과 성
심(誠心)을 행하시었다.

그러던 중 이듬해 기사년(己巳年)에 여양부원군이 돌아가셨다.
왕후 망극 애통하시어 장례를 지내시되 실과와 좋은 육찬을 가까
이 아니하시고 애절하게 슬퍼하였다. 상감께선 이미 결단하신 뜻
이 계신 까닭으로 발설하지 않으시나 민간에 소문이 자자하게 일
어나 중전을 폐위하신다 하였다. 이해 사월 이십삼일은 왕후가
탄생하신 날이라 여러 궁과, 내수사(內需司)에서 단자(單子)를
드렸다. 상감이 단자를 내치시고 음식을 다 물리치시고 대신과
이품(李品) 이상의 신하들을 인견(引見)하시고 폐비(廢妃)함을
전교(傳敎)하셨다. 좌승지 이시만(李蓍晚)은 불가함을 간하니 상
감이 크게 노하시어 이시만을 파직하셨다. 또 수찬(修撰) 이만원
(李萬元)이 실덕(失德)하심을 간하자 상감께서 더욱 노하시어

밀리 귀양보내라 하시었나. 이렇듯 대신, 중신 사십여 명이 먼 고을로 귀양을 가게 되었다.

또 비망기(備忘記)를 내리시니 조정이 깜짝 놀라 일시에 세자와 대신들이 임금의 명을 다투어 기다린 체하나 실정은 아니었다.

이때 왕후의 부숙(父叔)과 종형제가 학문 도덕이 높고 이름이 세상에 가득하나 왕후가 입궐하면서부터 사업을 베풀지 못한 일이 많았다. 그러나 소인들이 시기하여 기회를 엿보고 있던 터이라 간신들의 간언이 성하여 상감의 뜻에 영합하고 먹구름이 상감의 총명을 가리우니, 충신들의 간언(諫言)이 효험이 있으리오.

이때 응교(應敎) 박태보(朴泰輔)는 파직(罷職) 당했는데, 위로는 상감의 실덕(失德)을 근심하고 다음으로 성덕 높은 중전이 애매함을 통박(痛駁)하였다. 그리고 모든 파직한 조관(朝官)들과 더불어 일시에 연명(連名)으로 상소하여 중전을 구하려고 나섰다. 판서(判書) 오두인(吳斗寅)과 참판(參判) 이세화(李世華)가 소두(疏斗)[1]가 되고, 응교 박태보가 손수 상소문(上疏文)을 지었다.

"임금이 후비를 두시는 것은 조종(祖宗)의 정통을 이어 만 백성 위에 임하여 만세를 있게 하는 경사이옵니다. 전하께서 만민의 부모로서 삼강오륜(三綱五倫)의 중한 법으로 나라를 다스리십니다. 그런데 스스로 행치 못하실 일을 행코자 하시니 백성의 기대에 어긋난 일입니다.

성인이 법을 지어 배필을 마련하여 오상(五常)에 두시고 서전(書傳)에 이르기를 '여경삼년상(與經三年喪)이거든 불거(不巨)

---

1) 상소할 때 주동이 되는 사람.
2) 부모의 삼년상을 함께 지낸 아내는 쫓지 못했다.

하라[2]' 하였습니다. 전하가 또한 중궁과 더불어 삼년상을 지내시고 이제 대왕대비 상을 한가지로 입어 아직 복을 벗지도 안하셨습니다. 비록 허물이 있어도 폐치 못하거늘, 하물며 백옥같이 티 없음을 보지 않으십니까.

성인의 말씀에 부모의 사랑하신 바는 비록 개나 말이라도 공경한다하오니 명성대비(明聖大妃)께서 중전을 애지중지하시던 바이니 전하의 지극하신 효성으로 어찌 차마 인륜을 어기며, 활달대도(豁達大道)로 어찌 이런 실덕을 행하려 하십니까. 엎드려 비옵건데 전하는 백번 살피시어 인륜을 정하시고 백성들의 바람을 좇으시면 어찌 종사와 백성의 복이 아니리오. 바라건대 상감께서는 폐비 전교를 거두시옵소서."
하였다.

상감께서 이 상소문을 보시고 크게 노하여 즉시 친국(親鞫)[1]을 배설하시고 세 사람을 잡아 엄히 물으셨다.

"너희가 신하된 도리에 임금을 비방하니 그 죄상이 가히 삼족(三族)에 범한지라 다시 충의지심(忠義之心)을 두어 폐비 받듦을 그만 두겠느냐."
하셨다. 삼인이 머리를 두드리며 조금도 굽히지 아니하고 말씀이 강개(慷慨)하니 그 충의심이 하늘의 북두성과 견우성에 사무치었다.

상감이 더욱 화가 나서 나졸(邏卒)을 호령하여 삼목지형(三木之刑)을 내렸다. 세 사람을 형틀에 올려놓고 치니 그 소리 동구 안까지 들리고 유혈이 낭자하였다. 오두인, 이세화는 나이 칠십여 세라 명을 두려워하고 형벌을 이기지 못하여 머리를 숙이고 말을 못하였다. 오직 박태보는 정신이 씩씩하고 말씀이 추상같아서 형

---

1) 임금이 죄인을 친히 다스림.

벌이 몸에 내려 살점이 떨어져도 조금도 두려워하는 기색이 없고 한결 같이 아뢰기를,

"임금이 덕을 잃으셔도 신하가 간하지 못하고 염참(艷讒)에 혹하셔서 무괴하신 국모(國母)를 폐하시니 이는 천고에 없는 큰 변이요, 풍속에 관계되옵는 일이옵니다. 신이 비록 부족하여 보잘 것 없으나 국록(國祿)을 먹고 조행(朝行)[1]에 참례한지라, 임금께서 실덕하셔 만대에 누명을 들으실 줄 알면서 어찌 간하지 아니하겠습니까. 바라건대 상감께서는 국모 참소한 자를 베시고 망극한 전교를 거두시면 종사의 복이요 만백성의 만행이올시다."

상감이 더욱 노하여 용안(龍顏)을 높이 드시고 용상(龍床)을 치며 크게 꾸짖되,

"조그마한 놈이 이토록 간악하냐, 나를 참소 듣는 혼군(昏君)이라 하고 저는 직언(直言)하는 충신이라 하니, 이런 대역부도한 놈은 이런 형벌로 못할 것이니 압슬기(壓膝器)[2]를 들이라."

하니 태보 대답하기를,

"전하가 신을 죽이시면 모르거니와 인명이 있은 한에야 아비 실덕함을 아니 간하여 어미 무죄하니 구하지 아니하오리까."

상감이 더욱 노하여 압슬로 빠으시고 능장(稜杖)으로 치니 좌우가 차마 보지못할 지경이었다. 살가죽이 떨어지고 뼈마디가 드러나며 뛰는 피가 용포(龍袍) 아래 떨어졌다. 날이 이미 저물었으나 끝내 굽히지 아니하므로 상감이 친국을 그치지 아니하고 앉아 계시락 서시락 하시며 꾸짖어 가로되,

"이는 간악한 독물(毒物)이라 빨리 화형(火刑)으로 단근[3]하

---

1) 조정의 벼슬.
2) 무릎을 누르는 형구.
3) 불로 지지는 형벌.

라.”

하셨다. 뜰 앞에 불을 밝히고 화형을 갖추어 단근하니, 누린내가
코를 찌르고 검은 피가 땅에 고였다. 보는 사람마다 낯을 가리고
눈물을 금하지 못하며, 좌우에 모신 신하들이 몸을 가누지 못하
여 엄동같이 떨었다. 그래도 태보는 태연 강직하니 장하도다! 충
신열사(忠臣烈士)가 백 사람의 모함을 고치리요. 온 몸이 다 오
그라져 손과 발이 그지없으니 상감이 내려다 보시고 측은히 여기
셨다. 하루 종일 근로(勤勞)하시어 옥체 불편하신 까닭에 괴롭게
여겨 승지를 명하여 가로되,

“네 가서 달래어 자복(自服)하게 하고 옥에 가두어라.”
하시니, 승지 명을 받들고 앞에 나아가 꾸짖어 가로되,

“무슨 일로 임금님의 뜻을 거슬러 저 모양이 되며, 성상으로
하여금 밤을 새워 옥체 피곤하게 하느냐.”

말도 채 마치기 전에 태보 성난 눈을 부릅뜨며 큰 소리로 꾸짖
어 가로되,

“이 간신들아, 국록(國祿)만 허비하고 인군을 어진 일로 돕지
아니하며 아첨만 일삼아 무죄한 국모를 폐출하고도 태연히 여기
고, 오히려 나를 꾸짖으니 이는 오랑캐나 짐승이다. 나는 죽어도
용봉(龍逄), 비간(比干)의 무리 되려니와 너희는 살아있으면 국
적이요, 죽으면 더러운 귀신이 될 것이며 그 앙화가 자손에 미칠
것이다.”

하니, 승지는 무안하여 말없이 물러났다. 상감이 그를 악착스럽게
여겨 명하여 가로되,

“하옥하고 명일로 갑산(甲山)에 안치하라.”
하시며 형벌을 거두시었다. 그날로 길을 떠나 일 마장도 못가서
왕후가 폐비 되셨다는 말씀을 듣고는 넋을 잃고 크게 탄식하며
장독(杖毒)과 화독(火毒)으로 죽으니, 슬프다. 예부터 충신열사

가 죽은 이도 많지만 태보의 충신된 절개는 용봉 비간 이후 한사람 뿐이리라. 일시에 아름다운 이름이 세상에 가득하고 천추만세 후에도 금석(金石)에 새겨 후세에 전할 것이니, 어찌 죽었다 하리오, 칠순의 부모가 계시니 극히 참혹하고 박태보의 죽음을 보고 아니 울 이 없었으며 간신 소인이라도 한탄 하더라.

이때 후께서는 부원군이 돌아가신 후 지나치게 애통하신 나머지 옥체가 종종 편찮으셨다. 좌우 상궁들이 폐비 되신다는 말을 듣고 통곡하며 들어와 후께 아뢰었다. 후께서는 안색이 하나 변하지 않으시고 탄식하며 이르기를,

"이도 또한 천명이라 누구를 원망하리오. 너희들은 말조심하고 명을 받들어 거행토록 하라."

하시고 조금도 마음의 동요가 없으셨다.

이때 명안공주(明安公主)가 변을 들으시고 장공주와 더불어 급히 입궐하여 상감을 뵈었다. 후의 덕행(德行)과 참언(讒言)의 간사함을 밝히고 대왕대비께 시탕(侍湯)하시던 바를 아뢰며 눈물이 자리에 떨어지도록 간절히 애원하였으나, 상감께서는 끝내 듣지 않으시니 참으로 어찌할 수 없었다.

탄식하고 물러나와 후를 뵈옵고 옷을 잡고 전혀 말을 이루지 못하였다. 후께서 탄식하고 위로하여 말씀하시되,

"화복이 하늘에 달렸으니 나의 천복이 없는 탓인즉 다만 임금의 뜻대로 받들어 모실 따름이다. 누구를 원망하리오마는 공주가 이렇듯 위로하시니 그 은혜 잊을 길이 없습니다."

공주가 그 덕행을 탄복하고 위로하여 가로되,

"뜬 구름이 잠시 성총(聖寵)을 가리었으나 상감의 근본이 현명하시니 멀지않아 깨닫고 뉘우치실 것입니다."

하고, 후를 붙들고 눈물을 비오듯 흘리니 모든 궁녀가 다 울며 차마 떠나지 못하다가 상감이 불안하실 줄을 알고서 궁을 나왔

다.

　이튿날 감찰 상궁이 임금의 명을 받들고 침전(寢殿)에 이르러, 중궁 폐하는 전교를 아뢰었다. 후께서 천연히 일어나 예복을 벗고 관잠(冠簪)을 끄르시며 뜰에 내려 전교를 들었다. 그리고 대내(大內)를 떠나 본가로 나오시려 하니, 궁중이 모두 통곡하여 곡성이 진동하였다.

　상감이 그 곡성을 들으시고 크게 노하시어 궁녀들을, 궁중에 그 허물을 기록해 두게 하시고, 급히 하교하여,

　"빨리 나가라"

　하셨다. 조정에 일찍이 이런 예절이 없던 까닭에 미리 준비되어 있지 않은 터라 급히 본가에 연락하여 탈 것을 들이라 하였다. 이때 궁녀들은 모두 권세를 따르고 상감의 은총을 구하는 터였다. 그들은 후의 행세가 외로움을 보고 업신여겨 말과 행동이 교만하여, 조금도 존경하는 법이 없어도 후는 짐짓 모른 체하시었다. 좌우에 모신 궁녀들은 놀랍고 분함을 이기지 못하나 죄를 두려워 감히 말을 못하였다. 구석구석에 머리를 모아 소리를 죽여 울며 몹시 슬퍼할 따름이었다.

　한 궁녀가 장씨의 지시를 들은 까닭으로 앞에 나와 옷을 뒤지려 하였다. 후께서는 문득 천연히 웃고 옷을 풀어 보이며 두 눈으로 궁녀를 흘려 보시었다. 맑은 광채 햇빛과 같아 사람의 오장을 꿰뚫는 듯, 말씀은 아니하시나 기상의 엄정함이 추상같았다. 궁녀 부끄럽고 송구하여 고개를 숙이고 물러나니 좌우가 더욱 어렵게 여겼다.

　상감의 노하심이 급급하여 후의 나가기를 재촉하시였다. 이때

---

1) 서울 아현동의 고개.

본가 식구들은 모두 세문 밖 애오개[1]로 나가고, 부인네들만 몇명 남아 있었다. 미처 가마를 꾸미지 못하여 벌써 요금문(耀金門)[2]까지 나오셨다는 말이 들리니, 경황없이 황급하여 보통 가마 위에 흰 명주보를 덮어 들어가니, 후께서 벌써 경복당 앞에 내려 기다리시다 선뜻 가마 위에 올라 요금문으로 나서셨다. 궁녀 칠팔인이 통곡하며 뒤따르고 보좌하던 액정 소속(掖庭所屬)들이 일시에 뒤따르며 통곡했다. 그 행색이 처량하고 수운(愁雲)이 일어나며 천기 또한 흐려 슬픔을 돕는지라 이 참담한 모습을 어찌 다 형언할 수 있으랴.

선비 오십여 인이 요금문 앞에 대령하고 백여 인은 돈화문(敦化門)에 엎드려 상소를 드리고 목놓아 울다가 후의 출궁하심을 보고 크게 놀라고 망극했다. 방성대곡하며 뒤따르는 선비 백여인이 안국동 본댁까지 이르렀다. 울음소리 천지에 진동하고 백성들도 남녀노소 할 것 없이 길을 막고 통곡하였다. 모두 문을 닫고 통곡하니, 초목금수(草木禽獸)가 다 슬퍼하는 듯 수운이 하늘에 가득하여 해가 빛을 잃었었다.

이때 상감께서 이 말을 들었으나, 성총(聖聰)이 막혀 도리어 인심을 통탄스럽게 여기시고 상소한 자 중 소두(疏頭) 세 사람을 잡아 엄히 형벌을 내리고 멀리 귀양 보내셨다.

후가 안국동 본가로 나오시니, 부부인(府夫人)이 마주 나와 붙들고 통곡하셨다. 후도 부원군 옛 자취를 느끼어 망극 애통하시다가 이윽고 부부인께,

"죄인의 몸으로 친족(親族)을 모셔 마음 편하지 못할 것이니 나가소서."

하고 권하셨다. 부인네 통곡하며 마지 못해 애오개로 다 나가셨

---

2) 창덕궁 북쪽의 문.

다. 그날로 명하여 안팎 문들을 모두 봉하고 본가 종들을 한 사
람도 두지 않으시며 다만 궁녀만 두셨다. 정당(正當)을 폐하고
하당(下堂)에 거처하시니, 궁인들은 다 본가 궁인이요, 세 사람
은 궐내 궁인으로 죽기를 무릅쓰고 나온 사람들이었다. 후가 말
씀하시되,

"네 본디 궁중시녀라 내 어찌 외람되게 거느리리오, 들어가라."
하시나, 세 사람이 머리를 두드려 울며,

"천첩 등이 낭랑(娘狼)의 성은을 이 세상에서 갚지 못할 터인
데,
어찌 한때인들 슬하를 떠나리까. 낭랑을 좇아 죽으리라."
라고 아뢰었다.

후께서 그 지성에 감동하시어 그냥 내버려 두셨다. 집은 크고
사람은 적어 방들을 모두 봉하고 휘휘 고적하여 인적이 끊겼다.
궁궐 옥전에서 번화 부귀만 보시다가 슬프고 한심함을 이기지 못
하나, 괴로운 줄을 생각치 아니하고 후를 지성으로 모셨다. 슬퍼
늘 서로 대하여 탄식하다가도 후의 천연정숙하심을 뵈오면 감히
슬픔을 나타내지 못하곤 하였다.

이때 후의 삼촌되시는 좌의정 민공(閔公)이 귀양가고 종형제들
도 모두 멀리 귀양가고, 애오개 집에는 부인네들만 있었다. 조석
수라를 애오개서 안국동으로 드리기를 칠, 팔일이나 되었을 때
후가 좌우더러,

"음식을 먼데서 가져오기 어려우니 다음부터는 물건으로 받아
들이라."
하시었다. 궁중에서 음식을 해드리나 하루에 한끼도 드시지 않
으시니 좌우 더욱 애닯게 울었다. 친척들이 문 밖에 찾아오나 보
시지 않으시고 다만 오지 말라 하시니, 감히 찾아가 뵈옵지도 못
하였다.

이럭 저럭 하는 동안 가을이 되자 본가에서 송이(松耳)를 들여 오셨다. 후께서 보시고 문득 안색을 변하시며 눈물을 흘리시니, 궁녀들이 꿇어 묻자오되,

"낭랑이 위태한 때를 당하셔도 태연하시더니, 오늘날 새로이 슬퍼하심은 어찌된 일이십니까."

하니, 후가 탄식하시며 대답하시었다.

"내 이리 되었으나 아무 허물이 없으니 시운(時運)만 한할 것이요 무엇을 슬퍼하리오마는, 내 궁안에 있을 때 본댁에서 송이를 무역하여 들이면 양대비전(兩大妃騎)께서 즐겨 잡수시던 고로 양대비를 위하여 수라에 쓰셨는데 오늘날 송이를 보니 마음이 절로 슬퍼지는구나."

말씀을 따라 눈물이 얼굴을 적시니 좌우가 모두 흐느껴 울고 우러러 뵙지를 못하였다.

창문과 벽을 바르지 않으시고 넓은 동산과 집 뜰의 잡초를 매지 아니하니 길같이 무성하고 인적이 고요하였다. 귀신과 도깨비 같은 잡물들이 날만 저물면 사람 다니듯 하여 궁인들이 무서워 움직이지 못하였다. 하루는 난데 없는 큰 개 한 마리가 들어오니 모양이 몹시 추한지라 궁인들이 쫓았으나 또 들어오고 가지 아니하였다. 후께서 이르시기를,

"그 개 출처 없이 들어와 쫓아도 가지 않으니 기이하구나. 내 버려두어 그 하는 짓을 보라."

하시어 궁인들이 밥을 주었다. 십여일 후에 새끼 세 마리를 낳으니 아주 크고 모질었다. 그 후로는 날이 저물어 망령의 불과 도깨비의 자취가 있으면 네 마리의 개가 함께 짖으니 잡귀 급히 달아나 종적을 감추고 그로 인하여 집안이 편안해졌다. 이처럼 무지한 짐승도 도움이 있거늘 하물며 백성들에 있어서랴. 후 폐출하신 후로 조정에 기뻐하는 소인들이 많으니 도리어 짐승만도

못하였다.

후께서 천성이 단정하시어 요동하시는 바 없으나, 항상 급한 풍우(風雨)와 뇌성(雷聲)을 두려워하여 뜰에 계시다가도 급히 방안으로 들어가시곤 하셨다.

날마다 적적함을 이기지 못하여 오라버니 민정자의 여덟 살 난 딸을 데려다 두시고 소학(小學), 열녀전(烈女傳), 여공방적(女工紡績)을 가르쳐 소일하시니 신세 구차하고 황락하시었다. 일찍이 사람을 탓하고 귀신을 원망하는 바 없이 태연자약하시니, 좌우가 더욱 마음 속으로 열복(悅服)해 마지 않았다.

부원군의 삼년상(三年喪)을 마치고 나서 후께서 더욱 애통하고 마음을 상하서 옥체가 자주 편찮으셨다.

본댁에서 채복(彩服)을 들여오되 받지 아니하시고,

"죄인이 어찌 채복을 입으리오. 무명으로 의복금침(衣服惡枕)을 하라."

하시었다. 무명 치마와 순색 저고리를 드리오니 입으시고, 무명 금침 덮으시며 보물과 좋은 음식을 가까이 아니하셨다.

앞서 상감이 민후(閔后)를 폐출하시고 희빈 장씨를 왕비로 책봉하여 왕비의 자리에 오르게 하고 조하(朝賀)[1]를 받게 하니, 온 궁안이 슬퍼하며 장씨의 분수에 넘친 처사를 분하게 생각하였다. 조정에 어진 사람과 신하가 없으니 누가 감히 말을 하리오. 지극히 분하고 원망스런 마음으로 눈물을 머금고 조하를 마치니 희빈의 아비를 옥산부원군(玉山府院君)으로 봉하고 빈의 오라비 장희재(張希載)로 훈련대장을 시키시니, 온 백성들이 한심히 여겼다. 법도와 기강(紀綱)이 풀어져 팔도의 인심이 소란하고 별별소문이 떠돌았다. 예로부터 어질고 현명하신 임금도 한 번쯤은 참소하는

---

1) 조정에 나아가 왕과 후께 하례함.

말을 귀담아 듣는데, 숙종대왕 같은 문무를 겸한 어진 임금이 장씨에게 이토록 혹하시어 국체를 어지럽게 하심은 실로 뜻밖의 일이 아닐 수 없다.

이듬해 경오년(庚午年)에 장씨의 아들을 왕세자로 책봉하시니, 장씨는 의기양양하여 눈에 보이는 것이 없었다. 이처럼 발악을 일삼아 비빈을 절제하며 궁녀를 엄한 형에 처하고 포악한 말과 교만한 행실은 이루 말할 수 없었다.

이렇듯 삼사년을 지내면서 천운이 바뀌어 고진감래(苦盡甘來)요 흥진비래(興盡悲來)라 하니, 먹구름이 점점 걷히고 태양이 다시 밝아왔다. 점점 성총(徵體)에 깨달음이 계시어 민후의 억울하심을 알고 장희빈의 요악함을 짐작하시어 의심이 가득하시니, 대하시는 기색이 전과 다르시었다. 소인과 간신배들이 후의 삼촌 숙질을 다 안율(按律)하시라고 날마다 계사(啓辭)[1] 하였으나 끝까지 허락지 않으셨다. 이러므로 민씨 일문이 보전되었다.

장씨 그윽이 임금님의 뜻을 짐작하고 크게 두려워하여, 오라비 희재와 더불어 갑술년 묵은 옥사를 다시 일으켜 어진이를 모두 다 죽이고 또한 후를 사약(賜藥)하려 하였다. 변이 크게 나자 상감께서 짐짓 그 하는 양을 보시고 궁중 기색을 살피시어 완연히 간인(奸人)의 흉모를 아셨다. 그날로 옥사를 뒤집어 비위만 맞추려는 신하들을 다 물리치시며 옛 신하들을 다시 불러 쓰셨다. 갑술년(甲戌年) 삼월에 대전별감(大殿別監)이 세 번이나 나와 안국동 별궁을 둘러보고 들어가셨다. 사월 구일에 비망기를 내려 중궁전이 무죄함을 밝히시고 별궁으로 모시라 하시며, 봉서(封書)를 내려 상궁별감과 중사를 보내셨다. 후께서 사양하여 이르시되,

---

1) 죄를 의논하여 아뢰는 글.

"죄인이 어찌 외인을 인접하여 감히 어찰(御札)[1]을 받으리오."
하시고 문을 열지 않으셨다. 연 사흘을 대전별감이 문 밖에서 밤을 새우며 문 열기를 아뢰나 끝내 열지 아니하셨다.

이토록 겸손하게 사양 하심을 상감께 아뢰니 상감께서 더욱 어렵게 여기셨다. 다시 예조당상(禮租堂上)으로 하여금 문 열기를 청하게 하나 허락지 아니하시었다. 예부(禮府)와 승지(承旨)가 아뢰어도 끝내 허락지 아니하시므로 민부(閔府)에 엄한 교지를 내려,

"이는 임금을 원망하는 일이니 빨리 문을 열게 하라."
하셨다. 민부에서 황송하여 서간(書簡)을 올려 무수히 간하였으나 끝내 열지 아니하시었다. 수일 후 또 이품(二品) 벼슬을 보내어 문열기를 청하니 후께서 궁녀에게 전하여 이르시기를,

"죄인이 천은으로 목숨이 살았은즉 그것만으로도 황송하고 감사 하온데, 어찌 감히 국명(國命)을 받자오며 번거롭게 사람을 인접하리오. 사명(辭命)이 여러번 내리시니 더욱 불안할 뿐입니다."
하시었다. 사관(使館)이 절하여 명을 받들고 재삼 간청하며, 민부에 두 번 엄한 교시를 내리셨다. 판서 민공이 황송하여 후께 간절히 권하니 겨우 바깥문을 열라 하시었다. 사월 이십일 일 밤에 비로소 대문을 여니 초목이 무성하여 사람의 키와 같았다. 왕명으로 군사를 동원시켜 풀을 베며 들어갔다. 풀이끼 섬돌 위에 가득하고 먼지가 쌓여 창문을 분별하지 못하니, 사관이 탄식하여 눈물을 흘렸다.

외당(外堂)을 깨끗이 쓸고 사관과 군사들이 들어앉으니 황량하던 집이 일시에 번화해졌다. 궁인들이 문틈으로 보고 한편 기쁘

---

1) 임금의 편지.

고 한편 슬퍼서 눈물을 흘리며 즐거워 하였다. 후는 조금도 기쁜 기색이 없이 오히려 불안하게 여기셨다.

바깥문이 열리자 민씨 일가에서 교군이 수없이 들어가고 문이 열렸음을 아뢰니 상궁(尙宮) 넷을 보내시어 어찰(御札)을 내리셨다. 상궁이 왔음을 아뢰었으나 중문을 열지 않으시니 반나절을 밖에 서서 기다렸다. 그 사이 별감(別監)이 길에 이어 서서 연달아 어찰 보시기를 청하시니, 민부에서 민망하여 국체 불경(不敬)하심을 누누이 아뢰어 권하였다. 후께서 마지 못하여 문을 열라 하시니, 그제야 상궁이 섬돌 아래서 머리를 조아려 청죄하고 눈물을 흘리며 우러러 뵈었다. 용안과 복색이 초췌무색하니, 슬픔을 이기지 못하여 소리남을 깨닫지 못하고 애통하였다. 후께서는 두 눈을 내려 뜨시고 못보시는 체하고, 어찰을 받고 북쪽을 향하여 네 번 절하고 한참 있다 펴 보시었다. 종이 위에 가득한 사연이 모두 전날의 허물을 뉘우치시고 시운을 슬퍼하시며 궁궐 안으로 들어오실 것을 청하시었다.

후께서 이를 보시고 잠자코 앉아 계셔 말씀을 아니하시니 상궁이 엎드려 아뢰기를,

"상감께옵서 신첩에게 전지(傳旨)를 내리시고 부디 낭랑의 답서를 받아 오라 하셨으니 회답을 청하나이다."

하니 후께서 한참 만에야 탄식하여 이르되,

"너희는 궁안에 들어가 다만 죄첩(罪妻)이 답서를 감히 올릴 수 없어 회답을 못하는 줄로 아뢰어라."

하셨다. 상궁이 굳이 청하지 못하고 하직하고 입궐하여 뵈온 대로 아뢰었다. 상감께서 추연히 감동하시어 더욱 뉘우치시며 다음 날 아침에 또 어찰을 내리시며 의복금침과 반상(飯床)을 보내시었다. 모든 상궁이 명을 받들고 와서 옛말을 일컬으며 흐느꼈다. 그러나 후께서는 반겨하지도 박절하지도 않으시고 물결과 같은

기상이 전과 다름이 없었다.

상궁이 당(堂)에 올라 아뢰되,

"어제 상감께서 신첩 등을 불러 '의복금침과 반상이 있더냐'고 하옵시기에 하나도 없는 줄로 아뢴즉 대전께서 노하여 말씀하시기를 '내 일시 분결에 과오를 범하였기로 일궁이 그 후의 뒤를 없게 하니 가히 태만했도다' 하시며 즉시 준비하라 하시었습니다." 고 아뢰었다.

그러자 내수사(內需司)가 아뢰되,

"의복금침은 오늘 하겠사오나 반상은 오늘 못할 것으로 아옵니다."

하니 상감께서 능행시에 쓰려고 새로 은반상을 올리라 하시어 친히 감별하시고 보내셨다. 금침 만드는 것이 더디다 하며 대전금침으로 새로 만든 것을 친히 살피시고 베개는 봉황수(鳳凰繡) 놓은 베개로 바꾸셨다.

하룻밤 사이에 의복을 짓는데, 치마빛이 무색하다고 크게 노하시어 내수사를 가두시고 다른 남초[1]로 바꾸어 식전(食前)에 급급히 지어 친히 살피시고 보내셨다는 말씀을 낱낱이 드리며 은영(恩榮)이 깊고 넓으심을 이처럼 종횡으로 말씀드렸다. 후께서는 못듣는 듯하고 잠깐 몸을 굽혀 이르되,

"천은이 망극하니 어찌 감히 거역하리오마는 천궁(天宮)의 귀한 물건이라 여염(閭閻)에 둠이 불가하다. 더구나 상감의 반상과 금침을 어찌 잠시나마 사가(私家)에 두리오. 외람하여 감히 받들지 못하오니 도로 가져가라."

하시니 상궁이 재삼 간청하나 듣지 않으시고 돌려 보내며,

"모든 일이 외람하니 분수를 지키게 하소서."

---

1) 남색빛 비단.

하시었다.

상궁이 이에 할 수 없이 그대로 따르니 상감께서 그 예절 지킴에 고집함을 아름답게 여기시나 오래 고집함을 답답히 여기셨다. 다시 어찰을 내려 후의 마음을 위로 하시고 국체 그렇지 못할 줄을 밝히시며,

"이는 위를 원망하며 조롱하여 과인의 허물을 드러냄이라."
하시고 도로 다 보내시며 상궁에게 죄 있으리라 하시었다. 후께서 어찰을 보시며 거역 못 하게 하신 말씀인 줄 아시고 불안하게 여기셔 봉한 채 두라 하시고 답서를 아니하셨다. 형제 숙질이 간절히 권하고 궁인들이 번갈아 청하니 그로 인하여 종이를 내어 쓰시니 대여섯 줄 되었다.

봉하여 상궁에게 주니 상궁이 복명하였다. 상감께서 반겨 급히 보시니 말씀이 온화하고 공손하여 무수히 청죄하신지라 상감께서 추연히 감탄하시었다.

이튿날 이십삼 일은 중궁전 탄신일이라 어찰과 수라를 내리시고 각궁의 공상(貢上)을 예와 같이 하라 하시었다. 영광이 도로에 이었는지라 백성들이 기뻐하고 민씨 일문이 감격하여 눈물을 흘렸으나 후께서는 크게 불안하게 여기시어,

"죄인이 어찌 공상을 사가(私家)에서 받으리오."

하시며 물리쳐 받지 아니하시니, 상감께서 재삼 권유하시고 조정이 다 와서 간청하시나 끝까지 받지 않으셨다. 한 나라가 모두 후의 성행(聖行) 처신하심과 예의 엄숙하심을 거룩히 여겨 흠모하여 칭송함을 마지 않았다.

이때 부부인이 들어가시니 후께서 모셔 성효자약(誠孝自若)하여 슬퍼하시었다. 일가 부인네 가마가 날마다 들어오니 내관이 입번(入番)하고 액정(掖庭) 소속과 궁인들이 호위하여 예절이 엄한지라 문의 출입을 엄히 하니 후께서 명하자

"들어오는 이를 금하지 말라."
하시고 비로소 친척을 만나 한결 같이 친하고 친하지 않음을 가
리지 않고 반기시었다.

관상감(觀象監)에서 입궁일을 택일하여 올리니 사월 이십칠일
이었다. 상감께서 명관중사(命官中使)를 보내어 입궐하심을 전하
시니 후께서 크게 놀라 사양하며 이르시되,

"천은이 망극하여 천일을 보고 부모 동생을 만나보게 된 것도
감격하거늘 어찌 감히 대궐 안에 들어가 천안(天顔)을 뵈오리오"
하며 예물을 받지 아니하시었다. 상감께서 엄한 분부를 민부에
내리시고 대신이며 중신들을 문 밖에 청대하여 어찰을 하루에도
사오차씩 내리셨다. 후께서 그윽이 현이(賢異)를 예측하여 뜻을
세우지 못할 줄 알고 은연 탄식하시고 마지 못해 예복을 입으시
고 들어오셨다. 작은 오라버님 민정자의 딸을 여덟 살에 데려와
이미 열세살이 되니 후의 교훈을 받아 언동과 품행이 아름다운지
라 차마 떠나지 못하여 손을 잡고 우셨다. 민소저(小姐) 또한 울
음을 참지 못하니 좌우가 다 눈물을 뿌리며 위로하였다.

황금 꽃가마를 들였더니 물리치시고 여느때 쓰는 교자(轎子)를
들이라 하셨다. 상감께서 듣지 않으실 것이라 하고, 사관이 청대
하고 모든 일가들이 굳이 권하니 마지못하여 연(輦)에 드셨다.
행차가 큰 길을 덮고 칠보단장한 시녀가 쌍쌍히 늘어섰고, 군문
대장(軍門大將)이 수천 군사로 호위하고 대신 중신으로 시위하여
입궐하였다. 예모 존중하여 광채 찬란하고 천기 화창하여 혜풍
(惠風)이 일어나고 상서로운 구름이 하늘에 가득하였다. 장안 백
성들이 즐겨 굿 보느라 길이 메이고 한편 옛일을 생각하여 눈물
을 흘렸다. 재상 명사의 부인의 의막(依幕)을 잡고 굿보기에 틈
이 없으니 오히려 가례(嘉禮)하실 때보다 더했다. 전날에 가마에
흰 보 덮고 나오실 제 궁인과 선비가 통곡하며 따르던 일을 생각

하면 어찌 오늘이 있을 줄 알았으리오.

이는 전혀 민후께서 원억함과 덕망으로 처신을 아름답게 하시어 하늘이 감동하심이라 모든 부인네들이 기쁘고 한편 슬퍼 혹 울고 혹 웃었다.

후의 지밀(至密)[1]과 모든 상석기구(床席器具)를 갖추고 이날 아침부터 이당(繕堂) 뜰에서 거니시며 대궐 안에 갖춘 것을 고쳐 보시더니 나인을 불러 물었다.

"어찌 소첩(梳帖)[2]이 없느냐."

궁인이 황공하여 아뢰기를,

"미처 생각치 못하였나이다."

상감께서 크게 노하시어 빨리 가져오라 하셨다. 소첩나인(梳帖內人)이 황망하여 속에 한 귀 꺾인 줄 모르고 가져왔다. 상감께서 손수 펴 보시고 노하시어 다른 것을 가져오라 하시고 소첩나인을 궐내에 부과(付過)[3]하라 하시니, 좌우가 다 상감의 자상하고 명찰하심이 전혀 진정으로 중궁을 위하신 일로 알고 감탄하였다.

입궐하실 때 친히 높은 누상에 오르시어 백성이 즐거워하는 것을 보시고 상감께서 기뻐하셨다. 이미 봉련(鳳輦)이 궐문에 들어와 지밀 앞에 모시니 상감께서 난간에 모시라 명하셨다. 궁녀들이 봉련앞에 나아가 상감 계심을 아뢰니, 후께서 이르시기를,

"죄인이 무슨 낯으로 전하를 뵈오리오."

하시며 덩문[4]을 나오지 아니하시니, 상감께서 친히 가마문을 열어 주렴을 걷으시고 쥐신 부채로 덩 속에 바람을 내시고 물러

---

1) 왕의 침실.
2) 빗질하는 기구.
3) 허물을 적어 두는 것.
4) 공주나 옹주가 타는 가마.

서셨다. 후께서 성은을 망극히 여겨 덩에서 내리시어 난간에 엎
드려 청죄하셨다. 상감께서 마음이 불안하시어 궁녀에게 명하여,

"빨리 붙들어 모셔, 전중에 드시게 하라."

하시니, 궁녀들이 일시에 붙들어 모셨으나 감히 방석에 앉지 아
니하시고 또 엎드려 옛날과 지금을 생각하셨다. 슬픈 회포가 엇
갈려 눈썹엔 슬픈 안개 일어나고 생별 같은 두 눈에 눈물이 고이
시니, 안색이 처연(悽然)하시어 애원하신 기상이 만좌에 나타났
다.

상감께서 한편 반기시며 옛일을 생각하시고 부끄러움을 이기지
못하여 용안에 눈물이 떨어져 용포소매를 적시니 좌우가 감히 우
러러 뵈옵지 못하였다.

이때 세자(世子)의 나이 일곱 살이었으나 숙성하여 어른과 같
았다. 이에 들어와 후께 사배(四拜)하고 슬하에 앉으니 후께서
그 숙성하심을 아름답게 여기시고 심히 슬퍼하시어 손을 잡고 어
루만지며 크게 탄식할 뿐이었다.

상감께서 자리를 가까이하여 전일을 뉘우치시고 지금을 위로
하시는 말씀이 간절하여 금석이라도 녹을 듯하시었다. 후께서 불
감함을 아뢰고 조금도 홀(忽)함이 없이 한결같이 유순정정하시었
다. 상감께서 더욱 경복(歡懷)하시고, 좌우가 모두 감탄하였다.

후께서 입궐하신 뒤에 심사가 불안하여 아무 것도 잡숫지 아니
하시었다. 상궁이 염려하여 수라를 재촉하여 올리니 상감께서는
잡수시나 후는 잡수시지 않으셨다. 상궁이 상감께,

"낭랑이 전일 심기 불안하여 현명(賢命)[1]하오신 후로는 잡수
신 일이 없나이다."

하니 상감께서 놀라 친히 수저를 들어 권하셨다. 이에 후께서

---

1) 왕명을 받음.

성은을 감사히 여기시어 마지 못해 받으시고 두어 술 잡수시고 상을 물리시니 기력을 어찌 회복하리오.

이때 희빈이 오래 대위(代位)를 차지하여 천만세나 누릴 줄 알았다가, 상감께서 하루 아침에 변하여 국옥(國獄)을 뒤집고 폐비께 왕명이 영락(榮落)하여 즉일로 복위하여 들어오심을 듣고 청천벽력이 온 몸을 부수는 듯, 높은 낭떠러지에서 떨어진 듯, 천 마리의 원숭이가 가슴에서 뛰노니, 스스로 분을 이기지 못하여 시녀에게 전하여 말하기를,

"내 오히려 곤위(坤位)에 있거늘 폐비 민씨 어찌 문안을 아니하느뇨. 크게 실례하며 방자함이 심하도다."

궁녀가 이 말을 전하니 후께서 어이없어, 못 듣는 척하여 사기 태연하고 안색이 정정하여 대답이 없으셨다. 이때 상감께서 후와 더불어 앉아 계시다가 후의 기색을 살피시고 전일에 자신이 어리석어 사리에 어두웠음을 부끄럽게 여기셨다. 또한 장씨의 방자함을 통한하시어 곧 외전(外殿)에 나와 왕명을 내려 후를 복위하시고 민부원군의 관직을 회복하시게 했다. 또 후의 삼촌 좌의정이 벽동(碧潼) 적소(謫所)에서 돌아가셨으므로 관직을 추증(追贈)하시고, 그 자손에게 옛 벼슬을 주어 부르시었다. 장씨의 아비는 관직을 빼앗고 빈의 옥책(玉冊)을 깨뜨리시고 장희재를 귀양보내 가두라 하였다. 내시에게 명하여 빈을 소당으로 내리고 큰 전각을 수리하라 하시었다. 궁인들과 중사가 임금의 분부를 전하고 바삐 내리라고 하였다.

그러나 장씨는 몹씨 성이 나서 큰 소리로 꾸짖어 이르되,

"내 오히려 만백성의 어미요, 세자가 있거늘 어찌 너희가 무례히 구느냐. 내 기어코 폐비(廢妃)의 절을 받고 말리라."

하고 악독을 이기지 못하여 세자를 무수히 때렸다. 상감께서 들으시고 크게 노하여 친히 드시니, 바야흐로 장씨 밥상을 받고 있

다가 상감을 뵈옵고 독악이 요동하여 얼굴이 붉으락 푸르락하며,

"내 왕비의 자리에 있거늘 어찌 폐비 문안을 아니하며 내 무슨 죄로 하당(下堂)에 내리라 하시나이까."

하니 상감이 크게 노하여 이르시되,

"어찌 감히 문안을 받으며 또 어찌 이 자리를 길게 누리리오."

장씨 문득 밥상을 박차고 발악하여 이르되,

"세자 있으니 내 어찌 이 자리를 못 가지리오. 기어이 민씨의 절을 받고 말리라."

밥상이 산산이 방안에 흩어지니, 좌우가 그 악독한 간담을 어이없이 여기었다.

상감께서 해연(駭然) 대노하시어,

"장씨를 빨리 끌어내라."

호령하시니, 궁중이 다 몹시 원통하고 분하게 여기던 차라 상감의 뜻을 황황히 달려들어 장씨를 끌어업고 총총히 당을 내려 하당으로 갔다. 장씨 발악하며 중궁전을 꾸짖고 욕함을 마지 않으니, 상감께서 당장에 내리치고 싶으나 앞뒤의 일이 지나치게 편벽되고 또 세자의 낯을 보아 내버려 두시었다.

다시 날을 받아 예의를 갖추어 후를 청하여 왕비의 자리에 오르시게 하니, 세 번 사양하시다가 마지 못하여 법복을 갖추고 남면(南面)하여 곤위에 오르셨다. 그리고 내려 상감의 은혜에 감사하시니, 법도(法道)가 숙연하고 광채가 찬란함이 전보다도 배나 더하였다.

상감께서 얼굴에 기쁨이 가득하여 붙들고 탑(榻)에 오르시어 나란히 앉으셨다. 비빈궁녀(妃嬪宮女)들의 조하(朝賀)를 받으며 조정이 새로이 진하하니, 따스한 바람이 부는 듯 상서로운 구름이 궁궐을 둘러 화기 알연하였다. 궁중이 기뻐하며 즐기는 소리 드높으니 나라의 백성으로서 어느 누가 기뻐하지 않으리오.

　대장공주와 명안공주 들어와 뵈옵고 한편 기뻐하고 한편 슬퍼하며 상감의 은덕과 후의 성덕을 일러 즐기며 천은을 감축할 뿐이요, 육년 동안의 고초(苦楚)를 말하지 않으시며 오직 상감의 총명하신 덕택을 일컬으시고 사오일 묵으셨다. 상감께서 각별히 명하시어 중궁 잔치를 베풀어 공주와 귀척(歸寂)들을 모아 즐기게 하시니, 중전 입궐하신 후로 화기 더욱 가득하였다.

　상감께서 성품이 엄하시고 위풍이 묵묵하시나 그윽이 살피시고 후께서 출궁하실 때 방자하고 박대하던 궁인을 모두 멀리 귀양보내고, 모시던 궁인은 벼슬을 높이고 녹을 후히 주어 평생을 한가롭게 하시니, 모든 궁녀들이 도리어 부러워하였다.

　폐비 때 충으로써 간하던 신하들을 적소(適所)에서 불러 화직(華職)을 주셨다. 죽은 자는 충절(忠節)을 생각하며 눈물을 흘리시고 서원을 지어 제사를 지내며, 그 충절 포장하시어 후세에 이름을 빛나게 하셨다. 또 그 자손은 벼슬을 올리며 녹봉을 주어 부모처자를 살게 하시고 수초(手抄)로써 그 일문을 위로하시니 그 은혜가 영감한지라 조야가 감축하며 기뻐하였다.

　희빈(禧嬪)의 간악함은 분하기 그지없으나 세자를 보아 희빈을 높이 받들고, 무릇 진상하는 범절을 정궁(正宮) 버금으로 하고 궐내의 영숙궁(永肅宮) 취선당(就善堂)에 거처하게 하시니, 은혜와 영광이 자못 크셨다. 아무리 못된 무리들이라도 제 죄를 짐작하고 지극히 감격할 뿐이었다. 그러나 장씨는 온 나라가 떠받들고 상감의 은총이 온전하다가 졸지에 폐출되어 희빈으로 내리니, 앙앙분노(怏怏憤怒)하고 화심(禍心)이 대발하였다. 원심이 중전께 돌아가니, 불순한 언동과 흉악한 마음이 불 일어나듯 하여 세자를 볼 적마다 무수히 때렸다. 마침내 병이 든지라, 상감께서 크게 노하여 세자를 영숙궁에 못 가게 하시었다. 세자가 이따금 아뢰기를,

"어이 어미를 보지 못하게 하시나이까."

하며 눈물을 흘리니 상감께서 위로하시어 장난감을 주어 중전 슬하에 두시었다. 후께서 심히 사랑하시므로 어미를 생각치 않으시었다.

장씨 세자 때문에 세력을 누리다가 세자도 못 보고 상감의 자취마저 끊어져서 아무도 불쌍히 여겨 와보는 이 없으니, 형세 외롭고 고단함이 당년의 민후보다 더 심하니 슬프다. 복선화음(福善禍淫)이 분명하여 하늘이 높으시나 낮춰 들으신다. 왕후 폐출하실 때에는 나라 안의 모든 백성들이 다 실심하고 원망하니 몸은 괴로우나 이름이 도리어 빛났다.

그러나 장씨는 폐출하자 만민이 다 좋다 하며 궁중이 다 상쾌하게 비웃으니, 더욱 분하고 부끄러워 원망과 악담이 공연히 중궁께로 돌아갔다.

장씨 전후 동산에 돌아다니며 귀를 기울여 들으니 중궁전이 차비(差備)에서 즐기는 소리와 번화한 경사라, 간담이 벌어지는 듯하였다. 또 밖으로 조정 소문을 들으면 민씨 가문은 혁혁하고 상감의 총애가 지극하시고 세상이 다 축복하였다. 그러나 제 오라비 희재(希載)는 제주죄인(濟州罪人)이 되어도 불쌍하다 하는 이 없으니, 보고 듣는 것이 다 분통하여 밤낮으로 불 같은 나쁜 마음이 구름일 듯하니 제 어찌 감히 여생을 누리겠는가.

평생 탐학(貪虐)한 보물을 뿌려 궁인들을 매수하고 독약을 구하여 중궁 수라에 넣으려 하였다. 후께서 짐작하시고 궁인을 타일러 훈계하여 조석 수라를 내 심복 내인에게 시켜 변이 없게 하시었다. 궁중이 다 교화에 감복하여 흉사를 행할 자가 없는 고로 할 수 없이 저주와 방자를 무수히 하여 흉계가 아니 미친 곳이 없었다.

슬프도다. 장씨 공손이 있으면 세자의 당당한 세가 있고 중궁의 성덕을 의지하면 천심도 감응하여 영화 무궁할 것이로되, 족한 줄 모르고 스스로 만든 재앙으로 대역을 도모하여 필경 그 몸을 망치고마니 어찌 두렵지 아니하랴.

이때 시절이 흉황하니 상감과 후께서 염려하사 정전(正殿)을 폐하시고 수라를 반감하시며 비망기를 내려 백성들을 구원할 방책을 꾀하셨는데, 그 정성이 지극하시니 백성들이 감동하지 않는 이가 없었다.

병자년(숙종 22년)에 세자의 나이 아홉 살이라 관례(冠禮)를 행하시고 세자빈을 간택하여 상감과 후께서 친히 보시고 뽑으시니, 청송(靑松) 심호(沈浩)의 따님이었다. 가례를 행하여 세자빈을 책봉하시니 이때 나이 열두 살이었다. 덕성이 아름다우니 상감과 후께서 크게 사랑하시어 조정의 국사를 다스리는 외에 밤낮으로 내전에 계셔 웃음으로 환담하시고, 세자빈과 세자를 앞에 두고 재미를 보셨다. 또 이때 숙인 최씨(淑人 崔氏)가 왕자를 낳아 세 살이 된지라 기상이 뛰어나서 상감과 후께서 사랑하시어 밤낮 어루만져 친히 낳으신 아들처럼 대하셨다.

또 숙의 김씨(淑儀 金氏)는 끝내 아들이 없으므로 불쌍히 여겨 각별한 은혜로 대하시니, 궁중에 화기가 가득하여 악한 자가 없었다. 오직 장씨 심사는 전 같아 뉘우침이 없었다. 자기가 세자를 낳았는데 세자빈을 얻어 무궁한 영화와 극진한 효성을 중궁이 혼자 보는가 싶어, 자나 깨나 요악한 마음으로 이를 갈며 죽어도 원수를 갚으리라 하였다.

요사스런 무당과 흉악한 술사(術師)를 얻어 밤낮으로 모의하여 영숙궁 서편에 신당(新堂)을 꾸미고 각색 비단으로 흉악한 귀신을 만들어 망하심을 축수하여 빌었다. 또 화상(畵像)을 걸고 궁녀로 하여금 활로 매일 세 번씩 쏘게 하여 종이가 헤어지면 비단으로 옷을 입혀 중전 시체라 하며 못가에 묻었다. 또 다른 화상을 걸고 쏘고…

이러한 지 삼년이 되어도 후의 신상이 반석같으시니 더욱 앙앙하였다.

장희재의 첩 숙정은 창녀로 요악한 재주가 있어 정실(正室)부인을 죽이고 정처(正妻)가 되었다. 장씨 청하여 의논하니 이는 짐짓 끼리끼리의 사귐이라 흉악하기 이를데 없는 저주를 다하여 흉한 해골을 얻어 오색 비단으로 요사스러운 귀신을 만들어 밤중에 정궁 북쪽 섬돌 아래 가만히 묻었다. 또 채단으로 후의 옷 한 벌을 만들어 해골을 가루로 빻아 솜에 뿌려 두니 누가 그 흉측스런 모사를 알리오.

요사이 거짓 공손한 체 편지하고 그 옷을 중전께 드렸으나 받지 아니하셨다. 장씨 분노하여 재삼 간하였으나 받지 아니하므로 아무리 생각해도 할 일 없어 날마다 신당 축원과 요술 방정이 만 가지로 그칠 적이 없었다. 사악함이 착함을 헤치지 못하고 요악함이 덕을 이기지 못한다 하였으나, 예부터 손빈이 방연(龐涓)을 입으시니, 이에 사람들이 천도(天道)을 의심하였다. 액운이 불행한 때를 당하여 요얼(妖孼)이 침노하니 경진년(숙종 26년) 가을부터 갑자기 옥체 불편하시어 특별히 병세가 극심하지도 않고 때때로 한열(寒熱)이 나며 밤중이면 쑤시다가 평시 같은 때도 있고 진퇴무상하시었다.

궁중이 크게 근심하고 상감께서 깊이 염려하여 민공(閔公)을 내전으로 불러들여 병증세를 이르시고 치료하심을 극진히 하였다. 그러나 조금도 효험이 없고, 겨울을 지내고 다음해 봄이 되니 후의 백설 같은 살결이 많이 손색되시어 때때로 누른 진이 엉기었다 없어졌다 하시니 의원들이 다 그 병을 예측하지 못하였다.

상감께서는 후께서 오랜 고생을 하여 쇠약해지고 고질이 되었는가 싶어 더욱 뉘우치시고 애달퍼 하셨다. 한편 후의 기상이 너무 빠지시니, 행여 단명하실까 염려하시어 용안을 능히 펴지 못하셨다. 그러니 후께서는 불안하여 항상 아픈 것을 굳이 나타내시지 않으시었다. 장씨는 이미 후가 이러하신 줄 알고 다행히 여겨 더욱 흉악한 짓을 행하였다.

사월 이십삼 일은 후의 탄신일이었다. 상감께서 큰 잔치를 베풀어 민씨 일가 부인네들을 모아 즐기게 하셨다. 이것은 중전의 병환이 진퇴무상함으로 여한이 없게 하려는 생각 때문이었다.

후께서 불안하여 재삼 사양하였으나 상감께서 고집하시니, 천은을 황감(惶感)해 하셨다. 또 세자의 효성을 막지 못하시어 여러 날 잔치를 베푸셨다. 상감과 후께서 세자와 빈의 효성을 기뻐하시고 민씨 부인네들을 청하셨다. 민부에서는 궁궐의 출입을 외람히 여겼으나 후의 병환이 그러하시고 상감의 은혜 각별하심을 감축하여 다 들어와 뵈었다. 후의 은은한 병색을 뵈옵고 깊이 근심하므로, 후께서 처연히 눈물을 흘리시며 말씀하셨다.

"내 재주와 덕이 없어 상감의 은총을 갚을 일이 없는데 근래 몸이 피곤하고 정신이 아득하여 구름과 안개 속에 있는 사람 같으니, 이 세상에 있을 날도 오래지 않을 것 같습니다. 위로 상감께 심려를 끼치고 아래로 동생 자매와 연락함이 쉽지 않을 듯합니다. 바라건대 모든 자매는 자녀를 가르쳐 덕을 쌓고 복을 닦아 후손까지 영화가 미치게 하십시오."

말씀을 마치고 흐느껴 우셨다. 궁중이 다 후의 비장한 말씀을 듣고 놀라고 의심하여 눈물이 비오듯 하였다. 본가의 부인네 심사가 요동하여 눈물이 나오나 억지로 참고 위로하며,

"춘추 아직 정정하시니 한때의 병환에 어찌 이런 말씀을 하십니까?"

하며 하직하고 나오셨다. 후께서는 측연히 탄식하시고 부인네들은 모두 가마에 타고 흐느끼며 궁궐을 물러나왔다.

이때 공주와 육궁비빈(六宮妃嬪) 모두가 짐작하여 의복을 만들어 올렸으나 후께서 일체 받지 않으셨다. 공주들이 재삼 간청하자 그 정성을 물리치지 못하고 받으셨다. 장씨가 올린 옷도 물리치셨으나 세자가 모시고 있다가 굳이 권하시니 화가 심하나 이토록 심할 줄을 누가 알았으리오. 세자가 추호라도 알았었더라면 친어머니의 허물을 감추지는 못할망정 어찌 권하여 받으시게 하리오.

그러나 비록 장씨의 몸에서 태어났지만 온전한 어머니의 사랑을 중궁에게서 받아 친자식으로서 지니는 정이 있었다. 다른 후궁들은 중궁전에 왕래가 잦아 화기와 은혜가 온전하나 장씨는 자작지얼(自作之蘖)로 스스로를 용납치 못하였다. 그러나 아무리 어머니와 아들사이라도 간하는 말이 아무 소용이 없었다. 그러나 세자께서 평생에 무안무색한지라 어미가 행여 공손하신가 하여 권하셨는데 이것이 평생의 한이 되고 말았다.

후께서 장씨의 옷을 입지는 않으셨다. 전(殿) 안에 있는지라 요악한 귀신의 재앙이 밖으로 침노하고 또 방안에 살기(殺氣)가 성하였다. 이 해 오월부터 병환이 더욱 중하여 자리에서 일어나지 못하시고 약청(藥廳)을 배설하셨다. 상감께서 크게 염려하시어 후의 형 민 판서 형제에게 친히 의약을 살피게 하며 병석에서 모시게 하였다. 민 판서 형제가 약을 받고 후를 모셔서 후가 보실 때마다 서러워 우시며 아우와 조카를 경계하며 말씀하셨다.

"너희 벼슬이 높고 명망이 높은 것이 근심스럽다. 직임(職任)을 명찰(明察)하여 행신을 극진히 하고 선인의 덕을 욕되게 하지 말아라. 또 몸을 지키는 데 힘쓰고 충의를 본받아라."

민공 형제는 감격스럽고 척연하여 지성으로 약을 받들며 의원을 데려와 백 가지로 병을 다스리나 조금도 효험이 없이 점점 위중하셨다. 이는 몸에서 생긴 병환이 아니고 사질(邪疾)과 저주의

독이 왕성한 것인데 백 가지 약물로써 고칠 수 있으리오."

낮에는 맑은 정신이 들었다가 밤이면 더욱 심하여 헛소리를 하셨다. 심한 증세 괴이하나 능히 깨닫지 못하니 이도 또한 후의 신기 불행하신 까닭이라 하겠다.

칠월에 별증을 얻어 위중하심이 아침 저녁으로 더하시므로 일국이 진동하고 구중이 망극하여 천신(天神)께 빌고 북두(北斗)에 축수하였다. 세자가 친히 오셔서 정성이 안 미친 곳이 없으나, 병환은 더욱 위중해지기만 하였다.

상감께서 침식을 폐하시고 근심하셔 용안이 초췌하시니, 후께서는 병환 중이신데도 오히려 상감을 몹시 염려하셨다.

후께서 스스로 병환이 낫지 못할 줄 아시고 명하여 의녀(醫女)를 물리치시고 의약을 들지 않으셨다. 상감께서 들으시고 놀라 약을 친히 권하시며,

"중병에 어찌 약을 끊으리오. 억지로라도 약을 드시고 빨리 회복하여 과인의 바라는 바를 저버리지 마십시오."

하시자, 후께서 정신을 겨우 차리어 말씀하시기를,

"첩이 아직 나이 젊고 영화가 가득하니 무엇 때문에 죽고자 하겠습니까. 그러나 달포나 심하게 누어 있으니 어서 죽느니만 못합니다. 억지로 먹사오나 첩이 반드시 오래 살지 못할 것이니 먹고 괴로운 것을 권하지 마십시오."

하니, 상감께서 끝까지 듣고 눈물을 흘리시며 이르시기를,

"후는 어찌 이런 불길한 말을 하여 과인의 심사를 괴롭힙니까. 만일 장(腸)이 괴로우시다면 며칠만 끊고 마음을 평안히 하여 조리하십시오."

하고 친히 미음을 권하시며 병석을 떠나지 않으셨다. 과연 약 그친 후로 조금 차도 계신 듯하여 궁중이 잠시나마 다행히 여겼다.

하루는 미음을 수차 잡수시고 좌우에 있던 궁녀를 돌아보며,

"내 이제는 살지 못할 것이니 너희 정성을 무엇으로 갚으리오. 너희들은 내 삼년상 후 각각 돌아가 부모 동생을 보고 인륜을 갖추어 살다가 다른 날 저 세상에서 만나기로 하자."

고 하시었다. 좌우가 이 뜻밖의 말씀을 듣고 망극하여 일시에 낯을 가리고 흐느껴 울며 대답하지 못하였다.

후께서 명하여 전각을 쓸고 닦고 향을 피운 후에 궁인에 부축되어 세수를 단정히 하시고 새 의복을 입으신 후 상감을 청하셨다. 상감께서 들어오시자 후께서 의상을 정돈하시고 좌우로 붙들려 앉아 계시니 궁인들이 다 망극하여 슬픈 빛이었다.

상감께서 당황하여 후 곁에 가까이 다가 앉으시니,

"신이 상감의 은혜를 입음이 극진하여 한할 바 없습니다. 다만 슬하에 혈육이 없어 외롭고, 상감의 큰 은혜를 만분의 일도 갚지 못하고 오히려 천심을 불안하게 하며 오늘 영결을 고하니 저승에서도 눈을 감지 못할 것입니다. 바라건대 상감은 박명한 첩을 생각지 마시고 길이 만수무강 하십시오."

상감께서 크게 슬퍼 눈물을 흘리며,

"후께서 어찌 이런 불길한 말씀을 하십니까?"

하시고 말씀을 잇지 못하고 용포(龍袍) 소매가 젖었다. 후께서 정신이 희미하신 중에도 어찌 상감의 슬퍼하심을 모르시리오. 눈물을 흘리며 깊이 한숨을 지으시며,

"상감은 옥체를 중히 여기시어 돌아가는 첩의 마음을 편하게 하십시오."

하시었다. 세자와 왕자를 앞에 앉히시고 어루만지시며 후궁 비빈을 나오라 하여 말씀하셨다.

"내 명운(命運)이 부족하여 육 년 고초를 겪고 다시 성은이 망극하시어 왕비의 자리에 올라 세자와 왕자의 충성과 효성으로 여생을 마칠까 하였는데, 오늘 죽게 되니 어찌 명이 박하지 않으리

오. 그대들은 나의 박명을 본받지 말고 상감을 모셔 만수무강하라."

영인군이 이 때 여덟이었는데 손을 잡고 슬퍼하며,

"이 아이가 영특하여 내 지극히 사랑하였는데 그 장성함을 보지 못하니 한이다."

하시고 비빈을 물러가게 한 후 민공 형제와 조카를 불러들여 만나 보시고 오열비창(嗚咽悲愴)하신 심사를 금하지 못하셨다. 민공형제 등이 엎드려 흐느끼며 말을 못하였다. 상감께서 이 거동을 보시고 천심이 막히고 무너지는 듯하여 차마 보지 못하시었다.

상감께서 미음을 친히 권하시니 후께서 크게 탄식하시고 두어 번 마셨다. 상감께서 친히 베개를 바로하여 누이시니 이윽고 창경궁 경춘전에서 엄숙히 승하(昇遐)하셨다. 이 때가 신사(辛巳) 팔월 십사일 사시(巳時)요 복위(復位)한 지 팔 년이요, 춘추가 삼십오 세였다. 궁중에 곡성이 진동하여 귀신이 다 우는 듯하고 궁녀 서로 머리를 부딪쳐 앙앙이 후의 뒤를 따르고자 하였다. 하물며 상감의 슬퍼하심이야 어찌 다 말로 할 수 있으리오. 땅을 두드리며 목을 놓아 크게 우시니, 용안에 두 줄기 눈물이 비오듯 하여 용포가 젖으니 궁중이 차마 우러러 뵈옵지 못하였다.

조정과 백성들의 슬퍼함이 부모 친상보다 더하니, 후의 숙덕과 성행이 아닌들 어찌 이러하리오.

예로 입관(入棺) 성복(成服)을 지내고, 사시제전(四時祭典)에 친히 상감께서 곡배(哭拜)하시어 애통하심이 날로 더하시니, 궁중이 모두 근심하였다.

구월 초나흘 날 상감께서 친히 제사지내실 때 제문(奈文)을 지어 예관에게 읽게 하시니 제문은 대강 이러하였다.

"모년 모월 모일에 국왕은 비박지전(菲薄之奠)으로 대행왕비

(代行王妃) 민씨지전(閔氏之奠)에 고한다. 아아, 현후 돌아가심이 참인가 꿈인가. 달이 가고 날이 바뀌어도 과인이 황란하여 깨닫지 못하니, 속절없이 천수가 막막하고 음용(音容)이 그쳤으니 그 돌아감이 반듯하도다.

옛 사람이 실우지탄(失耦之歎)과 고분지통(叩盆之痛)을 일렀으나 과인의 슬픔과 유한은 고금에 비겨 방불한 자가 없도다. 슬프다! 현후는 명문에서 태어나 어진 아버지와 형의 교훈을 받았도다. 빼어난 재질과 아름다운 성행이 매사에 극진하지 않는 곳이 없으나 신운이 불행하고 과인이 불명하여 지나간 육 년 손위(遜位)는 어찌 차마 이르리오.

위태한 때에 처신을 더욱 평안히 하고 어지러운 때에 덕행을 더욱 평정히 하여 과인으로 하여금 과실을 많이 감추게 함은 다 현후의 성덕이다. 꽃다운 효절(孝節)과 규잠(規箴)하는 덕이 궁중에 가득하여 태평을 같이 누릴까 하였는데 하늘이 어찌 현후 빼앗기를 급히 하여 과인이 내조를 다시 바랄 수 없게 하셨다.

슬프도다. 현후는 평안히 돌아가니 만세를 잊었지만 과인은 길고 먼 세상에 슬픔을 어찌 견디리오. 슬프다, 현후의 맑은 자질과 품격에도 일개 혈육이 없고 어진 성덕으로 장수(長壽)를 누리지 못하시니 하늘이 과히 무심하도다. 이는 반드시 과인의 덕이 없고 복이 부족함을 하늘이 미워하시어 과인으로 하여금 무궁한 한이 되게 하심이로다.

통명전(通明殿)을 바라보면 현후의 덕스런 모습과 온화한 음성이 들리는 듯 하건만 길이 막힘이 몇 천리인가. 과인이 중간에 실덕함이 없이 지금까지 무고하시다가 돌아가도 슬프다 하겠거늘 하물며 과인의 허물로 겪은 육 년 고초를 생각하니 골똘한 유한이 여광여취(如狂如醉)로다. 제문이 장황하고 지리하니 그치노라."

읽기를 마치고 크게 목놓아 우시니 곡성과 눈물이 사람들을 더욱 슬프게 하시었다. 좌우에 모시던 신하들이 다 엎드려 울며 감히 우러러 뵈옵지 못하였다. 후의 시호(諡號)를 인현왕후(仁顯王后)라 하시고, 능호(陵號)는 명릉(明陵)이다. 능전(陵殿)은 경연전(景延殿)이라 하시고 대신에게 능력(陵役)을 지성으로 감찰하라 하셨다. 또 능묘 웃전을 비워 일후 합장하라 하시고, 섣달 초파일로 인산(因山) 택일을 하셨다. 슬프도다! 사람의 수명은 인력으로 못하니 후가 현철성덕 하지만 마침내 자식없이 단수(短壽)하시고 더욱 간인의 참화를 입으시니 어찌 천도(天道)의 순환이 없으리오. 어진 사람도 복을 누리기 어렵거늘 하물며 악인이야 평생을 온전히 보전하리오.

한편 장희빈이 후의 병환 때 두어번 뵈온 후로는 병을 가장하고 문병하지 아니하였다. 장씨는 후를 중궁(中宮)이라 아니하고 민씨라 하여 날마다 무당과 점장이들과 더불어 축원하였다. 그러다가 마침내 승하(昇遐)하시자 크게 기뻐하며 양양 자득하여 신당(神堂)을 즉시 없앨 것이나 여러 해 동안 위하였는데 갑자기 없애면 세자와 빈에게 해롭다 하였다. 그래서 무당과 점장이들과 상의하여 구월 초이렛날 굿하고 파하려고 그대로 두었다. 이 또한 인력으로 못하니 어찌 하리오.

이 때 상감께서 왕비를 생각하시고 몹시 슬퍼하시며 아침 저녁으로 애통하시니 얼굴이 몹시 야위셨다. 모든 신하가 다 위로 하시니 추연히 탄식하시며,

"과인이 부부의 정으로 슬퍼함이 아니라 그 덕을 생각하고 전일을 잊지 못하노라."

하시니 모든 신하가 다 슬퍼하였다.

구월 초이렛날이 돌아오니 가을 기운이 서늘하고 초승달이 희미한데, 심사 더욱 처량하시어 촛불을 바라보며 눈물을 흘리시다

가 자리에 기대어 잠깐 졸으셨다. 꿈결에 죽은 내관(內官)이 앞에 와,

"궁중에 사악한 기운과 요기가 성하여 중궁이 참화를 당하시고 앞에 큰 화가 불 일어나듯 할 것이니 바라옵건대 상감은 깊이 살피십시오."

하고 손을 들어 취선당(就善堂)을 가리키며 상감을 모시고 한곳에 이르렀다. 후의 혼전(魂殿)이라 중궁이 시녀를 거느리고 앉아 계신데 안색이 참담하였다. 후께서 슬피 통곡하시며 상감께 말씀하시기를,

"첩의 명이 비록 짧으나 독한 병에 잠겨 죽지 아니할 것이었으나, 장녀(張女)가 천백 가지로 저주하여 요악한 귀신의 해를 입어 비명에 죽었습니다. 이는 장녀가 불공대천(不共戴天)의 원수라 원혼이 구름 사이에 비껴 한을 품었습니다. 당당히 장녀의 목숨을 끊을 것이나 상감께서 친히 분별 하시어 옳고 그름을 가리어 원수를 갚아주시기를 바라고 요사(妖邪)를 없애야 궁중이 모두 평안합니다."

상감께서 크게 반가워 옷을 잡고 물으려 하시다가 깨니 침상일몽(寢床一夢)이었다. 촛불의 그림자는 휘황하고 좌우 내시들은 밖에 모셔 앉아 있었다. 크게 슬퍼하여 한바탕 통곡하시고 좌우더러 때를 물으시니 초경(初更)이었다. 이에 옥교(玉轎)를 타시고 좌우더러 발자국 소리와 시끄러운 소리를 내지 말라하시며 영숙궁(永肅宮)으로 가셨다. 이 궁에 행차하신 지가 칠팔년 만이었다.

누가 상감께서 행차하실 줄 감히 알았으리오. 이 날은 마침 장희빈의 생일이니 숙정(識正)이 들어와 하례(賀禮)하고 중궁 모해(謀害)함을 치하하며 모든 궁인이 공을 다투었다. 옛말을 들며 신당에서 무당과 점장이들이 설법하고 있었다. 부지불각에 상감

의 옥교(玉轎)가 청(廳)에 이르시어 들어오시니, 궁녀들이 놀라 황급히 일어나 맞는데 어쩔 줄을 몰랐다.

상감께서 그 공 다투는 말을 들으시고 마음 속으로 크게 노하시어 묵연히 그녀들의 안색을 살피셨다. 궁녀들이 생각하되 희빈의 생일이요, 중궁이 안 계서 찾아오신가 하여 야반 수라를 성대히 갖추어 드렸다. 상감께서 냉소(冷笑)하시고 멀리 살펴 보시니 마침 맞은편 당에 촛불이 밝게 비치다가 다 꺼지고 적적하였다. 의심이 나서 문을 열고 청사(廳舍)에 나오시니 맞은편에 병풍이 쳐 있었다.

"이 병풍을 걷어 치워라."

하시니, 궁인이 당황하였으나 할 수 없이 걷었다. 벽에 한 화상이 걸렸는데 자세히 보시니, 완연한 민후(閔后)였다. 화살 맞은 구멍이 수 없이 떨어져 있었다.

"이것이 어찌된 일인가?"

하시니 좌우 황황하여 아무 말도 못하였다. 장씨가 갑자기 뛰어나와 말하였다.

"이는 중궁전 화상이오. 그 덕성에 감격하여 화상을 그려두고 생각합니다."

상감께서 비로소 진노하시어 이르시되,

"후를 생각하여 그렸으면 저렇듯 화살 맞은 데가 많으랴."

하시니 장씨가 대답치 못하였다. 데리고 오신 내관에게 촛불을 잡히고 서편당을 가 보시니 흉악한 신당(神堂)이었다. 상감이 더욱 노하시어 청사에 앉으시고 궁중의 종들을 불러 모든 궁녀들을 다 잡아들여 단단히 결박하고 엄히 다스리며 말씀하셨다."

"내 벌써 짐작하고 알았으니 만일 궁중의 요악한 일을 추후라도 숨기면 당장에 죽이겠다."

상감의 크게 노하심이 급한 뇌성(雷聲) 같고 엄하심이 추상 같으니, 누가 감히 숨기리오마는 그 중 시영이 간악하여 처음엔 모르노라하였다. 피와 살이 떨어지니 여러 시녀 일시에 소리 모아 전후사를 낱낱이 고하였다. 상감께서 새로이 모골이 송연하여 이르시기를,

"범을 길러 화를 입는다는 말이 과연 이와 같도다. 내 장녀(張女)를 내쫓지 아니하고 두었다가 큰 화를 입었으니 이는 이웃 나라에 소문이 퍼지게 할 수 없는 일이다."

하시고 상궁과 시녀를 금부(禁府)로 내려 다음 날 친국하겠다고 하시고 나서 외전(外殿)에 나와 잠을 못 이루시었다. 이튿날 나라 안팎에 반포하여,

"중궁이 비명으로 원통히 죽으시고 장희빈이 대역부도(大逆不道)하니 제주도에 귀양보낸 죄인 장희재를 잡아 들이고, 역률(逆律)죄인 정수도 함께 모역한 사람이니 다 같이 청령(廳令)하라."

하셨다.

내수사(內需司) 춘상·철향 등을 금부(禁府)에 잡아 인정심문 하시니, 승지 윤지인이 머리를 조아리고 아뢰었다.

"희빈의 죄악이 크지만 세자를 보아 진노하심을 그치십시오."

상감께서 크게 노하시어,

"장씨를 처음에 궁중에 둔 것은 세자의 낯을 보아서이나 궁중에 신당을 두고 저주를 하여 중궁을 죽였으니, 그런 흉악한 대역무도는 천고에 없다. 내 친히 국문하여 중궁의 영혼을 위로하려 하거늘, 승지 역적을 두둔하여 금부(禁府)로 하여금 죄인을 신문 추국하게 하지, 신하되어 국모 살해한 원수를 어찌 이렇듯 하리오, 극히 한심한지라 윤을 삭탈관직(削奪官職)하여 문 밖으로 내어 쫓으라."

하셨다. 국청죄인(鞫廳罪人) 철향은 형문(刑問) 삼장(三杖)에 자백하며,

"을해년(乙亥年)부터 신당을 짓고 무당과 점장이가 축원하여 중궁이 망하고 장씨 복위하게 빌던 말과 화상을 걸고 화살로 쏘던 것을 자세히 아뢰겠습니다만, 이 밖의 일은 시향 등이 알고 소인은 모릅니다."

라고 하였다. 다시 시향을 엄히 심문하시니 문초 끝에 말하기를,

"희빈이 오라비 장희재의 첩 숙정(淑正)과 편지 내왕하였습니다. 빈이 숙정의 편지를 보고 좋아하였는데, 그 까닭은 모르나 숙정을 불러들여 구구히 의논하고 작은 등고리를 치마 속에 싸가지고 철향과 소인을 데리고 황혼에 통명전 연못가에 묻고, 또 무엇인지 봉한 것을 봉지봉지 만들어 상춘과 부중 섬돌 아래 묻었습니다. 신은 철향 등과 함께 다니나 그 속은 모릅니다. 하루는 취영이 빈께 말하기를 '일을 다하였습니다'하니, 희빈이 '시영·철향이도 그곳을 아느냐' 하였습니다. 취영이 답하기를 '함께 다니며 하였으니 어찌 모르겠습니까, 시영·철향이 빈의 심복이나 속이는 것은 좋지 아니하니 알게 하십시오' 하던 말을 들었습니다. 그 속을 몰랐으나 세도를 두려워하여 함께 모역한 것임에 틀림없습니다."

시영은 마흔 한 살이라, 요악하나 감히 숨기지 못하고 엎드려 아뢰기를,

"후의 형상을 만들어 오색 비단으로 옷을 입혀 중전의 생년월일과 성씨를 써 묻고, 지은 의복의 솜에 해골 가루를 뿌리고 또 해골을 염습하여 묻었다가 들여가니 중전이 받지 아니하셨습니다. 그러나 이듬해 탄일(誕日)에 올려도 받지 않으시다가 춘궁저하(春宮低下)의 낯을 보아 받으시던 일을 아룁니다. 축사와 요얼 만든 것은 다 장희재의 첩 숙정의 조화입니다."

즉시 숙정과 무녀 점장이를 잡아들여 엄히 국문하시니, 답하기를

"일찍이 장희재와 친하였는데 귀양갈 때 돈을 많이 주며 빈께 천거해 주었습니다. 천한 것이 무지하여 보화를 탐하여 대역을 지었습니다."

숙정을 국문하니 바로 아뢰었습니다.

"희빈이 매일 궁녀를 보내어 어린 아이 옷을 지어달라 하여 지었습니다. 때때로 보물을 많이 보내며 이르기를 취선당이 절로 울고 희빈이 병환이 계시니 굿을 한다하고 청하기에 들어가 보았습니다. 무당과 점장이를 시켜 중궁이 망하기를 축수하는데, 희빈이 사정을 일러 함께 모의하였습니다. 죽은 중궁 의복 지은 것도 신이 하고 해골은 희재의 청지기 철영이가 얻어 들였습니다."

철영을 잡아들이라 하시니 도망하였으나 수일 안에 잡아들였다.

"희재가 귀양갈 때 돈을 많이 주며 희빈이 부리는 일이 있거든 충실하라, 한 고로 팔도(八道)의 몹쓸 해골을 얻어들였습니다." 라고 하였다. 이처럼 대답이 한 입에서 나온 말과 같으니 조정의 모든 신하들이 모골(毛骨)이 송연(竦然)하여 곳곳에 묻은 것을 파내니, 그 모양이 흉한 것도 있고 요사한 것도 있어 차마 대하지 못하였다. 중전의 의복을 꺼내어 솜을 터니 과연 무슨 가루가 날리므로 상감께서 진노하시고 추연히 탄식하여 이르기를,

"모두가 과인이 불명하여 궁중에 이런 변이 나니 어찌 누구를 탓하리오. 저 세상에 가서 무슨 낯으로 중궁을 보리오." 하셨다. 그날로 죄인 십여명을 군기사(軍器寺)에서 처참하고 남은 궁인과 마직(馬直) 등은 다 멀리 귀양보내시고 명을 내리셨다.

"국모를 모살하니 이는 막대한 옥사다. 부도(不道)한 신하가 매일 계사(啓辭)하여 아뢰기를 친국함이 인군의 체면이 아니라 하며 기롱(譏弄)하니 어찌 너희 뜻을 쫓아 중궁 모살한 원수를

갚지 않으랴. 이런 신하를 그냥 두면 반드시 후환이 있을 것이니 모두 멀리 귀양 보내라."

하시고 이 때 장빈을 본궁에 가두었다. 처지를 생각하시면 바로 처참(處斬)하시고 싶으나, 부자는 오상(五常)의 대륜(大倫)이라 세자의 낯을 아니 볼 수 없어 엄한 죄를 못 내리시고,

"이제 장녀는 오형지참(五刑之斬)을 하여도 오히려 죄가 남으나 세자의 정리를 생각하여 감사감형(減死減刑)하니 신체를 온전히 하라."

하시고 한 그릇의 독약(毒藥)을 각별히 신칙(申飭)하시어 보내시며 분부하셨다.

"네 대역무도의 죄를 짓고 어찌 사약(賜藥)을 기다리리오. 죽는 것이 옳거늘 요악한 인물이 행여 살까 하고 안연히 천일(天日)을 보고 있으니 더욱 죽을 죄로다. 세자의 낯을 보아 형체는 온전히 하여 죽는 것이 네게는 영화다. 빨리 죽으라."

장씨 이 때 죄악이 탄로되어 일국이 떠들썩 하였으나, 요악하고 독한 인물이라 조금도 두렵고 부끄럼이 없었다. 중궁 모살한 것만 기뻐하고 두 눈이 말똥말똥하여 독살만 부리다가 약을 보고 소릴 높여 발악하며,

"내 무슨 죄가 있어 사약을 받으리오. 구태어 나를 죽이려면 내 아들을 먼저 죽여라."

하고 약그릇을 엎치며 궁녀에게 호령하였다. 궁녀의 힘으로 어찌 할 수 없어 상감께 아뢰니 상감께서 진노하시어,

"내 앞에서 죽일 것이로되 너를 보기가 더러워 약을 보내니, 네 염치 있으면 스스로 죽어 자식을 편하게 하고, 남의 손에 죽지 않는 것이 옳거늘 자식을 유세하여 누구에게 발악하느냐? 이 약이 네게는 상(賞)인 줄 모르고, 죄 위에 죄를 더하여 삼척지율(三戚之律)을 받지 말라."

하셨다. 궁녀가 영을 전하니 장씨 발을 구르고 손뼉치며,

"민씨 단명하여 죽은 것이 나와 무슨 상관이 있느냐. 너희들이 감히 나를 죽이고 후일 세자의 손에 살기를 바라겠느냐?"

하고 발악하며 불순 패악한 소리가 악착같았다. 상감께서 들으시고 분열하시어 옥교를 타시고 영숙궁으로 친히 왕림하시었다. 청사에 앉으시고 좌우를 호령하여 장녀를 끌어내어 놓고 꾸짖었다.

"네 중궁을 모살 하였으니 대역무도한지라 당연히 네 머리와 손발을 베어 천하에 효시(梟示)할 것이로되, 자식의 낯을 보아 특별한 은총으로 가벼운 벌을 내리거늘 점점 태만하여 더욱 대죄를 짓는냐?"

장씨 눈을 독하게 떠 용안을 우러러 뵈오며 소리높여 말하기를,

"민씨 내게 원망을 끼치고 그 형벌로 죽었거늘, 내 무슨 죄 있으며 전하께서 정치를 밝히지 않으시니 인군의 도리가 아닌 줄 압니다."

하며 살기 등등하였다. 상감께서 진노하시어 용안을 높이 뜨시며 소매를 걷으시고 큰 소리로 이르시기를,

"천고에 이런 요악한 년이 있으리오. 빨리 약을 먹이라."

하셨다. 그러자 장씨 손으로 궁녀를 치며 몸을 부딪쳐 발악하며,

"세자와 함께 죽으리라. 내 무슨 죄가 있느냐?"

하니 상감께서 더욱 진노하시어 좌우를 붙들고 약을 먹이라 하셨다. 궁녀들이 황황히 달려들어 팔을 잡으며 허리를 안고 먹이려 하니 장씨 입을 다물고 벌리지 않거늘 상감께서 보시고 더욱 노하시어,

"막대로 입을 벌리고 부어라."

하셨다. 여러 궁녀들이 숟가락으로 입을 벌리므로 장녀 이에 위급 한지라 실성애통(失性哀痛)하여 말하기를,

"전하 내 죄만 보지 마시고 옛정과 세자의 낯을 보아 목숨만을 살려 주십시오."

하고 말하였다. 그러나 상감께서는 들은 체도 아니하시고 먹이기를 재촉하시니, 장씨 공교한 말로 눈물을 비같이 흘리면서 상감을 우러러 뵈오며 참연(慘然)히 빌어 말하기를,

"이 약을 먹여 죽이려 하시거든 세자나 한 번 보아 구원(九原)의 한이 없게 하십시오."

하고 간악한 말과 처량한 소리로 슬피 비니 요악한 정태 사람의 심장을 녹이고 오히려 불쌍하였다. 상감은 조금도 측은해 않으시고 연달아 세 그릇을 부으니 경각에 크게 소리를 지르며 섬돌 아래 쓰러져 유혈(流血)이 샘솟듯 하였다. 한 그릇의 약으로도 오장이 다 녹거든 하물며 세 그릇을 함께 부었음에랴. 경각에 칠규(七竅)로 검은 피 솟아나 땅에 고였다. 슬프다, 조그마한 궁인의 몸으로 국모(國母)를 죽이고 여러 인명을 함께 죽게 하니 하늘이 어찌 앙화를 내리지 아니 하리오.

상감께서 그 죽음을 보시고 외전으로 나오시며,

"시체를 본궁으로 보내라."

하시고 이튿날 다시,

"장녀의 죄악이 중하여 왕법(王法)을 행하였으나 자식인 세자의 정리를 보아 초초히 예를 갖추어 장례를 지내라."

하시고 장희재는 육신을 갈라 죽이시고 재산을 몰수하시니, 온 백성들이 상쾌히 여기지 아니하는 이가 없었다. 장씨의 시체는 뉘라서 정성으로 거두리오.

사람의 근본을 생각지 아니하면 앙화가 내리는 법이다. 제 미천한 몸으로 궁속으로 다니다가 제 누이가 경궁(京宮)에 깃들어 옥궐의 귀인이 되니, 분에 넘치는 영화를 고맙게 생각해야 할 터인데 참람(僭濫)한 마음을 내어 역죄를 짓고 이 지경이 되었으니

세상 사람이 어찌 조심하지 아니하랴.

상감께서 친히 죄를 다스려 결단하시고 시월 십삼일에 혼전(魂殿)에 친히 임하시어 제문을 지어 제사를 지내셨다. 그 제문에,

"현후께서 운간(雲間)에 오르신 지 이미 해와 달이 여러 번 바뀌었다. 음용(音容)이 깊고 깊어지니 과인의 생각함이 날로 더하고 달로 더하도다. 전일을 뉘우치고 이제를 느껴 한이 뼛속에 잠겼거늘, 내 도리어 현후로 하여금 간인(奸人)의 해를 입으며 민씨의 집 음덕이 깊거늘 어찌 도움이 없으리오.

슬프도다. 이는 다 과인이 덕이 없고 불명하여 간흉을 멀리할 줄 모르고 큰 화를 스스로 얻음이로다. 뉘우친들 무슨 소용이 있으리오. 후는 비명에 돌아가고 과인은 화당(華堂)에 편히 지내니, 후의 영혼이 구름 낀 하늘에 비껴 있어 과인을 한함이 깊었도다.

오! 슬프도다. 누가 죽으면 아는 것이 없다고 하였느냐. 후의 일월 같은 정신이 흩어지지 아니하여 현몽을 빌어 가르침이 분명한데 이 어찌 돌아갔다 하리오. 완연히 깨달아 간흉을 잡아 요악한 귀신을 다 숙청하니, 요악한 머리와 간사한 허리를 부월과 독약으로 죽이도다. 후의 원통하고 억울한 한을 갚은 것이 분명하나 죽은 이는 다시 살아날 수 없는지라, 후를 일으키지 못하니 진통함이 더하고 섧고 분함이 끝내 쾌하지 못하도다.

옛날 후의 지인지감(知人之鑑)이 영특하시여 간신을 가까이 믿지 말라고 처음 왕비 자리에 오르실 때 하시던 말을 과인이 어두워 깨닫지 못하고 큰 화를 스스로 만들었도다. 이제 또 후의 영혼의 가르침이 없었던들 원수를 갚지 못하고 도리어 요얼이 궁중에 가득하여 위태로운 지경에 이르렀을 것이다. 명혼(明魂)의 가르침을 입어 궁내를 숙청하고 과인이 어두운 매명(昧名)을 면하게 되었도다. 요인(妖人)이 후의 생전에 해인(害人)이요 죽은 후의 원수로다. 후의 체모가 높고 덕이 두터워 세자를 사랑함이 자

기가 낳은 친아들보다 더했으나, 세자를 돌보아 화를 자처함이
되도다.

어질도다. 후의 명철한 덕성이 생전에는 신하와 만백성의 모범
이 되고, 사후의 맑은 정령이 일국의 원을 풀었도다. 오! 슬프다.
후의 정령이 밝고 밝은데 과인이 이렇듯 슬퍼함을 유념치 않으시
느뇨.”

하시었다.

읽기를 마치고 대곡(大哭)하시니, 보고 듣는 이 모두 눈물을
금하지 못하였다. 궁중이 새로이 망극하나 세자가 계시므로 감히
말을 못하였다. 세자께서 사실을 아신 후로는 당신 어머님 때문
에 한이 되시나 중궁전 성모(聖母)의 은총과 사랑을 받아 극진히
받으시었다. 그러다가 뜻밖의 화변을 만나시니 처신을 어떻게 하
실 줄 몰라 죄인을 자처하고 여러 번 상소하여 청죄하시고 동궁
의 자리를 사양하셨다. 상감께서 추연히 감동하시어 이르시기를,

“어미 죄로 어찌 무죄한 자식을 폐하리오. 그런 말은 다시 말
라.”

하시었다. 세자 오히려 문을 닫고 밖에 나가지 않으시며 위(位)
에 임하지 않고 사양하시었다. 상감께서 불러 앞에 앉히시고 손
을 잡고 타이르고 한탄하시며,

“네 어미의 앙화가 자식에게까지 미쳐 골수의 병이 되고, 진퇴
가 무안(無顔)하여 말이 이러하구나. 네 어미는 죄를 지어 죽었
으나 내 마음이 아프도다. 부자는 하늘이 만들어 준 인연이라 아
비가 용서하는데 자식이 어찌 거스리리오. 다시는 이런 말을 말
라.”

하시었다. 세자 머리를 조아려 흐느껴 우시고 성은에 감사하며
마지못해 위(位)에 서시나 평생 무궁한 진통으로 아시었다.

섣달에 발인(發靷)할 때 또 제문을 지어 이르시기를,

"슬프다. 현후는 명가의 현원(賢媛)이요 공자의 교훈을 얻었도
다. 가례(嫁禮)하여 입궐 하여서는 위로는 대비의 범절을 본받고
아래로는 만궁의 축복을 입었도다. 정사 기틀이 완전하여 내조하
는 덕이 크더니 망극하도다. 국운이 불행하고 과인이 덕이 부족
하여 후의 성덕으로 장수(長壽)를 누리지 못하시니 애닯도다. 후
의 자취를 어디가 반기며 과인의 의심된 일을 누구와 더불어 해
석하리오.

혼전(魂殿)을 임하여 영구(靈柩)를 대하니 오히려 후의 음성
과 용모를 대하는 듯하더니, 세월이 빨리 흘러 장례를 임하니 후
의 음용과 영구가 길이 궁궐을 떠날지라 과인이 스스로 취한듯
정신이 나간듯 하도다. 후의 혼령이 있으니 또한 유념하여 느끼
리라. 후는 돌아가니 생전의 꽃다운 덕이 빛나고 돌아가신 후 슬
퍼함이 만민이 부모를 잃은 듯하니 비록 없어도 있는 것 같거니
와 과인은 유한이 자심하니 어찌 참고 견디리오. 차생에 산해 같
은 은의(恩義)를 느껴 영결하며 능의 바른 편을 비워 훗날 함께
묻히기를 바라니 천추 만세에 혼백이 함께 놀리로다."
하였다. 인산(人山) 후에는 슬픔을 더욱 참지 못하시고 민부(閔
府)에 은영(恩榮)을 자주 내려 예로써 대우하심이 더하시었다.
민부에서 더욱 송구하고 황송하여 사양하고 조심하며 충성으로
나라를 받들었다.

나라의 왕비의 자리가 비었으므로 마지 못하여 중궁을 간택하
시는데, 경은부원군(慶恩府院君) 김주신의 따님을 뽑으시어 임오
(壬午)년에 왕비로 책봉하시고 조정에 나아가 하례를 받으시며
옛일을 추모하여 눈물이 떨어져 용포(龍袍)를 적시니 비빈(妃嬪)
과 궁녀들이 다 슬퍼 흐느껴 울었다.

삼년상을 마쳐도 슬퍼하심이 그치지 않으시어 후의 유언을 생
각하시고 후를 모셔 육년 고초(六年苦楚)하던 상궁 십여 인을 충

은으로 상금을 많이 내리셨다. 그리고 각각 빈산에 나가 인륜(人倫)을 찾아 살게 하시니, 황공하고 감격하여 차마 궁궐을 떠나지 못하였다.

무술(戊戌)년에 창경궁 장춘헌(長春軒)에서 세자빈 심씨께서 돌아가셨는데 자손이 없으셨다. 그 해 다시 간선(揀選)하여 함종 어씨(咸從魚氏)를 세자빈으로 책봉하시나 생산을 못하시고, 경자(庚子) 유월 초파일 묘시(卯時)에 경희궁(慶熙宮) 융복전(隆福殿)에서 상감께서 승하하시었다. 그때 춘추가 육십이셨다.

온 나라 백성이 모두 망극하여 그 성덕의 어지심과 문무에 뛰어나심이 만대(萬代)의 영군(英君)이시었다. 예로부터 참소에 속은 임금이 많으시나 숙종대왕 같이 미구에 혼연히 깨달으시어 광명정대하신 분은 역대에 없으셨다.

왕세자께서 즉위하시고 빈전(嬪殿) 어씨(魚氏)를 왕후로 책봉하시나 상감께서 병환이 계서 농장(弄璋)의 경사를 보지 못할 줄 아시고, 이듬해 신축(辛丑)년에 영인군을 왕세제(王世弟)로 책봉하시니 곧 영조대왕(英祖大王)이시다. 군의 부인 달성 서씨(達城徐氏)를 세자빈(世子嬪)으로 책봉하시어 우애 지극하시었다.

갑진(甲辰)년 팔월 이십오일에 창경궁 환취정(環翠亭)에서 승하 하시니, 재위 사 년이요, 춘추가 삼십칠 세이셨다. 양주릉(楊州陵)에 인산(人山)하고 왕세제께서 즉위하시니 이는 영조대왕이시다. 효성과 의로움이 뛰어나시고 요순(堯舜)의 도덕이 계시어 오십여 년간 태평을 누리시니 숙종대와 성덕의 여음(餘韻)이었다.

어리실 적부터 민대비(閔大妃)께서 어루만져 사랑하시던 은혜를 잊지 못하시어 추모하심을 세월과 함께 더하시고 밝은 임금의 덕을 지니셨다. 그러나 무자하심을 크게 슬퍼하시어 즉위하신 후로 안국동 본궁에 거동하시며 육년 고초하시던 당을 친히 둘러보시고 대성통곡 하시었다.

현판(懸板)을 들어 어필로 감고당(感古堂)이라고 쓰셨다. 수래 골 민 판서댁(閔判書宅)은 여양부원군(驪陽府院君) 형님집이고 인현왕후 탄생하신 집이라, 또 거동하시어 민씨 일문에 은혜를 내리셨다. 예부터 민씨 일문은 이제까지 내려오며 기둥과 주추가 되는 신하라, 이 또한 인현왕후 성덕으로 하늘이 감동하신 덕이 었다.

주나라 임사의 덕이 천추 만대에 유전하고 우리 조정의 인현왕 후 성덕이 임사 후 제일이니 어찌 아름답지 아니 하리오. 수래골 집과 안국동 집은 민씨 대를 물리어 전하였다.

민후께서 출궁하신 후 장빈이 안으로 내응하고 간신이 밖으로 모의하여 후를 사약하고 민씨 일문을 멸하려고 기회를 엿보았다. 그러나 천심이 허락치 아니하시더니, 수년 후 부터 깨달음이 계 셔 의심스런 일에 대하여 만단으로 고요히 생각하시었다. 그러던 중 임신(壬申)년에 한 꿈을 꾸니 명성대비(明聖大妃)께서 안색 이 진노 하시며,

"중궁은 동국(東國)의 성녀요, 과인이 사랑하는 바이거늘 폐출 하고 요악한 천인을 대위에 올리니 종묘사직(宗廟社稷)에 욕된지 라 제향(祭享)을 내 흠향하지 아니하노라."
하시고 노기(怒氣)를 떨쳐 일어나 옥교를 타시고 후원문으로 중 궁을 보러 간다하시었다. 상감께서 황황하시어 따라가시니 전후 문을 긴긴히 봉하여 민망 무안하였다.

민후 무색한 의복으로 천의(天意)를 바라고 앉아 계시었다. 대 비를 뵈옵고 애연 통곡하여 이르기를,

"천생 원수로 액운이 태심하나 오래지 않아 천운이 회복될 것 이니, 스스로 보중하여 간인의 뜻을 맞추지 말라."
하시니 중궁 모신 궁인이 일시에 통곡하였다. 그 소리에 놀라 깨

니 침상일몽(枕床一夢)이있다.

대비전 용안이 완연 명백하시고 민후의 거처하고 계신 집과 죄인으로 자처하고 계신 모양이 처량하시었다. 애연(哀然)한 마음이 나시니 경각에 환탈(環奪)하고자 하시나 국제 심히 어려워 가벼히 못하였다. 이에 측근한 사람에게 넌지시 알아보니, 후가 죄인을 자처하시고 부모 동생을 상접하지 않으시며 인적이 끊긴 말과 민후의 충공정념(忠恭貞念)하여 조심하는 바를 천심이 감동하시도록 아뢰었다. 상감께서 꿈과 같음을 아시고 간인의,

"중궁이 일찍 남의 외인을 상통하고 인심을 모아서 대역을 도모하고 신령께 축원하여 상감을 방자한다."

하니 상감께서 들으시는 체하시고 민후를 생각하시게 된 것이다.

갑술(甲戌)년에 환탈하시어 급급히 복위하시고 국사 여가에는 중전과 함께 계시면서 이따금,

"입궁하심을 그토록 고집하여 과인으로 하여금 그렇게 답답하게 하였는가. 과인의 성품이 급하여 참지 못함이 많아 사리를 깊이 생각치 못하여 후회함이 많도다.

내가 장녀(張女)를 먼저 폐하고 친히 거동하여 후를 맞아 왔더라면 체모도 극진하고 중궁께도 영화가 무궁할 것을 내 미처 생각지 못하고 소홀이 하였으니 애닯다."

하시었다. 후께서 성심(聖心)이 이렇게 미치심을 사례하시었다.

세자께서 항상 앞에서 놀며 아름다운 과실과 빛난 꽃을 가져다 후께 드리고 상감께 아뢰시기를,

"영숙궁(英肅宮) 모친은 어진 기운이 없으나, 새로 오신 모비(母妃)는 얼굴조차 착하다."

하시었다. 하루는 산호(珊瑚)로 꾸민 장도(粧刀)를 가져다 후께 드리며,

"이 칼이 곱사오니 차십시오."

하시었다.

복위하시던 날 상감께서 내전에 들어오셔서 부원군 직함을 써 내리시면서 후께 이르시기를,

"전 부부인(前 府夫人) 직호(職號)는 생각나는데, 지금 부부인 직호는 생각나지 않으니 무엇이뇨."

하시니 후께서 대답하시되,

"아직 일컫지 아니하였으니 또한 생각지 못하나이다."

하시니 상감께서 웃으시면서,

"후는 태사(汰沙)라 어찌 생각하지 못하리오."

하시고 급히 생각하셔서 직호를 써 조정에 내리시니, 후께서 척 연히 슬프하심이 나타나시었다.

조정에서 친필로 내리신 은영(恩榮)을 감축하고 흠복(欽服)하였다.

민씨 집안의 여러 사람들에게 새 벼슬을 주어 부르시니, 황공 불감하여 사양하고 조정에 들지 아니하였다. 상감께서 여러 번 은혜를 특별히 내리므로 마지 못하여 궁궐에 드니 풍채가 새로이 늠름한지라 상감께서 극진히 예로써 대우하시고 후께 말씀하셨다.

"평생에 기쁜 일이 없더니 중궁이 복위하시니 그 위에 기쁜 일이 없다."

무릇 숙종대왕의 성덕문무로, 잠시 혼안(昏暗)하시다가 하루 아침에 개오(改悟)하시니, 천추만대에 뛰어난 임금이시요, 인현 왕후의 정정한 성덕과 상설(霜雪) 같은 애절은 지금까지도 흠송(欽頌)하는 이가 많다.

일 기

화성일기(華城日記)

이의평(李義平)

1795(정조19)년 왕이 자궁(慈宮)인 사도세자빈 혜경궁 홍씨의 회갑을 맞아 화성(수원)에 있는 아버지 사도세자의 능에 참배했을 때, 수행한 이의평이 그 행사의 광경을 적은 것이다.

정조대왕이 능으로 행차하실 때가 을묘년 이월 초구일이었다. 임금께서 자궁(慈宮)[1]을 모시고 화성(수원)으로 가셨는데 이 해 는 자궁의 회갑이 있었다. 국가에 경사가 겹쳤다. 화성에 사도세 자의 묘를 모신 후 자궁이 처음으로 대하시고자 궐 밖으로 거동 하셨다. 일가로는 팔촌 친척과 겨레로는 오촌 친척을 다 모으시 고 잔치를 하셨다. 잔치를 할 때 우리도 흰 옷을 입고 참례하였 다.

새벽에 선혜청에서 많은 배를 띄워 놓고 그 위에 널판을 깔아 서 임시로 만든 배다리를 건넜다. 배다리는 넓이가 사오간이 되

---

1) 왕세자가 왕위에 오르기 전에 죽었을 때 왕세손이 즉위하였을 때 그 죽 은 왕세자의 빈(嬪). 여기서는 혜경궁 홍씨(사도세자의 빈).

었다. 좌우로 난간은 하였는데 난간벽이 휘황하고 난간 밖으로 사방에 큰 깃발을 세웠는데, 마치 용과 뱀이 힘차게 꿈틀거리며 올라가는 것 같다. 배다리 앞에서 말을 내리니 한 군사가 나와 물으며 하인의 패를 자세히 본 후 허락하여 건너게 했다. 여럿이 건너가는데 전후 좌우에 깃발, 병기가 찬란하고 푸른 물결이 틈틈이 보여 그 경치가 기이하였다.

시흥 읍내 주막에서 점심을 먹고 오후에 화성 북문으로 들어갔다. 북문 이름은 장안문이었다. 밖에 작은 성을 쌓고 홍예를 곱돌로 틀고 그 안에 성문이 있는데 이층 문루가 반공에 솟아 있었다. 문루의 크기는 서울 남대문과 같으나 더 넓고 홍예는 더 높았다. 문을 들어가니 임금께서 지나가시는 길 좌우로 여염집이 있었는데 서울 재상의 집이 많았다. 붉은 대문의 치장이 조용하니 서울과 다름이 없었다. 종루의 십자가 시정(市井)이 문을 열고 앉은 것, 선 것이 서울 종루와 같았다.

백씨 이의갑이 금위낭청을 맡고 계셨다. 금의영의 의막 사령을 데리고 남문앞 장교의 집에 의막을 잡아 앉았다. 안집이 두칸 방에 청사도 넓어 견딜만 하였다. 주인 노파가 나왔는데 나이가 팔십칠세였다. 수염이 두어치식 났는데 백발이 되었으니 이 또한 보기 드문 일이다. 양식과 행찬을 넉넉히 가져와 주인에게 밥을 시켜 먹고 잤다.

(10일)

큰 비가 내렸다. 조반을 먹은 후, 임금님의 수레가 사근참에 주점하시고 일찍 오신다고 전교가 있었다. 비를 무릅쓰고 북문 밖에 나가 임금님의 행차를 맞이하는데 비가 시종 그치지 않았다. 길 좌우에 화성 마병(馬兵)이 모두 우의를 입고 말을 타고 두 줄로 돌아서 있었다.

임금께서 먼저 오시는데 황금 갑옷을 입으시고 화성 유수 조심

태의 입군(入軍) 군풍(軍豊)을 받으셨다. 위엄이 있고 군사의 대열이 분명하여 장관이었다. 다만 비가 와서 모두 우의를 입은 것이 애달팠다. 엎드려 영접한 후 궁궐 여의사, 기생 등이 쌍쌍이 비를 막기 위한 모자를 쓰고 앞에 섰다. 그 뒤에 나인, 상궁 등이 쌍쌍이 서고 자궁이 오셨다. 가마의 사면 주렴을 내리고, 위에 기름먹인 종이로 또 비를 막았다. 또 엎드려 맞이한 후 뒤를 따라 임시로 거처하는 곳에 돌아왔다.

11일

비가 개고 일기는 흐렸다. 임금께서 공자의 신위에 참배하시고 낙남헌에 앉으셔서 알성과를 실시하셨다. 화성, 광주, 과천, 시흥읍 선비만 과거에 응시하게 하셨다. 그날로 급제자를 결정하였다. 우리는 자격이 없어서 과거도 못 보고 구경만 하니 애달팠다.

거기에서 종루에 나가 거닐어 보니 시정 여항의 번화함이 비할 데가 없었다. 길 위에 큰 개천을 쳐 깨끗이 하였는데 광통교와 다름이 없었다.

이전에 이 땅이 세류원 숫막인데 옛날 수원에 묘를 모신 후에 이리로 읍내를 옮겼다. 땅에 습기가 없고 메말라 깨끗하고 산천이 아름다워 옛날에 관청이 있던 곳 같았다. 성 위에 터를 잡아 놓고 남북문 문루와 앞 성을 쌓고 그 나머지는 아직 완공되지 못했다.

임금이 묵을 궁을 지었는데 팔달산이 주봉이었다. 밖의 삼문 문루를 신풍루라 한 것은 중국의 고제 때의 신풍래궁(新豊來宮)의 뜻으로 한 일이리라.

북문을 향해 가보니 북성 옆에 수문을 내었는데 수문이 일곱 칸이었다. 서울 다섯칸 수문보다 두 칸이 많았다. 문 위에 작은 누를 지었는데 현판에 화홍문(華虹門)이라고 쓰여 있었다. 누를 따라 용두각으로 올라갔다. 용두각 앞에 활을 쏘는 정자가 있었다. 임금께서 노시는 곳이어서 북경집 모양 같은 문고리가 휘황 찬란하였다. 의막으로 돌아와 잤다.

12일

맑았다. 임금께서 자궁을 모시고 남문에서 묘로 오르셨다. 남문 이름은 팔달문이요, 묘까지는 이십 리나 되었다. 조반후 구경하러 나가 오래 두루 구경한 후 환궁하였다. 임금께서 군복을 입으셨다. 군복에 금으로 용를 그렸는데 금빛이 햇빛에 찬란하였다. 자궁 가마 바로 뒤에 서서 오셨다. 행궁에 드셔서 문안을 마친 후 임금께서 갑옷을 입고 장대에 오르셨다. 장대는 팔달산 제일봉에 지었는데 이층 누각이 넓고 공중에 높이 솟아 있었다. 아래에서 바라보니 백운이 허리를 둘렀는데 진실로 신선의 누대였다.

아침에 먼저 올라가서 잠깐 보니 모양은 서장대와 같고 광활하기는 그보다 나았다. 옆에 단을 쌓고 단 위에 치장을 하였다. 파수병이 문을 지키고 있어서 올라가 보지 못하고 그냥 내려왔다.

임금께서 갑옷을 입고 장대에 앉으신 후 영상 이하 문무백관, 여러 장수의 군례를 받으시고, 수라를 드셨다. 이윽고 서산으로 해가 지고 어두운 빛이 일어났다. 선전관의 등을 켠 후 각 영문이 일시에 등을 켜고 나팔을 불고 징을 치니 성터 위로 군병이 일시에 줄지어 늘어서고 순찰하였다.

대 위에서 축포를 쏘고 태평소를 불고 청룡기에 청룡등을 내세웠다. 동문에서 응포하는 소리에 일시에 함성을 질렀다. 또 포를 쏘고 태평을 불고 주작기와 주작등을 내어 두르니 남문에서 응포하고, 일시에 함성을 질렀다. 태평소 불고 백호기와 백호등을 내어두르니 서문에서 응포한 소리에 일시에 함성을 질렀다. 또 포를 쏘고 태평소 불고 현무기와 현무등을 내어 두르니 북문에서 응포하는 소리에 모두 함성을 질렀다.

대 위에서 불놀이 신호를 올리니 네 문과 사면 성터 위로 일시에 삼두화(三頭火)로 불을 켰다. 전후좌우로 불꽃이 충천하고 찬란하였다. 그때 월색이 희미하고 불빛이 더 밝다 하였다. 사방에 불꽃놀이 구경하는 사람이 길에 가득하였다. 태어난 후 처음 보는 구경이라고 하였다. 불빛을 멀리 있는 사람도 다 구경하니 그런 장관이 어찌 또 있으리오. 삼경후 마치고 행궁으로 돌아오시었다.

13일

밝다. 이 날 하늘이 화창하고 청명하여 길일이다. 새벽 밥을 먹은 후 예조 감서원이, 모두 문 밖에 모이라고 전하였다. 신풍문 앞에 모여 차례로 들어가 늘어서니, 임금님께서 자비문으로 걸어오셨다. 여러 기생이 누른 비단 관대에 화관(花冠)을 쓰고 각각 의장을 들었다. 외빈 중 유생은 서반(西班)으로 갔는데 광은부위 김기성이 우두머리로 자리를 정하여 엎드리고 꿇어 앉았다. 눈을 들어보니 장락당 앞뜰에 임시 자리를 한 길 남짓이 쌓고 그 위에 차일을 치고 사면에 휘장을 둘렀다. 방문을 열고 검은 발을 드리웠는데 자궁이 마루에 앉아계셨다.

마루 앞에 큰 술독을 놓고 등걸에 홍도화와 삼색 도화로 조화를 꾸며 꽂고 차일대에는 꽃을 묶었다. 기생 오십 인이 모두 누른 비단관대에 수놓은 저고리요, 남치마 앞에 진홍휘전[1]을 둘렀다. 관대 앞에 강구연월과 태평만세는 수놓고 진홍대대에는 수복을 수놓은 것이었다. 화관은 오색 채화로 얽어 만든 것이었다.

주악을 연주하고 다섯 패가 관대에 사모를 썼는데 사모 위에다 한 떨기 채화를 꽂았다. 아이 악공은 채의를 입고 꽃을 관처럼 하여 썼다. 아이 기생은 붉은 비단관대에 진홍치마였다.

의장을 모두 기생이 들었는데 여관원이 인의를 인도하여 둘이

---

1) 새색시가 식사나 세수할 때 앞에 두르는 행주치마.

마주서서 함께 노래를 불렀다. 국궁, 배, 흥, 평신소리가 반공에 나는 듯하였다. 그 소리를 따라 사배한 후 고두와 산호를 부르는데 소리가 청아하고 기이하였다. 임금님이 금화(金花)를 꽂으시고 꽃을 하나씩 나눠 주셨다. 각각 절하고 받아 갓 위에 꽂았다. 미리 꽃을 채비를 해 온 이는 바로 꽂고 그렇지 아니한 이는 갓 위를 뚫고 꽂았다. 우리는 품에 꽂고 그외 군병, 화성교리, 백관, 외빈, 종, 마부까지 다 꽂으니 금벽이 찬란하여 눈이 황홀하였다.

전악이 박을 치고 선악이 요량하여 이목(耳目)이 현황하였다. 위를 쳐다보니 오색 구름 깊은 곳에 옥으로 만든 패물이 높고높아 감히 볼 수 없었다.

이윽고 부상에 아침 해가 오르고 용의 비늘 모양으로 만든 임금의 갑옷에 햇빛이 비치었다.

상(床)을 올리는데 모든 그릇마다 꽃을 꽂았고 음식은 팔진겸찬 이었다. 상을 다 받고나니 두 쌍 기생이 오색 한 삼을 드리우고 아이를 나직이 하였다. 용안에 화색을 띠고 옥수(玉手)에 유리잔을 들고 술잔을 돌리니 일어나 절하고 받았다. 술을 못 멋으나 사양할 길이 없어 두 손으로 받들고 입에 대니 맑은 향이 가득하였다.

대풍류를 시작하는데 외방(外邦) 풍류와 다름이 없었다. 연화대 학춤에 학이 연꽃을 쪼으니 점점 떨어지고 그 꽃 속에서 아이가 나오는데 연잎을 쓰고 안개옷을 입고 나와 생황을 불었다. 이 춤이 본디 있으나 생황 부는 것은 처음이었다.

아침밥 때 나왔다가 다시 들어가서 꽃밭 속으로 다녔다. 아무리 춘풍화류를 한들 이런 아름다운 꽃 자욱한 것이 이밖에 또 있으리오. 종일 듣고 보는 것이 비할 데 없는 신기한 것이었다.

매양 기생이 쌍쌍이 춤을 추는데 안에서 백설 같은 명주를 내어 어깨에 걸었다. 저희들도 재주를 드러내며 자랑했다.

술잔을 차례로 일곱 번 돌고 나자 임금님이 어제(御題) 칠률을 내리시어 차운(次韻)[1]하라 하셨다. 이어 술잔이 돌아오자 전교하시기를,

"오늘은 취하도록 먹어 시전(詩傳)에 불취부귀(不醉不歸, 취하지 않으면 돌아가지 못함)하란 뜻과 같이 하여라."

하시다 잔을 받아 입에 댄들 어찌 다 먹으리오.

이윽고 임금님께서 잠깐 쉬시기 위하여 임시 막사에 나오셨다. 홍포를 벗으시고 군복으로 들어오시었다. 여자 관원이 공각선, 홍양산 일원봉황선을 들고 앞에 인도하고 여인이 치사(致詞)를 하니 그 소리 부드럽고 품위가 있어 듣기 좋았다.

종일토록 보고 먹은 후 저녁에 또 열구자탕 한 그릇씩 돌려먹고 나니 해가 서산에 지고 황혼이 되었다. 또 물러나와 밥을 먹으려 한들 어찌 배가 불러 더 먹으리오. 하인들에게 나눠 준 후 임금님의 명을 받고 들어갔다. 사면에 홍사 초롱을 걸고 집 서까래 끝과 차일 대마다 촉통을 걸고 사람의 앞마다 팔량촉에 유촉대를 놓았다. 그 빛의 영롱함이 대낮보다 휘황 찬란하기가 더하여 내 몸이 요지연에 참례한 듯, 구천(九天) 영소전에 오른 듯 황홀하였다.

밤에 또 풍악하고 술잔을 돌리며 고기회를 먹었다. 한 골에 둘 셋씩 앉고 한 접시씩 먹는데 맛이 기기하였다. 기름 종이를 돌려 음식을 다 싸고 마친 후 나올 적에 또 많은 상을 하사하였다. 받아 나오니 물시계가 사경을 가리키고 먼 촌의 닭소리가 악악히 들리었다. 의막소에 와서 잤다.

14일

맑다. 낙남헌 앞에 임금께서 앉으셔서 백성에게 쌀을 주시고

---

1) 남의 시운을 써서 시를 지음.

노인을 위한 잔치를 연다고 했다. 밖에서 보니 새를 그린 지팡이에 누른 비단 수건을 매고 백수주 한 필씩 주시니 환성이 흐르는 물 같았다.

성에 가득히 굿보는 인민과 백관, 군병이하 뉘 아니 효성을 찬양하리오. 용두각에 오르시어 활을 쏘신 후 환궁하셔서 저녁에 매화[1]를 하시었다.

저녁에 불놀이를 하는데 불꽃이 일시에 하늘에 올라가는데, 그 수가 몇 천인지 하늘에서 별이 떨어지는 것 같았다. 또 사면에 줄불[2]이 왕래하며 이 불이 저기 가서 불을 지르니 거기서 불이 일어나고 저기 불이 여기와서 불을 지르니 거기서 불이 일어나고 저기 불이 여기와서 불을 지르니 또 불이 일어났다. '불 지르소' 소리에 산악이 무너지는 듯 진동하니 그런 장관이 또다시 어디 있으리오. 군마들이 다 놀라 뛰어나갔다.

15일

맑다. 이 날 경성으로 환궁하셨다. 뛰어 오면서 보니 북문 오리에 유수[3]가 진을 치고 배웅하였다. 날이 청명하여 군복이 선명하니 들어오실 때보다 더 나은 듯하였다. 용주사 총섭이 승군을 거느리고 배웅하는데 아이와 병방 기수들이 병영 기수와 다름이 없었다.

시흥까지 따라와서 남계묘 아래로 갔다. 다 떨어지고 아우만 데리고 갔다. 내일은 청명한식이다. 아무튼 빨리 가서 삼십 리 밖 숫막에 멈추려 했는데 황혼을 헤아리지 아니하고 가다가 미처 도착하기도 전에 서쪽 산봉우리에 해가 숨고 동산에 달이 나왔다.

---

1) 대변(大便)의 궁중어.
2) 화약, 참숯가루 등을 종이로 싸서 줄에 매달아 놓은 불놀이.
3) 정2품 벼슬 이름.

사람도 없는 산길을 갔다. 한 굽이를 도는데 말이 코를 불고 뛰어 내달았다. 괴이하게 여겨 돌아보니 큰 범이 옆에 엎드려 울었다. 어두워 대소는 분간치 못하나 그 소리에 인마가 다 놀랐다. 뒤에 오던 하인이 땀을 흘리며 앞에 와서 말을 몰려고 하기에 마부를 불러,

"말을 천천히 몰아 짐승에게 겁내는 것을 보이지 말아라."

하고 겉으로는 겁이 없는 체하지만 속이야 어찌 편하리오. 그럭저럭 십 리를 오니 그 소리와 불이 아니 보이고 먼 마을에서 개 짖는 소리가 들려오니 반갑기 그지없었다. 말을 몰아 추현 주막에 드니 다 놀라며 물었다.

"어디서 오시는 행차신가. 이 어두운데 그 험한 영을 넘어 무사히 오시니… 석양 후면 호환(虎患)으로 행인이 통행하지 못하는데, 평안히 오시니 거룩한 행차시다."

하니 우스웠다.

대체 그런 줄을 모르고 진퇴유곡이라 앞뒤로 갈 길이 없어 그리왔으나 두 번은 못 올 길이니 후인은 경계할 지어다. 방에 들어와 자니 어제의 풍류가 화려하던 일이 귀에 쟁연히 들리고 눈에 찬연히 보였다. 어제는 그리 좋더니 오늘은 이런 고초를 겪으며 위험한 데를 지나니 인간 세상의 일이 매양 이러하다.

16일

맑다. 새벽에 떠나 우현고개를 넘어 관교를 지나 남계로 가니 다 못 올 줄로 알고 있었다. 밥을 재촉하니 먹고 산 위에 가 차례를 지냈다. 남전 북리의 친척을 찾아다 보고 삼종 숙집 영춘각에서 잤다. 정든 예전 옛집을 보니 다 허물어지고 이전에 손수 심었던 나무가 아름드리 나무가 되어 있었다. 인생이 그립고 옛 일이 떠올라 마음이 심란했다.

17일

조반 후에 떠나 새원에 와서 점심을 먹었다. 서빙고 강을 건너 오후에 도착했다. 이것이 대략이다. 차마 내키지 않는 것은 사람들에게 보채이어 일필로 휘갈겨 쓰니 말이 되는지 마는지 모르겠다 짐작하여 보고 흉보지 말기를 바란다.

의유당일기(意幽堂日記)

연안 김씨(延安金氏)

의유당이 함흥판관으로 부임해 가는 남편을 따라가 관북 지방을 유람한 내용을 기록했다. 순 한글로 집필되어 있는데 이 중 '동명일기'는 조침문. 규중칠우쟁론기와 함께 3대 여류 수필의 하나로 꼽힌다. '의유당 관북유람일기'라고도 한다.

낙민루(樂民樓)

함흥 만세교(萬世橋)[1]와 낙민루(樂民樓)가 유명하다기에 기축 년(순조 29년) 팔월 이십사일 서울을 떠나 구월 초이틀 함흥에 도착 했다. 만세교는 장마에 무너지고 낙민루는 서편 성 밖인데, 누하문(樓下門)의 전형은 서울 홍인(興人) 모양이나 둥글고 작아 겨우 독교(獨轎)가 간신히 들어갔다.

그 문에서부터 성 밖으로 빠져 나오게 누를 지었는데, 이층 대(臺)를 짓고 아득하게 쌓아올려 그 위에 누를 지었다. 단청과 난간이 다 퇴락하였으나 경치는 정쇄하였다. 누 위에 올라가 서쪽

---

1) 성천강에 놓은 다리.

을 보니 성천강(城川江)이고 크기가 한강만하고, 물결이 심히 맑고 조촐하였다. 새로 지은 만세교는 물 밖으로 높이 대여섯 자나 솟아 놓였는데 모양이 무지개가 흰 듯하였다. 길이는 이편에서 저편까지 오리라 하였으나, 그럴 리는 없고 삼, 사리는 족하여 보였다. 강가에 버들이 차례로 많이 서고, 여염(閻閻)이 즐비하여 별이 총총하듯하여 몇 가구(家口)인지 알 수 없었다.

누상 마루청 널을 밀고 보니 그 아래 아득한데, 사닥다리를 놓고 저리 나가는 문이 전혀 적으며 침침하여 자세히 못 보았다. 밖으로 아득히 우러러보면 높은 누를 이층으로 정자를 지었으니 마치 그림속에 절을 지어 놓은 것 같았다.

북산루(北山樓)

북산루(北山樓)는 구천각(九天閣)이란 데 가서 보면 보통의 퇴락한 누이다. 그 마루에서 사닥다리를 내려가니, 성을 짜갠 모양으로 갈라 구천각과 북루가 있었다. 북루를 바라보니 육십여 보(步)는 되었다.

북루 문이 역시 낙민루 문 같았으나 많이 더 컸다. 반공(半空)에 솟은 듯하고 구름 속에 비치는 듯하였다. 성 둔덕을 구천각에서 삐져 나오게 누를 지었다.

그 문 안으로 들어가니 휘휘한 굴 속 같은 집이었다. 사닥다리 위로 올라가니 광한전(廣寒殿)[1] 같은 큰 마루가 있었다. 구간대청(九間大廳)이 활랑하고 단청분벽(丹靑粉壁)이 황홀하였다. 앞을 바라보니 안계(眼界) 헌칠하고 탄탄한 벌이었다. 멀리 치마(馳馬) 터[2]가 보였다.

---

1) 달 속에 있다는 전각(殿閣).
2) 말 타는 터. 함흥 북쪽에 '치마대(馳馬臺)가 있음.

동남편을 보니 무덤이 누누(屢屢)하여 빌이 박힌 듯하였다. 슬퍼서 눈물이 났다. 서편으로 보니 낙민루 앞 성천강 물줄기가 창일(漲溢)하고, 만세교 비스듬히 뵈는 것이 더욱 신기하여 황홀이 그림속 같았다.

풍류를 일시에 주(奏)하니 대무관(大舞官)[1] 풍류였다. 소리가 길고 호화로워 들음즉 하였다. 모든 기생을 짝지어 춤추면서 종일 놀고, 날이 어두워서 돌아왔다. 돌아오는 길에 가마 앞에 길게 잡히고 고이 입은 기생이 청사(靑紗) 초롱 수십 쌍을 쌍쌍이 들고 섰으며, 횃불을 관하인(官下人)이 수없이 들었다. 가마 속 밝기는 대낮 같아 바깥 광경이 털 끝을 셀 정도로 밝았다. 붉은 비단에 푸른 비단을 이어 초롱을 만들어, 그림자가 아롱지는데 그런 장관이 없었다.

군문대장((軍門大將)이 비록 야행(夜行)에 사초롱을 켠들 어찌 이토록 장하리오. 군악은 귀에 크게 들리고 초롱빛은 조요하니, 마음에 규중소녀자(閨中小女子)임을 아주 잊어버렸다. 문무를 겸전한 장상(將相)으로 훈업(勳業)이 고대(高大)하여, 어디 군공을 이루고 승전곡(勝戰曲)을 연주하며 태평궁궐을 향하는 듯하였다. 좌우 화광(火光)과 군악이 내 호기를 돕는 듯, 몸이 육마거(六馬車) 중에 앉아 대로에 달리는 용약환희(勇躍歡喜) 하였다. 오다가 관문에 이르러 아내(衙內) 마루 아래 가마를 놓고 장한 총롱이 군성(群星)을 이룬 듯하였다.

심신이 황홀하여 몸이 절로 대청에 올라 머리를 만져보니 구름머리 꿰온 것이 곱게 있고, 허리를 만지니 치마를 둘렀으니, 황연이 이 몸이 여자임을 깨달았다. 방 안에 들어오니 침선(針線) 방적(紡績)하던 것이 관우에 놓여 있는 것을 보고 박장(拍掌)하며

---

1) 큰 고을의 음악 연주. 규모가 크다는 뜻.

웃었다.

북루가 불에 타서 다시 지은 것이라, 더욱 굉걸(宏傑)하고 단청이 새로웠다.

채순찰사 제공(濟恭)이 서문루(西門樓)를 새로 지어 호왈(號曰) 무검루(舞劍樓)라 하고, 경치와 누각이 기(奇)하다 하며 한 번 오르라고 하였으나 여염총중(閭閻叢中)이라 못 갔더니, 신묘년(辛卯年), 순조 31년) 시월 망일(望日)에 월색이 대낮같고 상로(霜露)가 이미 내려 낙엽이 다 떨어져 경치가 깨끗하고 아름다웠다. 월색을 이용하여 누(樓)에 오르고자 원님께 청하니 허락하셨다. 독교를 타고 오르니, 누락이 표묘하여 하늘 가에 벗긴 듯하고 팔낙(八作)이 표연(飄然)[1]하여 가이 볼 만하였다. 월색에 보니 희미한 누각이 반공(半空)에 솟아 뜬 듯, 더욱 기이하였다.

누각 안에 들어가니 육간(六間)은 되고, 새로 단청(丹靑)을 하였으며 모퉁이마다 초롱대를 세우고 쌍쌍이 초를 켰으니 화광이 조요하여 낮 같았다. 눈을 들어 살피니 단청을 새로 하여 채색 비단으로 기둥과 반자를 짠 듯하였다.

서편 창호(窓戶)를 여니, 누각 아래에 시장 벌이던 집이 서울의 종이파는 가게 같았다. 곳곳에 집이 촘촘하고 시정(市井)들의 소리 고요하였다. 모든 집을 빽빽하게 지었으니, 높은 누상에서 즐비한 여염을 보니, 천호만가(千戶萬家)를 손으로 셀 듯 하였다. 성루를 굽이 돌아 보니 빽빽하기 서울과 다름이 없었다.

웅장하고 거룩하기가 경성 남문루(南門樓)[2]라도 이에 더하지 아니할 것이다. 심신이 용약하여 음식을 많이 하여다가 기생들을 실컷 먹이고 즐겼다. 중군(中軍)이 장한 이 월색을 띠어 큰 말을

---

1) 바람에 가볍게 나부끼는 모양. 여기서는 추녀의 모양.
2) 서울 남대문의 누각.

타고 누하문(樓下問)을 나갔다. 풍류를 치고 만세교로 나가니 훤화가갈(喧譁呵喝)이 또한 신기로웠다. 시정(市井)이 서로 손을 이어 잡담하며 무리지어 다니니 서울 같아서, 무뢰배(無賴輩)가 기생 집으로 다니며 호강을 하는 듯싶었다. 이날 밤이 다하도록 놀고 왔다.

동명일기(東溟日記)

기축년(己丑年) 팔월에 서울을 떠나 구월 초승에 함흥으로 오니, 모두 이르기를 일월출이 보임직하였다. 상거(相距)가 오십리 남았다. 마음이 심란하였다. 기생들이 못내 칭찬하여 거룩함을 일컬으니, 내 마음이 들썩여 원님께 청하였다. 사군(使君)이,

"여자의 출입을 어찌 가볍게 하리오."

하며 뇌거불허(牢拒不許)하니 하릴없이 그쳤다.

신묘년(辛卯年)에 마음이 다시 들썩여 하도 간절히 청하니 허락하고, 겸하여 사군이 동행하였다. 팔월 이십일 동명(東溟)[1]에서 나는 중로손(中路孫) 한명우의 집에 가서 잤다. 거기서 달 보는 귀경대(龜景臺)가 시오리라 하기에 그리 가려 하였다. 그때 추위가 심하여 길 떠나는 날까지 구름이 사면으로 운집하고 땅이 질어 말발이 빠졌으나 이미 정한 마음이라 동명으로 갔다. 그날이 시종(始終) 청명치 아니하여 새벽 달도 못 보고 그냥 집으로 돌아가려 하였다.

새벽에 종이 들어와 이미 날이 좋았으니 귀경대로 오르자 간청하였다. 죽을 먹고 길에 오르니, 이미 먼동이 텄다. 쌍교마(雙轎

---

1) 함흥 동서면에 있는 해변이름. 〈동명일기〉는 바로 이곳에서 지낸일을 적은 글임.

馬)와 종과 기생탄 말을 바삐 채를 치니, 네 굽을 모아 뛰어 달려 안정지 못하였다. 시오리를 단숨에 달려 귀경대에 오르니, 사면에 애운(靄雲)이 끼고 해 돋는 데 잠깐 터져 겨우 보는 듯 마는 듯하였다. 그래서 돌아오는데, 운전(雲田)에 이르니 날이 쾌청하여 그런 애달픈 일은 없었다.

조반을 먹고 돌아올 때 바닷가에 쌍교(雙轎)를 가마꾼에 메어 세우고, 전모(氈帽) 쓴 종과 군복(軍服)한 기생을 말에 태워 좌우를 시켜 그물질을 시켰다. 그물 모양이 수십 척(尺) 장목(長木)을 마주 세운 모양이었다. 그 나비가 배만한 그물을 노로 얽어 장목에 치고, 그물추는 백토(白土)로 구워 만든 것으로 약탕기(藥湯器) 만한 것이었다. 동아줄을 끈으로 하여, 해심(海心)에 그물을 넣어 해변에서 사공 수십명이 서서 아우성을 치며 당겨내었다. 물소리 광풍(狂風)이 이는 듯하고 옥 같은 물굽이 노하여 뛰는 것이 하늘에 닿으니, 그 소리 산악이 움직이는 듯하였다. 일월출(日月出)을 변변히 못 보고 이런 장관을 본 것으로 위로하였다. 그물을 꺼내니 연어(鰊魚)·가자미 등속이 그물에 달리어 나왔다.

보기를 다하고 가마를 돌이켜 돌아오면서 가마 안에서 생각하니 여자의 몸으로 만리창파를 보고 바닷고기를 잡는 모양을 보니, 세상이 헛되지 않음을 마음속에 새겼다. 십여 리를 오다가 태조대왕(太祖大王) 노시던, 격구 치던 곳에 세운 정자를 바라보니, 높은 봉위에 나는 듯이 있었다. 가마를 돌려 오르니 단청이 약간 퇴락한 육, 칠 간(間) 정자가 있고, 정자 바닥은 박석(薄石)을 깔았다.

정자는 그리 좋은 줄 모르겠으나 안계(眼界)가 기이하여 앞은 탄탄 훤훤한 벌이요, 뒤는 푸른 바다가 둘렀으니, 안목이 쾌창(快暢)하고 심신이 상연(爽然) 하였다. 바다 한가운데 큰 병풍같은 바위 올연(兀然)히 섰으니 거동이 기이하였다. 그것을 '선바위'라 한다고 했다.

산봉우리 아래에 공인(工人)을 숨겨 앉히고 풍류를 늘어지게 치이고 기생에게 군복을 입힌 채 춤을 추게 하니 또한 볼 만하였다. 원님은 먼저 내려서 원으로 가시고 종이 형제만 데리고 와서 마음놓고 놀았다. 촌녀(村女) 젊은 여자 둘과 늙은 노파가 와서 굿을 보려 하는데 종이 나서,

"네 어디 있는 여인인가?"

하니, 상풍 양반 집안 여자라서 무안하여 대로하며 달아나니 한바탕 웃었다.

돌아나올 때, 본궁(本宮)을 지나니 보고 싶었으나 별차(別差)가 허락지 아니하여 못 보고 돌아왔다. 일껏 별러 가서 일월출을 못보고 무미막심(無味莫甚)히 다녀와 그 가없기를 어찌 다 이르리오.

그후 다시 볼려고 꾀를 내었으나, 사군이 엄히 막아 감히 생각치 못하였다. 임진(壬辰)년에 친척이 상을 당하여 종이를 서울에 보낸지 이미 달이 넘었다. 고향을 떠난 지 사년이 되니, 죽은 이의 생면(生面)이 그립고, 종이를 보내어 심우(心憂)를 도우니, 회포가 자못 괴로워 원님께 다시 동명(東溟) 보기를 청하니 허락지 아니 하시었다.

"일생이 얼마나 되오? 사람이 한번 돌아가면 다시 오는 일이 없고, 근심과 가슴 아픔을 쌓아 매양(梅樣) 우울하니, 한번 놀아 마음 속의 울적함을 푸는 것이 만금(萬金)에 비겨 바꾸지 못할 것이다."

하며 자주 비니, 원님 역시 일출을 못 보신고로 허락, 동행하자 하셨다.

구월 십칠일에 가기를 정하니, 관기 차섬이와 보배는 이에 기

뼈 허락하며 치장(治裝) 기구를 준비하였다. 차섬이, 보배를 한 쌍, 이랑이, 일섬이를 한 쌍, 계월이하고 가기로 했다.

십칠일 식후 떠나려 하니, 십육일 밤에 기생과 비복이 다 잠을 아니 자고 뜰에 내려 사면을 바라보며, 혹 하늘이 흐릴까 애를 썼다. 나 역시 민망하여 하늘을 우러러 보니, 망일(望日)의 월식(月蝕) 끝이라 흑색 구름이 층층하고 진애(塵埃) 기운이 사면을 둘러 있었다.

모든 비복과 기생이 발을 굴러 혀를 차 거의 미칠 듯 애를 쓰니, 내 또한 초조하여 겨우 새워 칠일 미명(未明)에 바삐 일어나 하늘을 보았다. 하늘이 쾌치 아니하여 동편의 붉은 기운이 일광을 가려, 흉중(胸中)이 흔들려 하늘을 무수히 보았다.

얼마 후 홍운(紅雲)이 걷히고 햇기운이 나니, 상하 즐겨 밥을 재촉하여 먹고 길을 떠났다. 앞에 군복한 기생 두 쌍과 아이 기생 하나가 비룡(飛龍) 같은 말을 타고 섰는데, 전립(戰笠) 위의 상모와 공작모(孔雀毛) 햇빛에 조요하고 상마(上馬)한 모양이 나는 듯하였다. 군악을 교전(轎前)에서 늘어지게 연주하니, 미세한 규중 여자로 지난 해에 비록 낭패하였으나, 지난 해 좋은 일을 이 해 오늘에 다시 하니, 어느 것이 사군의 은혜가 아니리오.

짐짓 서문으로 나서 남문 밖을 돌아가며 쌍교마를 천천히 놓아 좌우 저자를 살피니, 거리 여섯 저자가 서울과 다름이 없었다. 의전·백목전·채마전 각색 전을 보니 고향 생각과 친척에 대한 그리움이 넘쳤다. 표전·백목전이 더욱 장하여 필필(疋疋)이 건 것이 몇 천 동을 내어 건 줄 모르겠더라. 각색 옷이며 비단 금침(衾枕)이 다 걸려 있었다.

처음 갔던 한명우의 집으로 아니 가고 가치섬이란 데 숙소하려 갔다. 읍내 삼십리를 가니, 운전창부터 바다가 보이기 시작하고 가치섬이 높았다. 한편은 가이 없는 창해(滄海)요, 한편은 첩첩

한 산이었다. 바닷가로 난 길이 겨우 무병 나비만 하고, 그 옆이 산이라서 쌍교를 인부에 메어 가만가만 갔다. 물결이 굽이쳐 홍 치며 창색(滄色)이 홍용(洶勇)하니, 처음에는 보기 끔찍하였다. 길이 소삽(疎澁)하고 돌과 바위 깔렸으니 인부가 매우 조심하며 일 리를 가니, 길은 평탄하고 너른 들인데, 가치섬이 우러러 보였다. 높이는 서울 백악산(白岳山) 같고 모양 대소는 백악보다 못하고 산색이 붉고 탁하여 백악보다 못하였다.

바닷가로 돌아 섬 밑에 집 잡아 드니, 춘매·매화가 추후하여 왔다. 점심을 하여 들이는데 생복회를 놓았으니 그 밑에서 건진 것이라 맛이 특별하였으나 바삐 재촉하니, 잘 먹지 못하여 서울 친척과 더불어 맛을 나누지 못한 것이 지한(至恨)이다.

날이 오히려 이르고 천기화명(天氣和明)하며 풍일(風日)이 고요하니, 배를 꾸며 바다에 사군이 오르시고 숙시와 성이를 데리고 내가 올랐다. 악기를 딴 배에 싣고 우리 오른 배 머리에 달고 일시에 연주하였다. 해수 푸르고 군복한 기생의 그림자는 하늘과 바다에 거꾸로 박힌 듯, 풍류 소리는 하늘과 바닷 속에 사무쳐 들리는 듯하였다. 날이 석양이니 쇠한 해 그림자가 해심에 비치니, 일만 필 흰 비단을 물위에 편 듯하였다. 마음이 비스듬히 흔들려 상쾌하니, 만리창파에 일엽편주로 망망대해의 위태로움을 다 잊을만 하였다.

기생 보배는 가치섬 봉(峰) 위에 구경 갔다가 내려왔으나 벌써 배를 띄워 대해의 중간 쯤에 갔으므로 오르지 못하고 해변에 서서 손을 흔드니, 또한 기관(奇觀)이었다. 지난 해 격구정(擊毬亭)에서 선바위를 보고 기이하여 돌아왔는데 금일 배가 선바위 밑에 이르니 신기하였다.

해가 거의 져 가니 행여 월출 보는 것이 늦을까 싶어 바삐 배를 대어 숙소에 돌아와 저녁을 급히 먹었다. 해가 다 지지 않아 귀경대(龜景臺)에 오르니 오리는 되었다.

귀경대를 가마 속에서 보니 높이가 아득하여 어찌 오를꼬 하였는데 사람이 많이 다녀 길이 반반하여 어렵지 아니 하였다. 올라간 후는 평안하여 좋고, 귀경대 앞의 바닷속에서 바위가 있는데, 크기도 퍽 크고 형용 생긴 것이 거북이 꼬리를 끼고 엎딘 듯하였다. 천생으로 생긴 것이 공교로이 쪼아 만든 듯하여 귀경대라 하는 듯싶었다.

대상에 오르니 물 형계(形界) 더욱 장하여, 바다 넓이는 어떠하던고? 가이 측량없고 푸른 물결 치는 소리, 광풍 이는 듯하고 산악이 울리는 듯하니, 천하의 끔찍한 장관이었다.

구월 기러기 어지러이 울고 한풍(寒風)이 끼치는데, 바다에 말도 같고 사슴도 같은 것이 물 위로 다니기를 말달리듯 하였다. 날 기운이 이미 침침하여 자세치 아니하고 보던 기생들이 연달아 괴이함을 말하는데 내 마음에 신기하기 어떠하리. 혹 해구(海溝)라 하고 고래라 하지만 모를 일이었다.

해 완전히 다 지고 어두운 빛이 일어나, 달 돋을 데를 바라보니 진애(塵埃)가 사면으로 끼고 모운(暮雲)이 창창하여 아마도 달 보기 황당(荒唐)하였다. 별러 별러와서 내 마음 가이없기는 이르지 말고, 차섬이·이랑이·보배 다 마누하님, 월출(月出)을 못 보시게 하였다 하고 소리하여 한하니, 그 정이 또 고마웠다.

달 돋을 때 못 미치고 어둡기 심하니, 좌우로 초롱을 켜고 매화가 춘매로 하여금 대상에서 '관동별곡'(關東別曲)'을 시키니, 소리 높고 맑아 집에 앉아 듣는 것보다 더욱 신기롭더라.

물 치는 소리 장하고 청풍이 슬슬이 일어나며, 다행히 사면에 안개가 잠깐 걷히고, 물 밑이 일시에 통랑하였다. 붉은 복숭아빛 같은 것이, 얼레빗 잔등 같은 것이 약간 비치더니 차차 내밀었다. 둥근 빛 붉은 폐백반만한 것이 길게 홍쳐 올라 붙는데, 차차 붉은 기운이 없어지고 온 바다가 일시에 희어졌다. 바다 푸른빛이 희고 희어 은처럼 맑고 옥 같이 좋았다. 창파 만 리에 달 비치는 장관을 어찌 쉽게 보리오 마는, 사군이 세록지신(世祿之臣)으로 천은(天恩)이 망극하여 외방에 부임하여 나랏것을 마음껏 먹고, 나는 또한 사군의 덕으로 이런 장관을 보니 도무지 어느 것이 성주(聖主)의 은혜 아닌 것이 있으리오.

　밤이 들어오니 바람이 차고 물 치는 소리 요란한데, 성이가 추위하는 것이 민망하여 숙소로 돌아오니, 기생들이 월출관광이 쾌치아닌 줄 애달파 하였다. 나는 그것도 장관으로 아는데 그리들 하니 심히 서운하였다.

　행여 일출을 못 볼까 노심초사(勞心焦思)하여 새도록 자지 못하고 가끔 영재를 불러 사공에게 물어보라 하니, 내일은 일출을 쾌히 보시리라 한다 하였다. 마음이 미덥지 아니하여 초조하였다. 먼 데 닭 울음소리가 잦기에 기생과 비복을 마구 흔들어 어서 일어나라 하였다. 밖에 급창(及唱)이 와 관청 감관(監官)이 아직 너무 일찍어 못 떠나신다고 하였다. 곧이 아니 듣고 발발이 재촉하였다. 떡국을 쑤었으나 아니 먹고 바삐 귀경대에 오르니, 달빛이 사면에 조요하고 바다가 어젯밤보다 희기가 더하였다. 광풍이 크게 일어나고 사람의 뼈에 사무치고 물결치는 소리가 산악을 움직였다. 별빛이 말똥말똥 동편에 차례로 있어 날이 새기는 멀었고, 자는 아이를 급히 깨워왔더니 추위 날뛰었다. 기생과 비복이 다 이를 두드리며 떠니 사군이

　"상(常)없이 일찍이 와 아이와 부인이 다 큰 병이 나게 하였다."

　하고 소리하여 걱정하니, 내 마음이 불안하여 한 소리를 못하고, 감히 추위하는 눈치를 못하고 죽은 듯이 앉았다. 날이 셀 가망이 없어 계속 영재를 불러, 동이 트느냐고 물으니, 아직 멀다고

계속 대답하였다. 물치는 소리가 천지를 진동하고 찬 바람이 더욱 심하여 좌우 시인(侍人)이 고개를 기울여 입을 가슴에 박고 추위하였다.

매우 시간이 지난 후 동편의 성수(星宿)가 드물며 월색이 차차 엷어지고 홍색이 분명하였다. 소리치며 가마 밖에 나서니, 좌우 비복과 기생들이 옹위(擁衛)하여 보려고 가슴을 졸였다. 이윽고 날이 밝으며 붉은 기운이 동편에 길게 뻗쳤으니, 붉은 비단 여러 필을 물위에 펼친 듯, 만경창파가 일시에 붉어 하늘에 자욱하고, 노하는 물결 소리 더욱 장하며, 홍전(紅氈) 같은 물빛이 황홀하여 수색이 조용하였다.

붉은 빛이 더욱 붉으니, 마주 선 사람의 낯과 옷이 다 붉었다. 물이 굽이쳐 올라 치니, 밤에 물치는 굽이는 옥같이 희더니, 지금은 물굽이는 붉기 홍옥(紅玉) 같아서 하늘에 닿았으니 그 장관을 더 말할 것이 없다.

붉은 기운이 퍼져 하늘과 물이 다 조용해도 해가 아니 뜨니, 기생들이 손을 두드려 소리하여 애달파 말했다.

"이제는 해 다 돋아 저 속에 들었으니, 저 붉은 기운이 다 푸르러 구름이 되리라."

낙심하여 돌아가려 하니, 사군(使君)과 숙시가,

"그렇지 아냐, 이제 보리라."

하셨다. 이랑이·차섬이 냉소하여 말하기를,

"소인(小人) 등이 이번뿐 아니라 자주 보았으니 어찌 모르겠습니까? 마나님 큰 병환 나실 것이니, 어서 갑시다."

하거늘, 가마 속에 들어앉았다. 봉의 어미 악을 쓰며 말했다.

"하인들이 다 말하기를 이제 해 나오리라 하는데, 어느 가시리요? 기생 아이들은 철모르고 지레 그럽니다."

이랑이 박장하며,

"그것들은 돌아가서 모르고 한 말이니, 곧이 듣지 말라."

하였다.

"사공에게 물어 보라."

하니 사공이,

"오늘 일출이 유명할 것입니다."

하거늘 내 도로 나섰다. 차섬이·보배는 내 가마에 드는 것을 보고 먼저 가고 계집종 셋도 먼저 갔다.

홍색(紅色)이 거룩하여 붉은 기운이 하늘을 뛰노니, 이랑이 소리를 높여 나를 불러, 저기 물 밑을 보라 외쳤다. 급히 눈을 들어 보니, 물 밑에 붉은 구름을 헤치고 큰 실오라기 같은 줄이 나왔다. 기운이 진홍 같은 것이 차차 나오더니. 그 위로 작은 회오리바람 같은 것이 붉기는 호박(琥珀) 구슬 같고, 맑고 통랑(通郞)하기는 호박보다 더 고왔다.

그 붉은 위로 홀홀(屹屹) 움직여 도는데, 처음 났던 붉은 기운이 백지 반 장 나비만큼 반듯이 비쳤다. 밤 같던 기운이 해가 되어 차차 커지더니, 큰 쟁반만하여 불긋불긋 번듯번듯 뛰놀았다. 적색이 온바다에 끼치며, 먼저 붉은 기운이 차차 가시고, 해가 흔들며 뛰놀기를 더욱 자주하였다. 항아리 같고 독 같은 것이 좌우로 뛰놀며, 황홀히 번득여 두 눈이 어질하였다. 붉은 기운이 명랑하여 첫 홍색을 헤치고 하늘에 쟁반 같은 것이 수레바퀴로 변해 물 속에서 치밀어 받치듯이 올라붙었다. 항독 같은 기운이 스러지고, 처음 붉어 겉을 비추던 것은 모여 소의 혀처럼 드리워 물 속에 풍덩 빠지는 듯싶었다. 일색(日色)이 조요하며 물결의 붉은 기운이 차차 가시고 일광이 청랑하니, 만고천하에 그런 장관(壯觀)은 비할 데 없을 듯 하였다.

짐작에, 처음 백지 반 장만큼 붉은 기운은 그 속에서 해가 장차 나려 하고 물이 우러나서 그리 붉었다. 그 회오리밤 같은 것은 짐짓 일색을 빻아내니 우린 기운이 차차 가시며, 독같고 항아리같은 일색이 모질게 고운고로, 보는 사람의 안력(眼力)이 황홀하여 도무지 헛기운인 듯싶었다.

차섬이·보배는 내가 가마에 드니, 먼저 가다가 도로 왔다.

장관을 기쁘게 보고 오려 할 때 촌녀들이 작별하려고 모여 손을 비비며 무엇 달라하기에 돈냥을 주어 나누어 먹으라 하였다. 숙소로 돌아오니, 기쁘기가 귀한 보물을 얻은 듯하였다.

조반을 급히 먹고 돌아올 때, 본궁(本宮)을 구경하라는 허락을 받고 본궁에 들어갔다. 궁전이 광활한데 분장(扮墻)을 두루 싸고 백토(白土)로 기와마루를 칠하였다. 팔작(八作) 위에 기와로 사람처럼 만들어, 화살 멘 것, 두 손을 마주 잡고 공손히 선 것, 양이나 말모양을 만들어 앉힌 것이 또한 볼만하였다.

궁전에 들어가니, 집이 그리 높지 아니하였으나, 너르고 단청채색(丹靑彩色)이 영롱하여 햇빛에 조요하였다. 전(殿) 툇마루 앞에 태조대왕 빗갓은 다 삭아 겨우 보를 의지하고, 은으로 일월옥로(日月玉樓) 입식(笠飾)의 빛이 새로워 있고 화살은 빛이 절어도 다른 데 상하지 아니하였다. 등개도 새로운 데가 있으나, 요대(腰帶)·호수(虎鬚)·활시위하던 실이 다 삭아 손 닿으면 묻어날 듯 무서웠다.

전문(殿門)을 여니, 감실네 위(位)에 도홍수화주에 초록허리를 단 장(帳)을 하여 위마다 쳤으니, 마음에 으리으리하고 무서웠다.

다 보고 나오니, 뜰 앞에 반송(盤松)이 있었다. 키가 작아 손으로 만져지고 양산 같이 퍼지고 누른 잎이 있었다. 노송이 있는데 푸른 빛이 새로 나왔었다. 다 친히 심으신 것이 여러 백 년 지났는데도 이리 푸르니, 어찌 기이하지 아니리오.

뒤로 돌아 들어가니 큰 소나무 마주 섰는데, 몸은 남자의 아름으로 두 아름은 되고, 가지마다 용이 틀어진 듯 틀려 얽혔는데,

높이는 다섯 길은 되고, 가지는 쇠하고 잎이 누르러 많이 떨어졌다.

옛날은 나무 몸에 구피로 쌌다고 하는데, 녹고 봇을 싸고 구리띠를 하였다. 곧고 큰 나무도 사면을 들어 받쳤다.

다 보고 돌아나오다가 동편을 보니, 우물이 있는데 그리 크지 아니하고 돌로 만들고 널로 짰다. 보고 몇 걸음 나오니 굉장히 큰 밤나무가 섰는데 언제 나무인 줄을 알 수 없었다. 제기(祭器) 놓인데로 오니, 다 은으로 만든 것이라 하는데 문을 잠궈 놓았기 때문에 못 보았다. 방아집에 오니, 방아를 깨끗이 결고 집을 지었는데 너무나 깨끗하였다. 제물(祭物)하는 것만 찧는다 하였다. 세세히 다보고 돌아오니 사군(使君)은 먼저 와 계셨다.

인생이 여러가지로 괴로워 위로 두 분 모두 아니 계시고, 알뜰한 참경(慘景)을 여러 번 보고, 동생이 영락(零落)하여 괴롭고 아픈 마음이 몸을 누르니, 세상에 즐거운 흥이 전혀 없었다. 그런데 성주의 은덕이 망극하여 이런 대지에 와서 호의호식(好衣好食)하고, 동명 귀경대와 운전(雲田) 바다와 격구정을 둘러보고, 필경에 본궁을 보고 창업태평(創業太平) 성군의 옥택(玉宅)을 사백년 후에 이 무지한 여자로서 구경하니, 어찌 자연하리오.

구월 십칠일 가서 십팔일 돌아와 이십일일 기록한다.

기　　타

요로원야화기(要路院野話記)

당시의 사회제도, 정책을 문답형식으로 날카롭게 풍자한 것이다. 당시의 다른 작품들과는 달리 말씨나 사고 방식이 생생하게 드러나 있다.

무오년 봄에 내가 서울에서 과거를 보고 올 때, 행색이 피폐하고 의복이 남루하니 가는 데마다 보는 사람들이 업수여겼다.

낮에 소사교에서 떠나 저녁에 요로원에 가는데 오 리를 못 미쳐서 말이 절었다. 채를 매우 세차게 몰아 저녁에 겨우 다달으니 행인이 벌써 주막에 들었다. 외로운 행장으로 주인에게 호령할 세력이 없어 양반든 곳에 접촉할까 하여 한 주막에 들어갔다. 봉당(封堂)위에 한 양반이 반만 누웠다가 내가 오르는 모양을 보고 종을 크게 불러 말했다.

"너 어디 있건데 행인을 금치 아니 하느냐?"

두 종이 대답하고 나올 때 내가 이미 말에서 뛰어 내린 뒤였다. 그 종 한 놈은 내 말을 치고, 한 놈은 내 등을 밀어 내었다. 내가 밀리어 나오며 말했다.

"남의 거처를 앗으려 하는 것이 아니라 잠깐 머물다 다른 곳을 정코자 하는데 너희 양반이 어찌 서로 마음이 이러하는가?"

봉당에서 객이 듣고 웃으며,

"그만하여 두라."

하였다. 내가 도로 봉당 앞에 나아가니 객이 이미 침구를 베풀고 누웠다.

내가 공경하는 예를 베풀려 하였으나 객이 답하지 아니하였다. 내가 생각건대 이는 반드시 서울의 큰 사람으로서 의관이 선명하니 나를 시골 사람이라 하여 답례를 아니하는 것 같았다. 그 교만한 뜻을 계교로 속이려고 다시 나아가 공손히 절하였다. 객이 응하지 아니하고 느직이 묻되,

"그대 어디 사느냐?"

내가 이미 저를 속이려고 마음 먹은지라 즉시 대답하였다.

"충청도 홍주 서면 금곡리에 삽니다."

객이 내 말이 너무 공손함을 우습게 여겨 이르기를

"내가 그대에게 호적단자를 하라 하더냐?"

대강 호적단자에 고을 이름을 다 쓰는 까닭에 하는 말이었다. 내가 머리를 굽혀,

"어른께서 물으시니 감히 자세히 말씀드리지 않겠습니까?"

하고 계속하여 청하여 말했다.

"주막이 빈 데 없고 이미 밤이 벌써 깊었는지라 여기서 밤을 새게해 주십시오."

객이 희롱하며,

"처음은 다른 데로 가겠다 하고, 이제는 자고자 하니 이는 두 말이로다."

내가 대답하였다.

"처음은 두라 하시고 이제는 가라 하시면 이는 한 말입니까?"

객이 웃으며 말하기를,

"그대 또한 양반이로다. 양반이 한데 자는 것이 어이 불가하리오."

내가 짐짓 말했다.

"그러하면 은혜가 가볍지 아니합니다."

하고 이어 종에게 말했다.

"마소를 들여 매고 양식 쌀을 내라."

하였더니 객이 웃으며 말했다.

"그대는 소도 가져왔느냐? 말인데 어이 마소라 말하고 양식을 쌀이라 말하는데 종이 양식이 쌀인 줄을 모르느냐?"

내가 대답하여 말하기를,

"시골 사람은 말과 소를 겸하여 말하고 양식을 쌀로 겸하여 말합니다. 이런 말을 시골에서는 웃지 아니하는데 홀로 웃으시니 틀림없이 서울 손님입니다."

객이 말하기를,

"그대 또한 아름다운 사람이로다."

그리고 또 물었다.

"그대 어디를 어찌하여 갔다가 어디서 오느냐?"

내가 짐짓 시골말로 대답하였다.

"조그만 연고가 있어서 서울 갔다가 옵니다."

객이 또 물었다.

"무슨 연고인고."

내가 대답하였다.

"친척이 죄를 지은 일이 있어서 돈을 주고 주선하러 갔다가 옵니다."

객이 말했다.

"서울에 아는 이가 누가 있으며, 주선하는 일은 어떠하냐?"

답하였다.

"서울 주인은 육조 앞의 김승인데 김승은 병조 관원입니다. 출입은 비록 걸어다니나 관대를 입고 사모를 쓰고서 기가 가볍지 아니합니다. 이 관원을 통하여 일을 주선하다가 돈이 부족하여 전에 무명 반 동을 들이고 이제 십여 필이 있어야 한다고 해서 다시 준비 하러 내려갑니다."

객이 탄식하며,

"그대 남에게 속임을 당하도다. 이른바 김승은 서리요, 관원이 아니다. 관원이 어찌 걸어 다니리오. 쓴 것이 사모가 아니라 승두요, 입은 것이 관대가 아니라 단령이니, 그대 그놈의 흉중에 빠져 값을 허비하니 불쌍하다. 시골사람이 보통 저러하도다."

하고, 더욱 업신여겼다. 내가 짐짓 말하기를,

"그러면 서리와 관원이 다릅니까?"

"심하다, 그대 시골사람이여. 그대 금곡리에서 조관 성부를 보지 못하였도다. 그대가 있는 데서 고을이 얼마나 머느냐?"

내가 답하였다.

"알지 못하나, 들으니 새벽에 가면 낮에 온다 합니다."

객이 말했다.

"백성이 모두 경양하고 추론하는 사람은 누가 있느냐."

내가 답하였다.

"서원(書員)과 아전입니다."

"또 이보다 더 높은 이가 있느냐?"

답하였다.

"목사는 영감이고 영감은 한 고을의 왕이니 어찌 감히 아전 향소와 같이 의논하리오."

객이 말했다.

"고을 영감은 서울 관원이요, 고을 아전은 서울 서리니, 서리는 진실로 양반이 아니다. 또 그대 양반이란 말을 아느냐?"

내가 대답하였다.

"알지 못합니다."

객이 말했다.

"벼슬이 동서반이 있는데 이 벼슬에 있는 이가 양반이요, 김승 같은 이는 양반이 아니다."

내가 짐짓 말했다.

"나는 시골인이라, 관원과 서리를 분별치 못하고 단령과 승두를 몰라서 관대, 사모라 하기에 믿고 그릇 사귀어 왔습니다."

하고, 이어 분통을 터뜨리며 재삼 개탄하니 객이,

"어찌 탄하느냐? 값을 허비한 것을 탄하느냐?"

내가 대답했다.

"값이 어찌 관계하리오. 다만 김승은 서리요, 나는 양반인데 김승이 전에 저의 이름을 부르던 일을 생각하니 어찌 분하지 아니하리오. 행차(行次)를 못 만났다면 길이 대욕을 받을 뻔하였습니다. 행차의 덕이 적지 아니합니다."

객이 웃고 또 묻기를,

"그대는 시골의 어떤 양반이오?"

내가 대답하였다.

"상등 양반입니다."

객이 말했다.

"상등 양반이면 어찌 친척이 군역에 처하는 벌을 받았느냐?"

내가 대답하였다.

"상감도 보를 쓴 권당이 있다 하는데 어찌 이상합니까?"

객이 웃고 말했다.

"그대 말이 옳다."

하고, 또 물었다.

"그대 시골에 다른 양반이 누가 있느냐?"

내가 대답하였다.

"북린의 예좌수와 동린의 모별감이 있습니다."

"이 또 상등 양반인가?"

내가 대답하였다.

"이 양반도 우리 양반과 같으나 위세와 권력은 바랄 바가 아닙니다. 예좌수가 미천하였을 때 그 안댁이 나물밭을 매고, 그 아들이 소를 먹였습니다. 여름이면 삽을 메고 물가에 가 양반을 자랑하며 물을 대고 겨울이면 베를 끼고 시장에 가 상민과 더불어 술을 마십니다. 권농이 와 뵈면 고개 숙여 말하고, 독서원이 와 절하면 갓을 숙이고, 마을에 있을 때 심상한 사람이었습니다. 그런데 하루 아침에 별감이 되어 말년에 좌수가 되더니 나가면 향역에 앉고 관리가 뜰 앞에 절하여 뵈고, 들어오면 영감을 대하여 통인이 섬 앞에서 모십니다. 전일 싸라기죽을 먹다가 오늘 옥밥을 먹으며, 전일 걸어다니다가 이제 살진 말을 탑니다. 여자 기생이 모셔 자고 사령이 문을 지키고, 기쁘면 환자를 더 줍니다. 손이 오면 술을 부으며, 입이 마르면 차를 올립니다. 전일 같이 사귀던 벗과 눈 흘려 보던 상인이 엎드려 두려워 하고 위풍이 일경에 진동하고 선물 들이는 것이 이었습니다. 이 아니 대장부 사업입니까? 한적 예좌수가 환자를 나누어 주려고 해창(海倉)에 갔을 때 제가 환자를 얻고자 하여 갔더니, 저에게 삼배주를 먹이셨으니 예좌수는 훌륭한 분입니다."

하고 칭찬하였다. 객이 웃어 말하기를,

"이야 상등양반이렸다."

하였다.

이윽고 진지를 알리거늘 내가 일부러,

"솔가지 불 켜 올리라."

하였다.

"상등 양반이면 촉(燭)을 아니 가져왔느냐?"

내가 대답하였다.

"진실로 가져왔는데 어제 다 썼습니다."

객이 말하였다.

"솔불이 매워 괴로우니 내 행중의 초를 내어 켜라."

하였다. 초를 밝히니 빛이 황홀하였다.

내가 길을 나온 지 오래되어 자취가 초췌하고 행찬(行饌)[1]을 내어놓으니 마른 장과 청어 반 꼬리다. 젓가락을 들어 먹으려다 두루 보며 부끄러워 하는 체하였다. 객이 보고 크게 웃으며,

"상등 양반의 반찬이 좋지 아니하도다."

내가 말했다.

"시골 양반이 비록 상등 양반이나 어찌 감히 서울 사대부와 비기리오?"

객이 내 말을 옳게 여기었다. 밥을 반쯤 먹고 내 일부러 종을 불러 말했다.

"물 가져오라."

하였더니 객이 말하기를,

"그대 상등 양반의 밥 먹는 법을 가르치겠다. 종이 진실로 고하거든 '올리라' 하지 말고 '들이라' 하고 숭늉을 먹으려 하거든 '가져오라' 하지 말고 '진지하라' 하느니라."

내가 대답하였다.

"행차의 말씀이 지당하시니 이제 배웠습니다."

객이 말했다.

"그대 나이 몇이며, 장가를 들었는가?"

내가 대답하였다.

---

1) 여행할 때 준비해 다니는 반찬.

"나이는 스물 아홉살이요, 장가는 못 들었습니다."

객이 말했다.

"그대 상등 양반인데 아직 장가를 못 들었느냐?"

내가 탄식하며 말했다.

"상등 양반이지만 장가 들기가 어려워 저쪽에서 구하는 데는 내가 즐기지 아니하고, 내가 구하는 데는 저쪽에서 즐겨 아니하니, 좋은 바람이 불지 아니하여 아직 나와 같은 이를 만나지 못하였습니다."

객이 말하였다.

"그대 몸이 단단하여 자라지 못한 듯하고 턱이 판판하여 수염이 없으니 장래 장가 들 길이 없을 것이오."

내가 대답하였다.

"행차는 웃지 마십시오. 옛말에 불효 중에 후사가 없는 것이 크다고 하니 삼십세에 장가들지 못하였으니 어찌 민망치 아니하겠습니까?"

객이 대답하였다.

"어찌 예좌수 모별감 집에 구혼을 못하였느냐?"

내가 대답하였다.

"이 이른바 내가 구혼하는 데는 저쪽에서 즐겨 아니하는 데 입니다."

객이 말했다.

"그대 얼굴이 단정하고 말씀이 민첩하니 헛되이 늙지 아니하리니 예가, 모가들이 혼인을 허락하지 않으리오. 내가 그대를 위하여 다른데 아름다운 배필을 구하겠다."

내가 거짓 곧이 듣는 체하고 기꺼하는 얼굴로 대하며 말했다.

"그지 없습니다. 행차 문중에 아가씨가 있습니까?"

객이 대답하지 않고 혼자 말하며,

"어린 것이 할일 없다. 휘롱을 하다가 욕을 보도다."

하고,

"내 문중에는 아가씨가 없으니 다른 데서 구하겠다."

내 짐짓 감사하며 말했다.

"은혜가 가이 없습니다."

객이 말했다.

"그대 비록 가관(加冠)을 하였어도 입장(入丈)을 못 하였으면 이는 늙은 도령이다."

하고, 이후는 노도령(老道令)이라고도 하고 그대라고도 하였다.

객이 말을 그칠 때면 이따금 혼자 글을 읊으되 애강남(哀江南) 익주부자묘비(益州夫子墓碑)와 고부(古賦) 고시(古詩)를 읊었다. 내가 모르는 체하고 물었다.

"행차가 읽으신 글이 무슨 글입니까?"

답하기를,

"이는 풍월(風月)이다."

또 말하기를,

"그대 형상을 보니 반드시 활을 쏘지 못할 것 같은데 글을 하느냐?"

내가 답하였다.

"문자는 배우지 못하고 글은 잠깐 배웠으나 다만 열 다섯줄 중에 둘째줄 같은 줄이 외우기 어려웠습니다."

객이 말했다.

"이는 언문이다. 진서에 이 같은 글줄이 있으리오."

내가 대답하였다.

"우리 시골에는 언문을 하는 이도 적으니 진서를 어이 바라리오. 진실로 진서를 하면 기특하기를 어이 측량하리오. 우리 시골에는 한 사람이 사략을 읽어 서원이 되어 치부로 유명합니다. 또한 사람은 사략을 읽어 교생이 되어 과거에 출입하는데 공사 소지 쓰기를 나누는 듯이 하고 선물이 구름 몰 듯하여 가계가 기특합니다. 이런 훌륭한 일은 사람마다 못 합니다. 우리 금곡 중에도 김호수는 언문을 잘하여 옛이야기를 두루 읽고 호수한 지 십여 년에 가계 부유하고 성명이 혁혁하였습니다. 사나이 되어 비록 진서를 못하나 언문이나 잘하면 족히 한 촌에서 행세할 수 있습니다."

객이 말했다.

"그대 그러면 호수를 하고자 하느냐?"

내가 답하였다.

"호수도 상인(常人)의 소임이니 결복(結卜) 마련에 쓰고자 합니다?"

객이 탄식하며,

"사람이 어이 경향이 다르리오마는 서울 사람은 진서를 못하는 이가 없는데 시골 사람은 언문도 못하도다. 글을 못하면 어찌 사람이라 하리오."

내가 답하였다.

"나도 글을 못해도 남이 사람이라 하니 어찌 반드시 글을 한 후에야 사람이라 하리오."

객이,

"사람이라도 한두 가지가 아니다. 옛사람에 공부자라고 하는 사람이 있는데 그대 들었느냐?"

내가 답하였다.

"듣지 못하였습니다."

또 묻기를,

"고을 향교의 제사를 뉘께 지내느냐?"

대답하였다.

"공자께 합니다."

객이 웃고 말했다.

"공부자는 공자를 말한다."

내가 대답하였다.

"촌 사람이 무식한지라 다만 공자가 있고 공부자란 말씀을 듣지 못하였습니다."

객이 크게 웃으며 말하기를,

"네 도적이란 사람을 들었는가?"

내가 대답하였다.

"들었습니다."

객이,

"도적과 공자와 누가 어지냐?"

답하였다.

"공자는 성인이요, 도적은 악합니다."

객이 말했다.

"진실로 옳도다. 청천백일(靑天白日)은 종놈도 그 밝은 줄을 알고, 황혼은 금수(禽獸)도 어두운 줄을 안다. 공자와 도적을 어찌 모르리오. 슬프다. 글 하는 삶은 성인이요, 글 못하는 이는 금수다."

하였다. 내가 대답하기를,

"행차는 글을 하시니 진실로 성인이시요, 나도 언문을 하니 금수는 면하겠습니다."

하고, 혼자 말하였다.

"그러나 알까보다."

하였다. 내가 그 말을 못 듣는 체하고 거짓말했다.

"행차가 읽으시는 풍월이 무슨 말입니까?"

객이 답하였다.

"그대 풍월을 배우고자 하느냐? 풍월이란 것이 다섯 자와 일곱 자를 모아 한다. 그대 나와 풍월을 화답함이 어떠하냐?"

내 크게 웃고 말했다.

"진서를 모르는데 어찌 풍월을 하리오?"

객이 말했다.

"비록 진서를 못 하여도 보통말로 해도 풍월이다."

내가 말하였다.

"비록 보통말로 하더라도 다섯 자와 일곱 자를 모아 합니까?"

객이 말했다.

"그대 말솜씨가 좋으니 보통말로 풍월을 반드시 잘 할 것이니 시험해 보자."

내가 사양하며 말했다.

"풍월은 내가 할 일이 아니니 혼자 하십시오."

객이 말했다.

"내 먼저 짓거든 그대는 배워서 지어라."

하고 한 구를 읊었다.

내 시골나기를 보니,
형상이 괴이하고 천박하구나.

내가 그 새김을 듣고 거짓으로 노하여 말했다.

"행차 나를 희롱함이로다."

객이 말했다.

"시골 사람이 그대뿐이 아니다. 시골 사람이 이러한 이를 많이 보았으므로 이른 말이오. 그대를 희롱함이 아니다. 그대 같은 이는 드물다."

내 기꺼하였더니 객이 또 한 구를 말했다.

언문을 쓸 줄을 모르니
어찌 진서 못함이 괴이하리오.

그리고는 나에게 화답하라고 시키었다. 내가 두어 번 사양하니
객이 거짓 노하다가, 고쳐 웃고 말했다.

"내가 이미 먼저 지었는데 그대가 끝까지 화답치 않는 것은 나
를 업신여기는 것이다. 내 어찌 그대를 몰아내지 못하리오."

내가 답하였다.

"내쫓으면 내쫓을 것이지 어찌 사람 위협하기를 어린 아이같이
합니까? 내 비록 시골사람이고 글자를 못 하나 저렇듯 위협하는
말은 조금도 두려하지 않습니다."

객이 웃고 말했다.

"그대는 당돌하다, 내가 희롱했다."

하고 한 구를 화답하기를 하였다. 내가 즉시 한 구를 읊었다.

내 서울 것을 보니
과연 오랑캐로다.

객이 듣고 놀라 일어나 앉아 내 손을 잡고 나를 자세히 보며
말했다.

"불쌍하다. 그 사이 사람을 어찌 이렇듯 속이느냐? 그대의 놀
림에 빠져 이렇듯 부끄러운 일을 당하였다. 평생에 객기가 있어
길에 나와 이러 한 적이 많으나 나 어느 때도 탄로난 적이 없었
는데, 이제 그대를 만나 이렇듯 부끄러움을 보니 내 탓이려니와
어찌 그대가 날 욕함을 이렇듯 심히 하느냐?"

내가 웃고 말했다.

"서울 사람이 어른뿐 아니라 이런 사람을 많이 본 고로 이른 말이오. 어른을 이른 말이 아니오. 어른 같은 이는 진실로 드문 사람이오."

객이 웃으며 말했다.

"그 말은 내가 처음 하던 말이다. 어찌 그 말 대답하기를 빨리 하느냐?"

내가 말하기를,

"옛말에 '네게서 나온 말이 네게로 돌아간다' 했는데 그대는 이 말을 듣지 못하였습니까?"

내가 매양 '행차'라고 일컫다가 갑자기 '그대'라고 부르니 객이 웃고 말하였다.

"행차는 어디 가고 그대라 이르느냐?"

내가 대답하였다.

"노도령은 어디 가고 그대라 이릅니까?"

객이 말했다.

"노도령이란 말을 듣기를 좋아하느냐?"

내가 대답했다.

"노도령을 위하여 혼인 시키는 일을 속이지 마시오. 내가 원래 그대의 문중의 아가씨께 장가 들겠습니다."

객이 크게 웃고 말했다.

"우리 문중에 아가씨가 있다 해도 예좌수 모별감도 아닌 혼인을 어찌 하리오."

이어서 나를 보며 웃고 말했다.

"그대의 계략을 예측할 수 없다. 내가 처음에 마소를 들이라는 말에 잠깐 업신여기고, 두 번째 이름을 부르는 말에 더욱 가볍게 여기고, 마침내 문자를 모른다는 말에 아주 업신여겼다. 그대가

글을 잘하면서 못한다고 하여 나를 속였거니와 간사하기를 면치
못할 것이다."

내가 말하기를,

"병법을 보지 못하였는가? 병법에 일렀으되, 모진 새 장차 먹
이를 차려 하면 그 발톱을 감추고, 모진 범이 장차 뛰려 하면 그
몸을 움츠린다. 처음에 그대께 절할 때 너무 남을 업신여김을 알
았다.

내가 그 객기와 교만함을 속이려 하는 고로 내 마지못하여 발
톱을 감추고 몸을 움츠렸는데 어찌 간사하리오. 옛날에 양화가
도술을 하면 공자도 도술로써 대답하시고 양혜왕이 정성을 아니
하니 맹자가 병에 의탁하셨는데 공자, 맹자도 또한 간사하랴?"

객이 말했다.

"그대가 말 잘함이 이러한 줄 알지 못하였다."

그리고 글구를 마저 짓기를 청하였다. 내가 금시에 한 구를 지
었다.

　　대저 인물을 대하니
　　옷과 관을 꾸몄도다.

객이 말했다.

"그대께 속음이 심한지라 어찌 부끄럽지 아니리오."

그리고 둘이 지은 글을 자세히 읽어 보고 말했다.

"그대 글이 모두 내 글에서 나오니 항복하지만 첫째 운자는 낮
고, 둘째 운자는 높구나."

내가 답하였다.

"그대의 글과 같이 짓느라고 둘째 운을 일부러 높였다. 그대
둘째 운이 또한 높지 아니하냐?"

객이 깨닫고 놀라 말했다.

"과연 옳다. 그대의 재주를 당하기 어렵다. 마디마디 속으니 부끄럽기 비할 데 없다. 밤인 탓으로 그대를 몰라보았거니와 낮 같으면 어찌 몰라보리오."

그리고 성명을 묻기에 내가 사양하며 말했다.

"시골 사람이 어찌 말하리오. 서울 사람이 먼저 말하라."

하였다, 객이 말하지 아니하고, 다만 회현방골에 사노라고 말했다. 대개 속은 것이 부끄러워 성명을 전파할까 두려워하기 때문이다.

객이 말했다.

"그대 계교가 진실로 어렵다. 비록 재주가 있더라도 아니 속기 어렵다."

내가 답하였다.

"내 비록 시골 사람이나 흑립을 쓰고 포를 입었거늘, 그대가 처음에 답배를 아니 하니 양반이 어찌 그러하리오?"

객이 말했다.

"그런 말은 다시 하지 말라. 우습고 부끄럽다."

그리고 술과 안주를 들이니 술병은 유기이요, 잔은 앵무였다. 다시 서로 세 잔씩 마시고 안주를 씹으며 누웠다.

객이 말했다.

"그대 재주를 알았는지라 진서 풍월로 화답함이 가하다."

하고 이어서 읊었다.

촉수의 한가가 위가가 되는 것을 알지 못하니
위나라의 사신이 어찌 범가가 장가인 줄 알리오.
예부터 어진 사람도 속은 이가 많으니
오늘 그대게 속은 것을 비웃지 말라.

내가 즉시 화답하여 말했다.

몸을 움츠리던 사인이 전제의 임금이 되고.
밭 갈던 상인이 나중에 초의 장수가 되었다.
부귀를 가지고 한사를 가볍게 여기지 말라.
사람이 교만하다가 속임을 보지 않을 이 없다

객이 말했다.
"좋다. 청컨대 계속하여 재주를 겨루리다."
내가 허락하고 먼저 읊었다.

역려에서 서로 만나 역려에서 이별하니
고인의 마음은 고인이 알리라.

객이 읊어 말했다.

다음에 반드시 오늘 밤을 생각하지 않으랴.
밝은 달이 분명히 여기 비치어 있도다.

객이 또,
"청컨대 사운을 지으라."
고 청했다. 먼저 읊어 가로되,

자련은 처음으로 고원 가에 날 때
우연히 잠깐 만나니 곧 아름다운 인연이다.
버들에 다니는 노란 꾀꼬리는 봄이 저문 후요,

　　술독에 가득한 술은 달 밝은 앞이로다.
　　남주의 숨은 선비는 보배를 속에 품었으니,
　　동락의 용렬한 객은 젓대 구멍으로 하늘을 보도다.
　　글 지으며 머문 것을 다른 때
　　어찌 반드시 서로 만나 성명을 전하리오.

내가 화답하여 말하였다.

　　밝은 달 맑은 바람의 흥이 가이없다.
　　이 땅에 서로 만남이 실로 인연이로다.
　　슬픔과 즐거움을 그대 능히 술에 붙여거늘
　　궁함과 통함은 내 스스로 하늘께 들어왔노라.
　　어린 아이에게 사마를 알게 할지니
　　어찌 오늘날 성명 전함을 의심하리오.

내 또 말하였다.
"육언을 지어 화답하겠다."
하고 읊었다.

　　서울 길 푸른 나무는 그대가 있는 곳이요,
　　호수와 바다와 푸른 산은 내 집이로다.
　　크게 취하여 노래 부르기를 호기롭게 하니,
　　망망한 속물이 누구이리오.

답이 이어졌다.

　　좋은 밤 밝은 달은 천 리요,

아름다운 복숭아는 일만 집이로다.
좋은 술에 글을 논함을 마지 아니하니,
밝은 아침에 이별하는 뜻이 어떠하냐?

내가 또 말했다.
"삼오칠언으로 하겠다."
그리고 읊었다.

손에 잔이 머무르고
입에 시를 읊도다.
꽃은 바람 앞에 눈(雪)을 보내거늘
버들은 비온 후에 실을 흔드도다.
요로원에서 요로의 객을 만나니
낙양 사람이 낙양으로 가도다.

객이 화답하였다.

그대는 잔을 멈추고
내 시를 들어라.
오늘 얼굴이 옥 같구나.
내일 아침에 귀밑에 실이 가득하리라.
훌훌한 광음이 과객과 같으니
노는 것을 모름이 소년 때를 미처 하라.

내가 말했다.
"그대 재주는 진실로 기특하다. 나 같은 용재는 감히 따르지
못할 것이다."

객이 말했다.

"과도히 겸손치 말라. 내 아이 때부터 글 재주가 민첩하기로 자신하여 비록 옛 사람이라도 항복하는 뜻이 적더니 이제 그대 재주를 보고 항복하노라."

객이 여러 가지로 나를 이기려 하다가 마침내 이기지 못하여 공교로운 글구를 지어 겨루자 하였다. 내가 허락하였더니 객이 먼저 읊었다.

> 전에 어찌 어두워 그대의 꾀에 그릇 빠지뇨,
> 먼 뜻을 옅게 보는 사람이 알 것이 아니다.

"내 또한 연구를 짓되, 위로 첫자에 나무 목(木) 자를 쓰고 아래 자에 흙 토(土) 자를 쓰고, 둘째 구 첫자에 물 수(水) 자를 쓰고, 아래자에 불 화(火) 자를 쓰고 상하 연구사이에 쇠 금(金)를 들여 오행시로 화답함이 어떠하냐?"

객이 웃으며 말했다.

"쉽지 아니하다. 그러나 그대 만일 지어내면 내 어찌 사양하리오."

내 즉시 한 짝을 지었다.

> 평초 같은 자취 어느 곳에서 이르렀느뇨.
> 꽃과 달이 빈 당에 가득하였도다.
> 흐르는 그림자 금술잔에 비치었도다.

객이 이어 읊었다.

"내 괴로이 읊조리다가 지었노라."

하였다.

객이 말하기를,

"여러 번 대답이 어려우니 아무것이나 지으라."

하였다. 내가 대답하였다.

"멀거하여 흰 것을 마시도다."

객이 혀를 내두르며 웃고, 크게 감탄하여 말했다.

"진실로 그대 재주 같은 이는 쉽지 아니하다."

그리고 글짓기를 그치고 촛불을 낮추고 서로 회포를 말했다.

객이 말하였다.

"그대 재주가 뛰어난데 지금 초라하니 어찌 괴이치 아니리오. 과거를 몇 번이나 보았느냐?"

내가 대답하였다.

"심히 괴롭다. 일찍 한 번 향시에 장원하고, 두 번 감시에 장원하고, 세 번 증광시에 초시하였으나 회시를 연하여 떨어졌다. 이러므로 향시는 쉽고 경시는 어려운가 하노라."

객이 탄식하며 말하였다.

"그렇지 아니하다. 그대 같은 재주가 낙방하니 어찌 고이치 아니리오. 슬프다. 지금 과거의 사정이 심하여 공평하지 아니하니 문벌 자제는 과거를 하고 시골 선비는 다 떨어진다. 그렇지 아니하면 그대 재주로 어찌 초라하리오. 대과는 힘으로 못할 것이지만 소과를 어찌 지금 못하리오."

내가 답하였다.

"소과는 겨우 하였다."

객이 말했다.

"반드시 정사년 과거에 하였을 것이다. 예전에는 시골 사람이 많이 하였는데 갑인년부터 과거에 사정(私情)이 있어 세도가 자제는 글자를 못하여도 나이 열 다섯이면 급제하니 씨할려고 찾아도 급제하지 않은 이가 없었다. 정사년은 세도가 자제가 감시를 본 이가 적으니 시골 유생이 많이 급제하였다."

내가 말하였다.

"과연 정사년 과거에 급제 하였다. 그대는 어느 과거에 급제하였느냐?"

객이 말했다.

"숙종 즉위년에 증광시에 합격하였다."

내가 웃고 말했다.

"그대 정사년 시비를 크게 말하니 진실로 목욕하려고 옷 벗는 자를 희롱함이로다."

객이 말하였다.

"그러나 어이 한 둘이야 공도로 참예한 이가 없으랴?"

또 물었다.

"그대 아들이 없느냐?"

대답하였다.

"비록 두었으나 어리고 형의 아들이 겨우 육칠세이다."

객이 말하였다.

"숫자와 방위를 가르쳤느냐?"

내가 대답하였다.

"숫자는 가르쳤으나 방위는 가르치고자 아니한다."

객이 말했다.

"어찌 그런가?"

내가 말했다.

"지금 모두 동서남북 알기를 잘 하니 아이를 가르치지 않아도 세상을 좇아 배울까 두렵다."

객이 웃으며 말했다.

"옛날 당(唐) 문종(文宗)이 편을 가르는 의론이 성한 줄을 알고 하북의 도적에 비교하여 말했다. 만일 사람마다 자식 가르치기를 그대 같이 하면 편가름의 의론이 어이 있으리오."

또 말하기를,

"붕당의 폐단을 어이 말하리오."

"옛날에 우가 이가에 한퇴지 홀로 들지 아니하고 낙촉붕당이 성하였을 때, 정이천이 대현(大賢)이었으나 지목함을 면치 못하였다. 퇴지의 도덕 학문, 정이천에 비교치 못할 것이나 퇴지는 붕당에 들지 아니하고 정이천은 시비를 면치 못한 고로 내 이상하게 여긴다. 그러나 이는 정이천의 문인이 한 일이다. 붕당의 해가 심한 것이 아닐까?"

또 물었다.

"지금 조정에 청론(淸論), 탁론(濁論)이 어이 될까?"

내가 답하였다.

"나는 시골에 사는지라 어찌 현재 세상 일을 알리오. 다만 천견으로 말하면 탁론은 권세에 추부는 부류요, 청론은 영절을 돌아 보는 부류니, 청류는 물러나기 쉽고, 탁류는 물러가기 어렵다. 쉬 물러가는 부류는 잘못이 깊지 아니하고, 물러나기 어려운 부류는 반드시 심한 후일 것이니, 이로 말미암아 보건대 청류의 해는 이기지 못하리라."

"진실로 그러하다."

하고, 또 말하기를,

"그대 시골서 가세가 빈한하냐. 어찌 의복이 피폐하고 안마가 피곤하냐?"

"그러하다. 자운이 가난을 쫓아도 다시 오고, 퇴지의 궁함은 몰아내도 다시 온다."

객이 웃고 말했다.

"그대도 반드시 인의(仁義)를 좋게 여겨 길이 빈천할 것이다. 사나이가 세상에 나서 가히 세 가지 행함직한 일이 있다. 글 읽고 궁리하여 세상의 유명한 학자됨이 제일이요, 과거하여 벼슬하여 효도하며 부모를 부양함이 둘째요, 그렇지 못할진대 차라리 집을 다스려 농업에 힘써 의복, 음식을 좋게 하여 위로는 부모를 효도로써 봉양하고, 아래로는 처자를 보육함이 또한 마땅치 아니하랴? 마음을 과거에 전념하고 생계를 버림이 좋을 일이 아니다. 허노제가 말하기를, '학문을 하려하면 마땅히 생계를 다스려야 한다. 생계가 부족하면 학문에 방해가 된다' 하니 어찌 옳지 않은가?"

내가 대답하였다.

"그대와 말이 통한다. 그 뜻을 생각컨대 태사공의 부(富)와 이(利)를 희롱함을 면치 못한다. 옛 허창제 근재지도 자세히 말하기를, '도덕에 뜻을 두면 공명이 족히 그 마음을 더럽히지 못하고, 부귀에 뜻을 두면 아니할 일이 없다' 하니 사람이 마땅히 이런 말로써 법을 삼는다. 이른바 글을 읽어 이치를 구함이 세상 사람의 이학(理學)이 아닌가?"

"이학은 반드시 팔짱 끼고 꿇어 앉기를 일삼으니 그 뜻이 어이한가? 그러지 아니면 학문을 못하는 것인가? 이학은 공자 같은 이 없는데 공자가 팔짱 끼고 꿇어 앉았다는 말을 듣지 못하였다."

객이 말했다.

"이학하는 데 마음잡는 것이 제 일 공부다. 잡으면 들고 놓으면 나가니, 진실로 마음잡지 못하여 방자하면 금수됨이 멀지 아니하다. 이런 고로 학자는 반드시 팔짱 끼고 꿇어 앉아 그 마음은 온전함을 구한다. 마음을 정한 후에야 덕이 있으니 그대 말이 그르다. 옛날 원양이 걸터 앉았는데 공자가 막대로 치셨다. 공자가 팔짱 끼고 무릎 여미시던 줄을 이로써 가히 알 것이다."

하였다. 내가 웃고 말았다.

"옛 정선생이 매양 사람이 바르게 앉는 것을 보시고 그 학문을 잘한다 하시니, 내 잠깐 옛글을 읽었는지라 어찌 학자의 무릎 여미던 일이 귀한 줄 모르리오. 그러나 옛부터 거짓 외모로 꾸며 헛된 명상을 도적하는 자가 많은지라 강초의 호탕과 종남의 방탕함이 마침내 비웃음을 면치 못한다."

객이 말했다.

"그대 말이 대개 격분함에 있도다."

하였다. 이윽고 객의 말(馬)이 소란하였다. 객이 급히 성을 내어 종을 꾸짖었다.

"어찌 말을 이렇게 소란하게 하느냐? 내 이를 중히 다스리겠다."

하였다. 내가 말하기를,

"말이 다투어 싸우기 예사인데 어찌 노하기를 급히 하느냐?"

객이 말했다.

"이 진실로 나의 병이다. 고치고자 하나 능히 못한다."

내가 답했다.

"고치기 어렵지 아니하다. 내 소시에 성미가 급하여 고치고자 하나 못하였다. 하루아침에 깨달으니 어렵지 아니하다. 마음이 노한때는 참을 인(忍)을 생각하면 노엽던 마음이 자연 없어진다. 이때부터 아홉 가지 생각하는 글자를 써 항상 눈에 보고 외운다."

객이 말하였다.

"아홉 가지 글자는 무엇인가?"

답하였다.

"사곡(邪曲)한 마음이 나려거든 문득 바를 정(正)을 생각하면 사벽(邪僻)하기에 이르지 아니하고, 거오(倨傲)한 마음이 나려거든 경(敬)을 생각하면 거오(倨傲)하기에 이르지 아니한다. 태타

(怠惰)한 마음이 나려거든 부지런할 근(勤)을 생각하면 태타(怠惰)하기에 이르지 아니하고, 사치(奢侈)한 마음이 나려거든 검박할 검(儉)을 생각하면 사치(奢侈)한 데 이르지 아니한다. 속이고 싶은 마음이 나려거든 정성 성(誠)을 생각하면 속이기에 이르지 아니하고. 이욕(利慾)의 마음이 나려거든 옳을 의(義)를 생각하면 이욕(利慾)에 이르지 아니한다. 말할 때에 잠잘 묵(默)을 생각하면 언실(言失)이 있지 아니하고 기롱(譏弄)할 때에 영웅 웅(雄)을 생각하면 경조(輕躁)하기에 이르지 아니한다. 분노(忿怒)할 때에 참을 인(忍)을 생각하면 급조(擧措)가 있지 아니하다."

객이 말했다.

"그대 아홉 가지 생각은 몸을 깊이 살핀다는 뜻이로다. 그러나 그대, 여덟 가지는 잘 생각하나 한 가지는 생각지 못하도다."

내가 물었다.

"어찌 그런가?"

객이 말했다.

"그대가 나를 속일 때에 홀로 정성 성(誠)을 생각지 못하느냐?"

내가 크게 웃으며 말했다.

"그대 내게 속은 것을 앙앙하여 잊지 못하느냐?"

객이 말하였다.

"그대 어찌 나를 옅게 여기느냐. 내 어찌 족히 개념하리오. 옛 교인이 자신에게 즐겁지 못하는데 교인이 자신에게 속임을 당하니 이렇게 하면 뉘 아니 속으리오."

그리고 서로 웃고 함께 자다가 일어나 보니 동창이 이미 밝았다. 소매를 서로 잡고 길을 나누어 떠날 때 저도 내 성명을 모르고, 나도 제 성명을 몰랐다. 이때가 무오년 사월 초삼일이었다.

· **박두세**(朴斗世, 1654~?) 1682년 증광문과에 급제하여 목사를 거쳐 지중추부사에 이르렀다. 문장에 뛰어났다.

패관잡기(稗官雜記)

어숙권(魚叔權)

    우리나라에 있었던 일, 시화, 설화 등을 모아 해설한 내용이다. 여기서는 일부분만 싣는다.

    정덕 임신년(1512)에 일본 사신이 서울에 왔다. 병이 나 다음과 같은 시를 지었다.

      동쪽 나라 사관 문 밖은 사방을
      병풍처럼 두른 산에 봄이 저물고
      먼지는 침상 밑의 신발을 파묻고
      거미는 옷걸이 꼭대기의 수건에 그물을 얽었다.
      베개 위엔 고향 생각으로 눈물이 지고
      문에는 병세를 물어주는 사람도 없다.
      창파를 건너 온 나그네,
      돌아가지 못하는 몸이 서글프다.

    그 때 선위관은 탄복해 마지 않았고 온 장안 사람들도 이 시를 전송했다. 지금 와서 보니 당(唐) 말에 병든 스님이 문에다 쓴 이런 시가 있다.

> 베개엔 고향을 생각하는 눈물이 있고 문에는 병세를 물어주는 사람이 없다.
> 먼지는 침상 밑의 신발을 파묻었고, 바람은 옷걸이 꼭대기의 수건을 움직인다.

그 때 마침 조정의 사자(使者)가 이 시를 보게 되었다. 그가 조정에 이야기하여 모든 절에 연수료를 두어 병든 스님을 돌보게 했다.

일본 사신의 시는 병든 이 스님의 시구를 송두리째 쓰고 그 앞뒤에 덧붙이고 몇 자를 고쳤을 뿐이다. 장안에서 전송한 사람들은 본 것이 넓지 못했던 탓이었고, 선위관도 알아내지 못했으니 우습기 짝이 없다.

일본 스님 천우가 이도은에게 적성산의 자석 벼루를 선사했다. 도은은 시 두 수를 지어 감사의 뜻을 나타냈다. 하나는,

> 바닷가의 신선산은 붉은 성이요,
> 산중의 보배스러운 기운 하늘을 밝게 비춘다.
> 상인(上人)은 양간석 깎아내어,
> 동쪽 한국의 글짓는 사람에게 선사했다.

또 하나는

> 살진 결이 기름 같아 숫돌이 필요 없고,
> 못가의 돌엔 빛난 별이 반짝인다.
> 붓을 적셔 감히 글을 지어 쓰랴,
> 능가경문 한 벌을 베껴 쓰리라.

성화 정해년(1467)에 길주인 전회령부사 이시애가 반역하여 절제사 강효문 등을 죽이고 그 무리를 시켜 편지를 보내 왔다. 구성군 이준을 도총사로, 우찬성 조석문을 부총사로 각각 임명하여 토벌케 했다.

내 조부 양숙공은 그 때 좌승지였는데, 가정대부로 특진시켜 신면의 교대로 함길도관찰사에 임명되었다.

양숙공이 부임 길에 올랐을 때 함흥 사람들이 또 난동을 일으켜 전관참사 신면을 죽였다. 그것은 이시애의 모략이었다. 공이 안변부에 들어가니 백성들의 십분의 구는 도망가고 없었다. 함흥부에 도착해도 맞으러 나온 사람이 한 명도 없었다. 야외(野外)를 순시하였는데 민가는 다 비어 있었다. 가끔 사람들을 만나면 그들은 다수 풀속으로 달아나 숨었다. 그럴 때마다 불러 내어 이렇게 타일렀다.

"조정에서는 반도 이시애를 토벌할 뿐이다. 너희들 백성은 상관없다. 안심하고 그 전대로 각자 자기 일을 하여라."

그리고는 저희들끼리 서로 사정을 이해시키도록 했다. 어떤 사람이 공에게,

"자객이 무서우니 방비를 하지 않으면 안 됩니다."

하고 말했다. 그러나 공은,

"호위병을 세우면 더욱 백성들이 의심을 한다."

고 말하고는 아전 두어 사람만을 데리고 다녔다. 하루는 적의 무리인 한승지를 잡았다. 장교들은 그것을 조정에 보고하려 했다. 공은 그것에 항의하여,

"군중들은 대장의 결정을 따르는 법이다. 그리고 함흥 사람 중에는 한승지 같은 놈이 한둘이 아니다. 속히 목을 베어 그놈들의 마음을 외롭게 만들어서 민중의 의혹을 없애는 편이 낫다."

고 했다, 그리고는 문 밖에서 그의 목을 베었다. 함흥의 군민들

은 자기들의 죄를 면하려고 다투어 난동 주모자들의 성명을 써서 도총사에게 보냈다. 공은,

"다 죽여서는 안된다."

하고 그 편지를 태워 버렸다. 군중에서 관군측으로 돌아온 자들은 그래서 무사했다.

관군이 홍원현에서 진을 치고 지키고 있는데 밤중에 적이 습격해 왔다. 도총사는 진을 옮겨 그 공격을 피하려고 했다. 공이,

"지금 적군의 땅에 들어와 있고 백성들은 의구심에 사로잡혀 있습니다. 대장이 움직인다면 적의 공격을 막을 사이 없이 스스로 패하게 됩니다. 우리 군대는 숫자는 적으나 모두 정예부대인데 약한 티를 보여서야 되겠습니까?"

하여 진을 옮기는 일을 그만 두었다. 그 이튿날 도총사가 또 적군이 야습해 올 것이라는 정보를 듣고 함관령으로 퇴진하려고 했다. 공은 그것을 반대하였다.

"대군이 적군의 뒤에 있으니 적군은 틀림없이 오지 않을 것입니다. 설사 오게 된다 하더라도 그쪽과 이쪽에서 협공하면 우리에게 사로잡힐 것입니다. 지금 야간에 행군한다면 적군이 틀림없이 진로를 차단할 것이니 영락없이 패전할 것입니다."

그래서 중지했다. 그 이튿날 영을 넘으니까 적군은 과연 복병하고 있다가 수송을 차단하려고 했다. 관군이 추격하자 도망쳐 버렸다. 그가 위급할 때에 일을 처리해낸 것이 이와 같았다. 적군을 평정한 후 함길도를 남북으로 나누어 공을 북도관찰사로 임명하였다. 그 결과 마침내 북방을 안정시켰다. 그때 나이 삼십육세였다.

충암이 자기 외질에게 보낸 답서에는 제주의 풍토가 기록되어 있다. 물산을 서술한 부분은 사마상여의 자허부 같은데 광염은 그 보다 더하다. 또 글이 비장(悲壯)하여 실로 근세에 보기 드문

명문이다. 거기에는 이런 대목이 있다.

> 만약에 한라산 정상에 올라간다면 사방으로 대해를 둘러보고 남극 노인성을 굽어 볼 수 있다. 달이 무등산에서 나오는 것을 볼 수 있다. 이러한 경관에 가슴이 울렁거려 소위 이태백이 말한 '구름이 드리운 곳에 큰 붕새가 날고 파도치는 곳에 큰 거북이 물 속에 들어간다'란 표현이 그것에 합당할 것이다.
> 애석하게도 나는 갇혀 있는 몸이라고 그 곳에 올라가 볼 수 없다. 그러나 사나이가 이 세상에 태어나 대해를 횡단하여 이역의 땅을 직접 밟고 풍속을 목도하는 것 역시 기이하고 장쾌한 일이다. 와보려 해도 올 수 없고, 그만두려 해도 그럴 수 없는 것은 숙명인 것 같으니 한탄해서 무엇하랴?

또 이런 대목이 나온다.

> 혈육과는 격리되어 단절되고 친지들은 아득히 떨어져 있다. 지난날 함께 놀던 친구들 중에는 세상을 떠난 사람이 많다. 하늘가의 외로운 몸으로 죽어가게 되었구나. 평소에 내 마음이 천리(天理)를 따르지 않은 적이 없었으나 홀연 이 생각이 떠오르면 역시 서글퍼 마음에 잠기지 않을 수 없다.
> 나는 이 글을 읽다가 여기까지 오면 그만 책을 덮고 눈물을 떨군다. 아아, 비통하도다!

• **어숙권**(魚叔權) 조선 명종때 학자. 이두문과 중국어에 능통하였다. 시평과 시론에 뛰어나 한 때 이이를 가르쳤다.

조침문(弔針文)

유씨 부인(兪氏婦人)

부러진 바늘을 의인화하여 쓴 제문(祭文)이다. 작자는 문벌 좋은 집으로 출가하였으나, 일찍 남편을 여의고 자녀도 없이 바느질에 재미를 붙이고 살다가 바늘이 부러지자 슬픈 마음을 누를 길 없어 이 글을 지었다고 한다.

유세차(維歲次) 모년(某年) 모월(某月) 모일(某日)에, 미망인(未亡人) 모씨(某氏)는 두어 자(字) 글로써 침자(針子)에 고(告)하노니, 인간부녀(人間婦女)의 손 가운데 종요로운 것이 바늘이로되, 세상 사람이 귀히 아니 여기는 것은 도처(到處)에 흔한 바이로다. 이 바늘은 한낱 작은 물건(物件)이나, 이렇듯이 슬퍼함은 나의 정회(情懷)가 남과 다름이다.

오호 통재(嗚呼痛哉)라, 아깝고 불쌍하다. 너를 얻어 손 가운데 지난 지 우금(于今) 이십칠 년이라. 어이 인정(人情)이 그렇지 아니하리오. 슬프다. 눈물을 잠깐 거두고 심신(心神)을 겨우 진정(鎭靜)하여, 너의 행장(行狀)과 나의 회포(懷抱)를 총총(忽忽)히 적어 영결(永訣)하노라.

　연전(年前)에 우리 시삼촌(媤三寸)께서 동지상사(冬至上使)[1] 낙점(落點)을 무르와, 북경(北京)을 다녀오신 후에, 바늘 여러 쌈을 주시거늘, 친정(親庭)과 원근일가(遠近一家)에게 보내고, 비복(婢僕)들도 쌈쌈이 낱낱이 나눠 주고, 그 중에 너를 택(擇)하여 손에 익히고 익히어 지금까지 해포 되었더니, 슬프다. 연분(緣分)이 비상(非常)하여, 너희를 무수(無數)히 잃고 부러뜨렸으되, 오직 너 하나를 연구(年久)히 보전(保全)하니, 비록 무심(無心)한 물건(物件)이나 어찌 사랑스럽고 미혹(迷惑)지 아니하리요. 아깝고 불쌍하며, 또한 섭섭하도다.

　나의 신세(身世) 박명(薄命)하여 슬하(膝下)에 한 자녀(子女) 없고, 인명(人命)이 흉완(凶頑)하여 일찍 죽지 못하고, 가산(家産)이 빈궁(貧窮)하여 침선(針線)에 마음을 붙여, 널로 하여 시름을 잊고 생애(生涯)를 도움이 적지 아니하더니, 오늘날 너를 영결(永訣)하니, 오호 통재(嗚呼痛哉)라, 이는 귀신(鬼神)이 시기(猜忌)하고 하늘이 미워하심이로다.

　아깝다 바늘이여, 어여쁘다 바늘이여, 너는 미묘(微妙)한 품질(品質)과 특별(特別)한 재치(才致)를 가졌으니, 물중(物中)의 명물(名物)이요, 철중(鐵中)의 쟁쟁(錚錚)이라. 민첩(敏捷)하고 날래기는 백대(百代)의 협객(俠客)이요, 굳세고 곧기는 만고(萬古)의 충절(忠節)이라. 추호(秋毫) 같은 부리는 말하는 듯하고, 뚜렷한 귀는 소리를 듣는 듯한지라. 능라(綾羅)와 비단(緋緞)에 난봉(鸞鳳)과 공작(孔雀)을 수놓을 제, 그 민첩하고 신기(神奇)함은 귀신(鬼神)이 돕는 듯하니, 어찌 인력(人力)의 미칠 바리오.

　오호 통재(嗚呼痛哉)라, 자식(子息)이 귀(貴)하나 손에서 놓일

---

1) 해마다 동짓달에 중국으로 보내던 사신(使臣)의 우두머리.

때도 있고, 비복(婢僕)이 순(順)하나 명(命)을 거스릴 때 있나니, 너의 미묘(微妙)한 재질(才質)이 나의 전후(前後)에 수응(應酬)함을 생각하면, 자식에게 지나고 비복(婢僕)에게 지나는지라. 천은(天銀)[1]으로 집을 하고, 오색(五色)으로 파란을 놓아 겉고름에 채였으니, 부녀(婦女)의 노리개라. 밥먹을 적 만져 보고 잠잘 적 만져보아, 널로 더불어 벗이 되어, 여름 낮에 주렴(珠簾)이며, 겨울 밤에 등잔(燈盞)을 상대(相對)하여, 누비며, 호며, 감치며, 박으며, 공그릴 때에, 겹실을 꿰었으니 봉미(鳳尾)를 두르는 듯, 땀땀이 떠 갈 적에, 수미(首尾)가 상응(相應)하고, 솔솔이 붙여 내매 조화(造化)가 무궁(無窮)하다.

이생에 백년동거(百年同居)하렸더니, 오호 애재(嗚呼哀哉)라, 바늘이여. 금년 시월 초십일 술시(戌時)에, 희미한 등잔 아래서 관대(冠帶) 깃을 달다가, 무심중간(無心中間)에 자끈동 부러지니 깜짝 놀라와라. 아야 아야 바늘이여, 두 동강이 났구나. 정신(精神)이 아득하고 혼백(魂魄)이 산란(散亂)하여, 마음을 빻아 내는 듯, 두골(頭骨)을 깨쳐 내는 듯, 이윽도록 기색혼절(氣塞昏絶)하였다가 겨우 정신을 차려, 만져 보고 이어 본들 속절없고 하릴없다. 편작(扁鵲)[2]의 신술(神術)로도 장생불사(長生不死) 못 하였네. 동네 장인(匠人)에게 때이련들 어찌 능(能)히 때일쏜가. 한 팔을 베어 낸 듯, 아깝다 바늘이여, 옷섶을 만져 보니, 꽂혔던 자리 없네.

오호 통재(嗚呼痛哉)라, 내 삼가지 못한 탓이로다. 무죄(無罪)한 너를 마치니, 백인(伯仁)이[3]이 유아이사(由我以死)라, 누를

---

1) 품질이 썩 좋은 은. 2) 중국 춘추시대의 이름난 의사.
3) 백인(伯仁)은 중국 진(晉)나라 때 사람인 주의 자(字). 왕도(王道)가 그의 동생 왕돈(王敦)의 배반으로 죽게 되었을 때에 자기도 모르게 백인의 도움으로 살아 났다. 그 뒤에 백인이 죽게 되었을 때에는 왕도가 살릴만한 자리에 있으면서도 모르는 체한 까닭에 백인이 죽었다. 뒤에 왕도가 백인의 무고한 죽음을 탄식하여 한 말.

한(恨)하며 누를 원(怨)하리요. 능란(能爛)한 성품(性品)과 공교(工巧)한 재질을 나의 힘으로 어찌 다시 바라리요. 절묘(絶妙)한 의형(儀形)은 눈 속에 삼삼하고, 특별한 품재(稟才)는 심회(心懷)가 삭막(索莫)하다. 네 비록 물건(物件)이나 무심(無心)치 아니하면, 후세(後世)에 다시 만나 평생 동거지정(平生同居情)을 다시 이어, 백년고락(百年苦樂)과 일시 생사(一時生死)를 한가지로 하기를 바라노라. 오호 애재(嗚呼哀哉)라, 바늘이여.

규중칠우 쟁론기(閨中七友 爭論記)

어느 규중 부인

규중부인들의 바늘질에 필요한 기구 일곱가지를 의인화하여 인간 세정을 풍자했다. 자신의 처지를 망각하고 교만하거나 불평·원망하지 말고 사리에 따라 순응, 성실해야 한다는 것을 일깨우고 있다.

이른바 소위 규중칠우(閨中七友)는 부인들의 방 안에 있는, 일곱 벗이다. 글하는 선비는 필묵과 종이, 벼루를 문방사우(文房四友)로 삼았으니, 규중 여자인들 홀로 어찌 벗이 없으리오.

이러므로 바느질을 돕는 것을 각각 이름을 정하여 벗을 삼았다. 바늘을 세요(細腰) 각시라 하고, 자는 척(戚) 부인이라 하여 가위를 교두(交頭) 각시라 하였다. 또 인두를 인화(引火) 부인이라 하고 다리미를 울(熨) 낭자라 하며 실을 청홍흑백(靑紅黑白) 각시라 하고 골무를 감토할미라 하여 칠우로 삼았다. 규중부인들이 아침에 세수를 하고 머리를 빗고 나면 칠우가 일제히 모여 함께 의논하여 각각 맡은 소임을 끝까지 해냈다.

하루는 칠우가 모여 바느질의 공을 의논하였다. 척 부인이 긴 허리를 재며 말했다.

"여러 벗들은 들어라. 나는 가는 명주, 굵은 명주, 흰 모시, 가는 베, 아름다운 비단을 다 내어 펼쳐 놓고 남녀의 옷을 마름질할 때, 길고 짧음, 넓고 좁음이며 솜씨와 격식을 내가 아니면 어찌 이루겠는가? 이러므로 옷을 만드는 공은 내가 으뜸이다."

교두 각시가 두 다리를 빨리 놀리며 뛰어나와 말했다.

"척 부인아, 그대가 아무리 마름질을 잘한들 베어 내지 않으면 모양이 제대로 되겠느냐? 내 공과 내 덕이니 네 공만 자랑하지 말라."

세요 각시가 가는 허리를 구부리며 날랜 부리 돌려 일했다.

"두 벗의 말이 옳지 않다. 진주 열 그릇이라도 꿴 후에 구슬이라 한다. 재단을 두루 잘한다고 하나 내가 아니면 어찌 옷을 짓겠는가? 잔누비, 중누비, 짧은 솔기, 긴 옷을 이룸이 나의 날래고 빠름이 아니면 잘게 안고 굵게 박아 마음대로 하리오. 척 부인이 재고 교두 각시가 베 낸다고 하나 내가 아니면 공이 없으니 두 벗이 무슨 공이라고 자랑하느냐?"

청홍 각시 얼굴이 붉으락 푸르락하며 화가 나서 말했다.

"세요야, 네 공이 내 공이다. 자랑하지 마라. 네가 아무리 착한 척하나 한 솔기, 빈 솔기인들 내가 아니면 어찌 성공하겠느냐?"

감토 할미가 웃고 나서 말했다.

"각시님들, 웬만히 자랑하소. 이 늙은이 머리와 끝이 적어 아가씨들 손부리가 아프지 않게 바느질을 도와드린다. 옛말에 이르기를 '닭의 입이 될지언정 소의 뒤는 되지 말라'하였으니, 청홍 각시는 세요의 뒤를 따라 다니며 무슨 일을 하시나요? 실로 얼굴이 아깝도다. 나는 매양 세요의 귀에 찔리었으나 낯가죽이 두꺼워 견딜 만하여 아무 말도 아니 한다."

인화 낭자가 말했다.

"그대들은 다투지 말라. 나도 잠깐 공을 말하겠다. 중누비, 잔

누비가 누구 때문에 서 가닥 같이 고우며, 한 솔기와 빈 솔기가
내가 아니면 어찌 풀로 붙인 듯이 고우리오. 바느질의 재주가 없
는 자가 들락날락하여 바르지 못한 것도 나의 손바닥으로 한번
씻으면 잘못한 흔적을 감추어 준다. 그러니 세요의 공이 나 때문
에 광채가 나는 것이다.”

울 낭자 크나큰 입을 벌리고 너털 웃음으로 말했다.

“인화야, 너와 나는 맡은 일이 같다. 그러하나 인화는 바느질뿐
이다. 나는 천만 가지 옷에 참여하지 않는 곳이 없다. 얄미운 여
자들은 하루 할 일도 열흘이나 한 곳에 뭉치어 놓고 살이 구깃구
깃한 것을 나의 넓은 볼기로 한 번 스치면 굵은 실이 낱낱이 펴
이며 제도와 모양이 고와진다. 더욱 여름철을 만나면 손님이 많
아 하루도 한가하지 못하는데 의복이 내가 아니면 어찌 고와지겠
는가? 더욱 빨래하는 여자들이 게을러 풀먹여 널어두고 잠만 자
며 부딪쳐 말린 것을 나의 광두 아니면 어찌 고우며, 세상 남녀
들이 어찌 구김살 없는 것을 입으리오. 이러므로 옷을 만드는 공
이 내가 제일이 된다.”

규중 부인이 말했다.

“칠우의 공으로 의복을 만드나 그 공이 사람의 쓰기에 있으니
어찌 칠우의 공이라 하리오.”

하고 칠우를 밀치고 베개를 돋워 깊이 잠이 들었다. 척 부인이
탄식하며 말했다.

“매정한 것이 사람이고 공 모르는 것은 여자로다. 의복 마를
때는 먼저 찾고 이루어 내면 자기 공이라 한다. 게으른 종의 잠
을 깨우는 막대는 내가 아니면 못 칠 줄로 알고 내 허리 부러지
는 것도 모르니 어찌 야속하고 화나지 않으리오.”

교두 각시 이어 말하였다.

“그대 말이 옳다. 옷을 마름질 하여 베 낼 때는 나 아니면 못

하지마는 잘드니 안드니 하며 내 던진다. 두 다리를 각각 잡아 흔들때는 불쾌하고 노여운 것을 어찌 측량하리오."

세요 각시 한숨 짓고 말하였다.

"너는 물론이거니와 나 역시 일찍이 무슨 일로 사람의 손에 보채이며 요망하고 간악한 말을 듣는가? 뼈에 사무치게 원한이 사무친다. 나의 약한 허리 휘두르며 날랜 부리 돌려 힘껏 바느질을 돕는 줄을 모르고, 마음에 맞지 않으면 나의 허리를 부러뜨려 화로에 넣으니 어찌 통탄하고 원통하지 않으리오. 사람과는 극한 원수이지만 갚을 길이 없어 이따금 손톱 밑을 찔러 피를 내어 원한을 풀면 조금 시원하다. 그러나 간신하고 흉악한 감토 할미 만류하니 더욱 애달프고 못견딜 일이로다."

인화가 눈물지어 말했다.

"그대는 아프다 어떻다 하지만 나는 무슨 죄로 불에 달구어 지지는 형벌을 받아 붉은 불 기운에 낯을 지지고 굳은 것을 깨뜨리는 일을 나에게 다 시키니 섧고 괴롭기는 측량하지 못하겠구나."

울 낭자 두려워하고 근심하며 말했다.

"그대와 하는 일이 같고 욕 되기는 마찬가지다. 모든 옷을 문지르고 목을 잡아 몹시 흔들어서 까불며 우격다짐으로 누르니 황천(皇天)이 덮치는 듯 심신이 아득하여 나의 목이 따로 떨어질 때가 몇 번인지 알리오."

칠우는 이렇듯 담론하며 탄식하니 자던 여자가 문득 깨어나 칠우에게 말했다.

"칠우는 내 허물을 그토록 말하느냐?"

감토 할미 머리를 조아려 사죄하며 말했다.

"젊은 것들이 망령되게 헤아림이 없어서 만족하지 못합니다. 저희들이 재주가 있으나 공이 많음을 자랑하여 원망스러운 말을 하니 마땅히 곤장을 쳐야 합니다. 그러나 평소 깊은 정과 저희의 조그만 공을 생각하여 용서하심이 옳을까 합니다."

여자가 답하였다.

"할미 말을 좇아 용서하겠다. 나의 손부리 성함이 할미공이니 꿰어차고 다니며 은혜를 잊지 아니하겠다. 비단주머니를 지어 그 가운데 넣어 몸에 지녀 서로 떠나지 아니하겠다."

할미는 머리를 조아려 인사를 하고 여러 벗은 부끄러워 하며 물러났다.

■ 한국문학사 편찬위원회
이 책은 문학평론가, 국문학과 교수, 고등학교 3학년 국어선생님,
편집주간 등이 기획 · 구성하였고 편집부에서 진행하였다.

국어선생님을 위한
한국문학사 강의 (제3권 : 수필문학)

초판 1쇄 발행일 : 2024년 4월 29일
초판 5쇄 발행일 : 2025년 1월 15일

엮은이 : 한국문학사 편찬위원회
발행인 : 김종윤
발행처 : 주식회사 자유지성사
등록번호 : 제 2 - 1173호
등록일자 : 1991년 5월 18일

서울특별시 송파구 위례성대로 8길 58, 202호
전화 : 02) 333- 9535 ┃ 팩스 : 02) 6280- 9535
E-mail : fibook@naver.com
ISBN : 978 - 89 - 7997 - 569 - 7 (04810)
ISBN : 978 - 89 - 7997 - 566 - 6 (세트)
